向前——新锐军旅小说家丛书

朱向前◎主编

WUTIAN DE XINGJUN

雾天的
行军

王甜

著

山西出版传媒集团　北岳文艺出版社
BEIYUE LITERATURE & ART PUBLISHING HOUSE

图书在版编目（CIP）数据

雾天的行军 / 王甜著 . — 太原：北岳文艺出版社，2017.7
（向前——新锐军旅小说家丛书 / 朱向前主编）
ISBN 978-7-5378-5210-4

Ⅰ . ①雾… Ⅱ . ①王… Ⅲ . ①中篇小说－小说集－中国－当代
②短篇小说－小说集－中国－当代 Ⅳ . ① I247.7

中国版本图书馆 CIP 数据核字 (2017) 第 107890 号

| 书名：雾天的行军 | 出 品 人：续小强 | 书籍设计：张永文 |
| 著者：王甜 | 责任编辑：范 戈 | 责任印制：巩 璠 |

出版发行：山西出版传媒集团·北岳文艺出版社
地址：山西省太原市并州南路 57 号 邮编：030012
电话：0351-5628696（发行部） 0351-5628688（总编办）
传真：0351-5628680
网址：http://www.bywy.com E-mail：bywycbs@163.com
经销商：新华书店 印刷装订：山西人民印刷有限责任公司

开本：890mm×1230mm 1/32 字数：210 千字 印张：7.875
版次：2017 年 7 月第 1 版 印次：2017 年 7 月山西第 1 次印刷
书号：ISBN 978-7-5378-5210-4
定价：36.00 元

新松千尺待来日 初心一寸看从头

——《向前——新锐军旅小说家丛书》序

　　进入二十一世纪以来，以王凯、西元、王棵、裴指海、卢一萍、朱旻鸢、王甜、曾皓、曾剑、李骏、魏远峰等人为代表的"新生代"军旅作家浮出水面，从业余走向专业，从青涩走向成熟，渐次成为军旅文学的希望和未来。他们之中的佼佼者已经在当代文坛初露峥嵘（如部分作品获"茅盾文学奖""鲁迅文学奖"提名，更多作品被《新华文摘》《小说选刊》等国家核心期刊转载）。

　　"新生代"作家的迅速成长缓解了二十一世纪军旅文学出现的"孤岛现象"（此一说法为朱向前在二十一世纪之初所提出，意指进入二十一世纪以后，军旅文学渐趋边缘化，只有少数执着的坚韧者在"商海横流"中彰显出英雄本色，有如"孤岛"耸峙一般），他们的创作成果大多体现在中短篇小说领域，数量可观，并在质量上葆有较高的艺术水准。"新生代"作家的成长环境决定了他们再难复制前辈们深切的战争经历和磅礴的集体疼痛，因此，他们的创作呈现的是从个体的角度切入生活，是对宏大叙事的消解，显示出迥异于老一代军旅作家的叙事范式和美学风貌，这既显露出二十一世纪军旅文学与其承接的"新时期"军旅文学之间创作生态环境、文学观念的代际差异，也彰显了"新生代"作家在二十一世纪语境下试图构建独立美学追求的创新精神和自觉意识。

显而易见，"新生代"作家大都有着扎实的基层部队生活经验，他们从熟稔的军旅生活出发，写下了一系列带有个人成长经历、富有个性化叙事风格的小说，营构出属于自己的一方"营盘"。然而，当"新生代"作家所描摹和绘制的"军营现实"进入一种过于私语化的境地而无法寻求突破时，他们笔下的军旅生活的面目就显得稍嫌狭窄了。作家们显然也意识到了这个问题，近几年，在完成了最初的对军营生活的回顾之后，部分"新生代"作家主动突围，在更为广阔的军旅文学土壤之中寻觅新的创作资源，他们的新作显示出积极向爱国主义和英雄主义等军旅文学核心价值靠拢的特征，并生发出独特的思考。

之所以在建军九十周年之际，把这样一个年轻方阵（作者年龄上限四十五周岁）的十一部中短篇小说集推荐给大家，也在于此。正所谓：新松千尺待来日，初心一寸看从头。

为了让大家对这个"新生代方阵"有更好的了解，下面将不揣冒昧、不计利钝，对十一位作者的创作特点做简要勾勒（按姓氏笔画排序），挂一漏万，自当难免，还望作者和读者们海涵。

王棵：王棵曾经去南沙体验过守礁生活，这使他有能力抵达守礁士兵的精神深处，这种能力给他带来自信，在早期的创作生涯中，他有意识地运用这种能力，密集地向文坛递交过一批以礁岛、军舰、海洋为背景的中短篇小说。这段写作经历多少影响了王棵后来的创作理念，王棵后来可谓点多面广的创作实践中，许多小说都与早期充满腥咸海味的小说在内部建有秘密通道，这个通道是由孤岛这一意象构成的。孤岛的意象，来自于弥漫在这些小说中的孤独感。

王凯：王凯将日常化和个人化的风格带入对军人形象的摹写之中，把真性情和真本色倾注到这些人物身上，层层剥除和消除了曾经强加到军人身上的那些虚假矫饰的东西，既还原了真实的军人形象和军人人性，又保持了理想主义的底色，让真正的军人精神和品格的光辉焕发出来。从王凯小说中那些遭遇理想与现实矛盾、身陷情感与道德困境、面临追寻与放弃抉择的普通军人身上，可以看出作家对于军人职业与生命本质的深切思考。

王甜：王甜笔下涵盖历史战争中小人物的命运、现实军旅中的个体成长、军人的情感与婚姻、退伍军人对军旅生涯的反思等多个方面，并在整体上呈现出相近的特色：一是主题思想融入哲理色彩，例如对历史真相的追问、个体的自我救赎等；二是轻情节重状态，摆脱对情节的过度依赖，强调对人物生存状态的描摹；三是艺术表现上采用"轻魔幻"手法，以超现实的情节或细节凸显主题。

西元：西元堪称二十一世纪军旅文坛的重量级"拳击手"，出拳频、力道大而且每每能击中要害。他喜欢直面战争的"战壕"描绘，无论是现实题材还是战争历史题材，都竭力表达一种充满激情的精神力量。他注重将人放置在社会、历史语境中进行打量，力求通过内外结合的方式，辩证地写出人物灵魂的深邃以及存在本身的复杂。他的作品还注重哲思和诗性的融合，语言往往带有诗性色彩，跳跃，灵动，所涉及的问题却又带有鲜明的哲思意味。

李骏：李骏的小说，多以边疆生活、故乡革命、机关生活为主题，坚持对日常生活的书写，充满了温暖阳光、深情厚谊。他写边防官兵的生活，细致入微、幽默风趣，将边关将士的战天斗地、喜乐悲欢，通过简洁明快的手法，写得栩栩如生，生动感人；他写故乡的革命英雄，均以独特视角，通过英雄的传奇经历、情感人生、命运吊诡，展现出一派风生水起、大波大折的景象，却又将英雄还原于人，不避历史得失，不讳尊者之荣，读后令人久久深思与叹息；他写机关生活，观照现实，追踪变化，既味道纯正，又起伏跌宕，既现实又充满温情。

朱旻鸢：相较于业已习见的军旅文学叙事，朱旻鸢的小说别具一种斑驳复杂、意绪苍茫的审美色彩。这部集子收录的五部作品都没有离开过"塞外"和"部队"，故事原型甚至都来自一个连队。这些中短篇小说以独特新颖的视角和幽默顽劣且活泼弹跳的个性化语言书写当下军人的生活，在滑稽变形中，是对现实基层的戏谑和调侃，使底层连队生活呈现为一种似真非真、似像不像的笑闹场景。青年人的活力与智慧，青春期的激动与狂想，无所顾忌地表达出来，为我们展现了部队生活的另一个截面。

卢一萍：作家在西部边疆地区生活了二十余年，对生活有着敏锐的观察力，注重对人性的挖掘，善于捕捉底层人物身上的光亮，通过他的文字，可以引导读者对纷繁的现实生活有更真切的理解。其丰富的生活阅历为小说带来了独特的审美体验，他善于营造大气悲壮的氛围，衬托出微小生命的丰富多彩和昂扬向上的精神。小说主人公形象塑造立体丰满，细致勾勒了现代军人丰富的内心世界，在当代军旅小说创作中颇具特点。

曾皓：曾皓发表于不同时间段的中短篇小说，在思想脉络上有着清晰的主线，都有着对现实的强烈关切和理性的批判，更重要的是有着对笔下人物生命状态的深切观照，抒写他们在时代缝隙中的尴尬、困惑和对终极理想的追求，敢于用小说去发现问题、思考问题并给予愿景。而他文字中表现出的"自由、轻盈、神秘"的审美特征，更让他的小说呈现出一种超越现实的灵动和向上飞升的状态。

曾剑：曾剑善用短句和比喻，所以他的中短篇军旅小说呈现出散文化的倾向，具有浓厚的抒情意味。他用舒缓的笔调，从容不迫地书写着普通士兵的故事，展现他们"怨而不怒"的情绪，情感质朴真实，让人感受到一种中国传统中特有的中和之美。曾剑的写作，也像他小说的叙事节奏一样，不急不缓、从容有度、踏踏实实，一边深情地回望故乡，一边走进军营、深入普通士兵的生活，用心感受，用笔书写，用春日般的人性美温暖着为生活奔波的人们。

裴指海：迄今为止，裴指海所创作的中短篇小说主要聚焦于两个题材领域——革命历史题材和现实题材。相对而言，革命历史题材小说是作者着力最深的一个领域。他创作了一系列革命历史题材的中短篇小说，充溢的旺盛的想象力与卓越的文本建构能力，尊重历史事实，表现了革命历史的纷纭复杂，力图以当代视野最大限度地还原革命历史的复杂性，发人深思。

魏远峰：魏远峰的军旅小说都放在三多塘，三多塘是他刚到新兵连的地方，他的三多塘是有气味、质感的——炮库中陈年水泥的味道，菜地施肥后的味道，小便池"童子尿"的味道。还有一尺多长老鼠的样子、凤凰树开花的样子、菜地边含羞草的样子。魏远峰的乡土小说，则总是在写黄河、黄河滩、武陟县，这是他的故土之地，也是他的血脉之源。这些，让人想起福克纳"邮票般大小的故土"及其虚构的杰佛生小镇。

说来也巧，以上十一位作者的单位或者曾经服役的部队，正好涵盖了海陆空三军和东西南北中各战区，以这么一套多姿多彩的小丛书，向中国人民解放军建军九十周年献礼，适得其所，恰逢其时。我想起二十年前——一九九七年，受邀为北岳文艺出版社主编了由陈怀国、石钟山等当年的新锐军旅作家担纲的长篇军旅小说"金戈"丛书，反响不俗。在此，我要对北岳文艺出版社具有的浓厚的军旅文学情结和持之以恒的品质致以深深的敬意。同时，感谢主编助理徐艺嘉为本丛书所付出的辛勤劳动。

最后，我要特别说明一下本丛书名"向前"——实非出自此"向前"而乃彼"向前"也——引自《中国人民解放军军歌》第一句："向前！向前！！向前……"

是为序。

朱向前

丁酉桃月谷旦改定于江右袁州听松楼

目 录

毕业式

引　子

如果毕业没有毕业式，那还算毕业吗？

　　主席台是一座华丽的岛，高高在上，永远被庄重、肃穆、热烈、盛大这样一些气势恢弘的形容词簇拥。遥不可及的穹顶上，一排大瓦数的镁光灯射来光柱，活像冷兵器的利刃，整齐划一地刺向主席台的心脏部位。此刻，那个部位站着耿帅——千真万确——这个名不见经传的毕业班学员，现在站在礼堂主席台中央了。

　　光柱们无比肯定地钉在耿帅脸上，角度恰到好处，让他此刻微笑的面庞看上去既坚毅硬朗又帅气迷人。他确信这一点，所以出人意料地没有面对全场规范地立正、标准地敬礼，而是让裹着笔挺军装的身体放了放松，伸出一只手到脖子前面，紧了紧墨绿色领带。这个动作酷到家了，他已经自信得微微偏了偏头，将一边嘴角轻轻斜挑起来，形成一个不易察觉的、玩世不恭的明星式坏笑。

　　"他姥姥！你要磨蹭到什么时候！"

伍世国裹了一身脏兮兮的迷彩服，挂着一柄顶端开裂的大扫帚从侧门大步流星地走来，他那同样开裂的破嗓门在空旷的礼堂里显得格外夸张。他身后跟着两个同样打扮得懒洋洋的家伙，分别在肩上扛着撮箕和扫帚，一副要收工的模样。一看耿帅那样，两个家伙都不高兴了，一个撇着嘴说，就你分的地儿最少，扫个主席台也扫不完！另一个跟嘴：大扫除也玩派头，一样的大迷彩还让你穿得像礼服了！

"姥姥！"伍世国走到台下正对着耿帅的地方，歪着头无比嘲讽地瞅着他，"你他妈扫完了再谢幕行不？"

不管你承认不承认，管理得再严谨的大学都存在着一个如空气般透明的隐形社会，那是没有教育者参与而纯粹属于学生群体的世界，游离于说教之外，通行着自身的法则。

在陆军学院，毕业式就是法则之一。

如果你胆敢以为，耿帅们盼望的毕业式就是灰沉沉一片的长条会议桌，几张腌菜般缺少水分的面孔，语重心长又浑身长毛的院长讲话，虚假繁荣的风暴式鼓掌……那你一定会遭到所有人肆无忌惮的尖刻嘲笑。

在陆军学院，庄重、肃穆、热烈、盛大——是生活必不可少的一部分。想想吧，四年的庄重、肃穆、热烈、盛大！如果它们吞没了毕业式，军校生仅存的一丝个性张扬将如出窍的灵魂般无处安放。

再不会有哪所大学会像陆军学院一样看重毕业式了。因为，毕业——对不同的人来说，概念是不尽相同的。要解释清楚这个问题，先得普及点常识。部队生（先当兵再考上军校的学员）伍世国曾经用他那只被香烟熏了两年的食指与中指大关节敲击着桌面，向全宿舍的新学员宣传：

"全世界的大学生无非就是两种：军校生和非军校生。"

军校生有什么特殊呢？一日生活制度是生铁刻的，几时起床、几时上课与训练、几时吃饭等等，都由号声、铃声、哨声管着，还不能随便出校门——这时候他们是囚犯；除了排得满满的专业课程，还有艰苦卓绝的军事训练与项目考核，附带着苛严的量化标准——这时候他们是士兵；还有家常便饭一般的义务劳动，小到打扫宿舍卫生大到平整操场、绿化荒山、修建公路……这时候他们是民工。还可以有很多高尚的形容：是坚固的长城，是未来战争的指挥大脑，是变形金刚……穿越了，分裂了，科幻了，唯一能支撑着准军官们熬下去的信念曙光就是：毕业。

毕业是什么？就是苦尽甘来。

往后，哪怕是分到最基层的野战部队、最艰苦的边防哨所，你也不会是那个群体中最低级别的生物——肩膀上的学员肩牌换成了星光闪闪的干部军衔，就很说明问题了：那是指挥官的尊严与骄傲之所在。

所以，毕业是重要的。是值得纪念的。是应该有仪式的。——如果没有毕业式，那还算毕业吗？

学院历史上不乏经典。比如，某届诞生了一位自产自销的"军校摇滚歌星"，他以酷似唱歌的号叫闻名全院。毕业考试后，不幸与他同校四年的学员们都在暗暗庆祝忍耐到头了，他忽然不再作声，独来独往。终于在临别之前的晚上，他独自在熄灯后的地下阶梯教室里举行了一场告别演出，把会唱的歌一首一首地唱，撕心裂肺，声泪俱下。当疑心闹鬼的纠察终于找到噪音来源时，发现他已经体力透支，像块拧干了水的抹布，软塌塌地躺在讲台上，身上压着一把大吉他，而身体还像个与电源接触不良的劣质大音箱似的，不时发出一声惨叫。

两年之后的那届又诞生了一个"极品"。其实四年里主人公一直遵纪守法、默默无闻，直到毕业前的一天半夜里，他突发奇想，要翻一次围墙出去，以给自己的军校履历上留下一份冒险的记录。他将两条背包绳拧起来，一头拴在宿舍窗边的铁架床上，一头拴住自己的腰，妄想从窗户吊下去翻墙——学院的围墙离窗口只有几米远。但这个缺少翻墙经验的家伙犯了个大错，他把自己吊在窗台下以后才发现背包绳短了，他晃来荡去，怎么也没法把自己给甩到围墙上，只好像一个坏掉的、笨重的钟摆无力地来回甩动着。他的军事实力不够徒手攀绳爬回宿舍，又不敢大声叫喊引来纠察，一直就那么吊着，直到凌晨时一个欲上厕所的室友发现了他，才将这几乎奄奄一息的出逃未遂者解救了。

虽然从理论上来说，一千个人可以有一千种毕业式，但大部分人的毕业式都会因缺少创意而涉嫌抄袭。比如在学校小餐厅约上三五个铁哥们儿借烈性酒大醉一场，比如在擦洗了四年的教学楼栏杆背阴处悄悄刻上自己的名字与学号，比如买本外表豪华内容粗糙的"毕业纪念册"请同学们流水作业似的写下赠言……

倒也是，蚂蚁似的一大群男性青年，又穿着一模一样的军装，戴着一模一样的军帽——阅兵式上走得整整齐齐的一个个方阵，你记住里面哪一个了吗？除非他出了错。

是的，不要怕雷同，与别人相同没有什么可耻的——相反，有时候可耻正来自于与别人的不同。

在一步步逼近七月的日子里，虽然仍是按时出操、上课、准备考核，准毕业生耿帅却在心里渐渐勾画出了毕业式的轮廓——是那么的简明扼要，又是那么的坚定不移。如果形成书面意见，发挥、阐述以后会是和学期个人总结一样正经八百的官样文章，但耿帅通常只是在心里偶尔温习一下，带着点热切盼望与神奇幻想，这毕业式便精简了，提炼了，变成一张简洁的愿望清单——就两条，还押韵：

一、打纠察。

二、睡小雅。

"还有三公里——"

声音像烽火台点的火信，从队伍头阵一直传到队尾。然而负重行军的学员们麻着脸匀速向前，不为"曙光在前"所动。这都第几次说"还有三公里"了？永远都有三公里！妈的上了邪路？

教员是委屈的。一次次虚构终点，只不过想减轻学员的心理疲惫，但已经混成老兵油子的大四学员并不领情，轻易地裁判他们动机阴暗：又来那套了——兵不厌诈！

"养驴呢，"一个学员虚弱地愤怒，他已经走得脱了形，"要驴拉磨，就得给它眼前挂上两个胡萝卜。"周围几个学员都自动脑补出画面：蠢驴盯着胡萝卜，不知道这美食是永远够不着的，便充满希望地一直追逐，像个活动的秒针，绕着磨盘不停地转啊转。

"四年了……"另一个人忽然无名悲怆。

毕业拉练就是用来承载你四年中的一切复杂的。它用十五天的长途行军浓缩你一千多个日夜的经历，它让你负重、行走、体力不支、呼吸不畅，它让你不停地遇到假设的危险，用既粗糙又狡黠的方式打探你的底细——这条命投入战场的存活度。

在出发前的誓师动员大会上，耿帅身板笔直地站在队列里，任由扩音器送出的声波击打，高分贝的"代表全体毕业队学员"郑重宣誓，表态表出一种决绝的气势，一种震慑的力度。耿帅走了神儿，他无声地给自己做了一个动员：能活过四年，就必定能活过这十五天！

"停止行进——原地休息——"

哪怕有黄莺，哪怕有山泉与打在芭蕉上的雨滴，哪怕有帕瓦罗蒂，在那一刻，伍世国传达命令的沙哑吼叫才是世界上最美妙的声音。队伍一下子松掉了形状，每个人都差不多在宣布的一瞬间僵住，像老年人一般，颤颤地调整十几秒才能让自己坐下来。

伍世国环顾一番后，果断地冲耿帅三点钟方向指示了一下："坐那儿，那块大石头上。"

耿帅白他一眼，同时又不得不承认那确实更适合坐下休息——石头的高度足以使屁股离地面有一定距离，腿的安置当然舒服得多。他短暂地权衡了一下，决定坐到大石头上去。尽管那样看起来像是他服从了伍世国。

像伍世国那样的家伙，碰上他不知算是你的运气还是不幸。他上军校之前在某个工兵团当过一年半的兵，据说那一年半里有七个月都是在深山老林里挖土石方，挖得他两眼直冒金星，于是原本对前途吊儿郎当的伍世国发了毒誓要考上军校。他生就一种地头蛇的匪气与霸气，到哪里都像是自封的老大，说话带响走路带风，若有人跟他来劲，他那铜铃眼睛唰地一瞪，别人多会畏惧三分。再说，挖土石方出身的他体力好，各种训练都不在话下，有任务他也不计较，带头干得风风火火，这样一来，队长、教导员都喜欢他。学员队是有"模拟连"制度的，但不管连长是谁，好像伍世国才是真正的"一把手"，垂帘听政一般，让人隐隐觉出他的渗透力量。

伍世国一来学院就瞅准了队里年纪最小的耿帅是个孱头，于是拿他当个小玩意儿，不时逗逗他；但只要别人欺负耿帅，他又是坚决不许的，不管耿帅愿不愿意他都挺身而出，一副保镖架势。对于这样一种荒唐的友谊，耿帅向来不屑于接受，有时还很生气，但伍世国并不介意，咧了嘴笑：跟我弟一个样！

这当儿，迷彩服的兜里冒出一包"红塔山"，伍世国凭着这个动作，勾引了两三个有烟瘾的家伙围聚过去。吸上两口的伍世国有了"生活多美好"的欢畅心情，半眯眼睛，深深喷出一个艺术的烟圈，在空中像绞索般漾漾地扣向耿帅。绞索的主人咧开一嘴黄牙：

"处座，来支？"

耿帅板了脸，装着没听见，别过身去。

不知是什么时候兴起的，学员们开始用一些隐秘的语言来发泄无处释放的青春激情，那些暗示某种生理欲望的字眼往往因为过于直白而显得青涩，但当事人都并不了解这一点，他们急于使用，并以此炫耀自己的身体与心理都在同步走向成熟。

伍世国无疑是其中经历最丰富的一个。他当兵时就已经二十岁，早就跟村里一个胆大妄为的小妮子在草垛背后亲过嘴，又在基层部队那帮"油子兵"里接受了粗陋的"再教育"，据他说，自从他考上军校，老家给他说亲的至少凑一个班。寒假回家，他把媒人们提供的女方照片摞到一起，根据漂亮的程度列队，选出"班长"，让她当"排头兵"；又选出"副班长"，紧其其后；最后又选了三个"骨干"——"剩下的，简直看都不能看了！"

忽然变得抢手的伍世国带着一丝得意的微笑，在选出的照片背面写上了女方的姓名、年龄、地址，有的甚至还有手机号码。根据这些必要信息，他从"班长"开始，一一走访了各个候选人。他的走访是中规中矩的，但不符合传统——哪有抛开媒人就自己行动的呢？这引起了一番不小的非议，而他"根据照片亲自选妃"的传言使"伍世国"这个名字更增添了复杂的色彩。

在寒假即将结束的一个下午，伍世国去自家后院柴屋里抱柴火时，忽然发现柴屋里站着一个身着橘色棉袄的女孩，平淡的五官，却带着一脸凛然的表情冷冷地望着他。她是落选者之一，甚至没有进入"骨干"之列，伍世国根本没有打算去走访她家。

他完全没有料到，这个自尊心受到打击的烈性女孩将要给他上一课了，非常重要的一课。她盯着他，缓缓走过去把柴房的门扣上了——老式的锁扣，拿枝小柴棍插在锁孔里就算反锁上了，外面的人进不来。她继续盯着他，走近，把他披在身上的军大衣猛地剥下来，往地上一扔，自然形成了一个简易的床垫。那时在情场上缺少经验的伍世国还在发蒙，完全没有战局观念与敌情预见性，只看到女孩奶白的手带着虚与委蛇的诱惑姿态，慢慢放到衣领下第一颗纽扣上，开始解她自己的橘色棉衣。自始至终，她都用一种挑衅的眼光盯着他，丝毫没有回避与退缩的意思，勇猛无比。在剥开自己最后一层包装时，她的嘴角甚至带着一丝嘲讽。

"人生很漫长，嗯?"

她在嘲讽。

不，其实她没有说这句话，是伍世国在哪部外国电影里听到的台词。不知为什么这句台词令他印象深刻，令他想起那个女孩。于是他像剪辑师一样，把毫无关联的文艺台词配给了记忆中的珍贵画面。

那是伍世国终身难忘的一个下午。在女孩的引领下，他终于用壮实的青春的身躯寻找到某种答案，有关生命体验，有关想象力。女孩倒没有什么复杂的念头，她也没有如伍世国所担心的那样以此为要挟，提出结婚的条件——事实上她性经验丰富，估计需求也旺盛，根本不打算当一名独守空房的军嫂，她只是被伍世国那幼稚的家访行为激怒了，要让这个傲慢无知的准军官明白，女人的好，不仅仅是照片上看得到的那一层，她必须让伍世国得到一点教训，使他对女性的肤浅认识变得深入起来。

女孩后来走了，再也没有出现。半年之后听说她嫁到外省去了。伍世国却再也没有恢复到平静之中。从某种意义上说，女孩的报复是卓有成效的，他知道了女人隐秘的"好"，你看不到、摸不着的那种"好"——心就野了。

他拒绝了所有上门提亲的人，开始了一种流浪般的寻觅。在军校生有限的交往中，他不放过任何一个机会，用最透彻的方式去了解异性。而现代女性的开放程度超出他的想象，于是越来越多他"主演"的"三级片"上演，赫然打着《你情我愿》《军校生一夜情》之类的香艳剧名。

从第一学期的下半年开始，学员们便在熄灯后的宿舍里分享着伍世国的种种战绩，他们羡慕地听着，在故意制造出的吱吱嘎嘎夸张的床板摇动声中浮想联翩，一个个被想象的画面撩拨得燥热难耐。渐渐的，荷尔蒙分泌旺盛的年轻人见缝插针地在他的理论指导下开始了不动声色的实践，每一次放完假回到学校，总会有新鲜的故事在学员中流传。有了经历的人沾沾自喜，引以为荣，为了强化这一荣耀，他们高高在上地给那些暂时没有经历的同学冠名：正处、副处。"处"是"处男"的简称。副处多多少少还有点拥抱接吻抚摸之类的实践活动，只差最后一步了；正处最惨，连异性的手都没摸过，用伍世国的话来说，这种人当烈士，不是被敌人打死的，是亏死的！

起初班里的"处级"学员还比较多，伍世国带头给他们编了号：一处、二处、三处……渐渐越来越少，最后只剩下耿帅。大家就直接叫他耿处，或者处座。

耿帅本来很有希望在大二就摘掉"处座"帽子的，至少他自以为很有希望。那年暑假结束，在返校的火车上，他认识了一个笑容灿烂、"亚麻布一样"简单淳朴的女孩。

女孩是播音主持专业的，有着符合专业要求的靓丽外表与甜美嗓音。那时她正靠着硬座的高椅背，口渴难耐，焦灼地两头张望，等待列车员的售货车推过来。耿帅及时表现，送上一瓶未启盖的矿泉水并附赠了一张名片："有事儿您说话。"女孩接过来看时眼睛瞪大了——是张纯净水门店的正规名片，名字上方印着"专业送水、随时随地"的服务口号。要的就是这种效果。耿帅冷静地说：翻过来。

翻过来的空白面，才是手写体的名字与电话。女孩精致地笑起来。你真逗！她嗔怪地说。要的就是这种效果。再细看，女孩又好奇地问："咦，还有姓耳的?"原来"耿"字左右两部分很艺术地拉得老远。耿帅又冷静地说："名字好记，名如其人；就是姓得普通了点，所以造型比较个性。"女孩咯咯咯地笑起来，像清晨树枝上洒下的一串露珠。要的就是这种效果。

和所有爱情小说一样有了一个美妙的开头。临下车时，他得到了女孩的手机号码。

回到学校以后，耿帅发现自己开始了思念。同车的三个小时，在记忆里像棉花糖一样，可以拉长，拉长，扯出甜甜的<u>丝丝蔓蔓</u>。没有谁能控制住情窦初开的人，耿帅自己不能，学院的规定也不能。

他在天气晴好的一天下午踏上了学院一条僻静的花园小路，桂花清香在阳光烘烤下发酵成麻醉剂。到了拐角的一丛月季花后面，他伸手摸出秘密使用了大半年的诺基亚手机来，给那个身在远方的、"亚麻布一样"的女孩子打电话。是的，他们只是在火车上偶然遇到的——偶然，也许是必然，谁知道呢？上帝创造年轻的生命又让他们跑来跑去，就是要让两个合适的人在合适的时间、合适的地点相遇。

只是，他没能选择合适的时间、合适的地点打电话。一顶威严的白头盔从天而降，一言不发，啪地摊开一只五指大张的白手套，像艘白色舰艇稳稳驶到他胸口前——这动作准确诠释了"学员禁止使用手机"的严厉规定。

白头盔。白手套。正在播放女孩清脆笑声的手机。桂花清香与秋爽的阳光。这些音符组成了一首爱情绝唱。当时正值学院"严打"（作风纪律整顿）时期，那只倒霉的手机被没收之后牵连了一大片人。它的通信录里挤挤挨挨满是不安分的学员名字，领导不费吹灰之力就将二十一队私藏手机的家伙一网打尽。"地下组织"被摧毁后很长一段时间，耿帅都在同学的埋怨声中抬不起头，更令他伤心的是，到期末他领回被收缴的手机后，再打那个号码，居然听到一个男声的"喂"——女孩新交的男朋友。耿帅摁掉手机，抹去了那个火车女孩的联系方式，从此再也没能与她坐上同一列火车。

但他一直固执地认定，这段只剩下摇摇晃晃的笑脸、哐啷哐啷车轮声的短暂情缘是他的初恋。

而断送他宝贵初恋的，是该死的纠察。

二

休整时间延长了，因为教员临时决定开饭，把大家伙儿喂饱了再上路，省得再拿"三公里"来画饼充饥。

压缩干粮跟砖头似的又方又硬，学员们一口口的，像是吃进了弹药箱。比压缩干粮更难啃的是伍世国的一句话，简直是存心要噎死耿帅。那时啃干粮的学员们在骂学院、骂教员，骂毕业拉练，于骂声中虚拟了许多会令学院头疼的毕业式的项目。

"还用得着跑这么远？在学校就可以搞伏击！"说的人很得意，因为别人都听懂了，赞同地微笑。

"他们已经加强防御了，双岗巡逻，"另一个说，"每年到这个时候，龟孙们都红色级别地提高警惕！"

伍世国把头转向耿帅——后者心里支起无形的弓，蓦然绷紧了弦——果然用了黑老大拍打小跟班的口吻："下次跟紧我们就行了，不用跑那么快，浪费体力！"一群人的记忆被刺激起来，记忆的副产品是冲天而起的哄笑声。耿帅觉得自己被这笑声抛起，全身都腾空了，四下无靠，只有假装无所谓地舒展自己，随着声浪的减缓而徐徐下落。

打纠察。打！打龟儿子的！每个人都会这么说。

其实打纠察应该算是最缺乏个性的毕业式了，但它因彰显勇气而成为长盛不衰的高级选项——它几乎超越了毕业式本身的纪念范畴，升级为陆院学员们臆想中的传统习俗。

没有上过军校的人永远不会知道学员与纠察之间的恩恩怨怨。要一一细说起来，简直就是关于一个学院江湖、两大武林门派的一部冗长演义。纠察的形象通过历届学员的口口相传，早已被塑造成黑社会打手、地主的狗腿子之类令人憎恶的得势人物，在学员宿舍入睡前的闲聊中，他们只是被嘲弄、被挖苦的对象，但在宿舍以外的公共场所，人人都会小心谨慎，以防被他们抓住把柄。他们是不折不扣的大反派、极具挑战性的假想敌。

耿帅刚来军校时，盯着那些在大热天也戴着白头盔、白手套的家伙傻笑，就被伍世国警告了。"别去惹他们，"伍世国老气横秋地说，"从理论上说，他们是连院长都可以'纠'的——如果他老人家忘了戴军帽在院子里乱窜的话。"

他们"从理论上来说"所具有的全部权力是部队条令赋予的。条令上关于这点写得很坚决也很煽情："卫兵神圣不可侵犯。"这些权力繁冗琐碎，像一张细密的网从头到脚地罩下来，管着你的方方面面，包括每一根毛细血管：从你的头发合不合规定的长度到帽徽、领花的安装位置，从走路的仪态标准到出入大门的合法手续。

不过，"从理论上来说"的事情，在"事实上"往往不是那样的。纠察们虽然都做出神圣不可侵犯的样子，但他们个个都是肉体凡胎。哪个敢去纠院长呢？或者纠头发过长的机关干事？哪怕只是新来的教公共英语的年轻教员，你纠着试试看？——倒是可以逞一时之快，可凡事都有"后来"呢，得罪了干部、教员，后患无穷啊！所以，纠来纠去，纠察们主要还是针对学员。

"连兵都不如啊！"学员们扼腕叹息。

校园里不定期地会上演纠察与学员之间的猫鼠游戏。一个学员没命地狂奔，后面追着一两个白头盔是标准场景，而逃跑者总会遇到素不相识却拔刀相助的路人甲乙丙丁……当然，这只能算是小打小闹。

二十一队与纠察素有渊源。当二十一队刚刚迈入毕业队的行列时，学员队领导就连续五次在大小会上给"某些有情绪的人"敲了警钟。很多年以后，一定会有二十一队的后辈用无比羡慕的口吻宣讲：当年，曾经有个本队的老大哥，把纠察好好地收拾了一顿……

那个"老大哥"就是伍世国。大一那年，他带着一个班的学员去学院后山参加了一次惨烈的义务劳动（修筑山路）。经受高强度劳动之后的学员一脸疲惫，走在路上就不那么精神抖擞，铁锹、铁铲之类的东倒西歪架在各人的肩膀上。迎面过来一个纠察，伍世国极尽努力地提醒大家：注意一下，精神面貌拿出来！

小队伍条件有限地调整了一下，但还是离纠察同志的要求相去甚远。纠察用视察仪仗队的眼光犀利地扫描过去，严厉地问："你们是哪个队的？"伍世国喊了"立定"，一脸的和气生财，说："同志，我们刚刚从山上下来，修了一天的路了。"

纠察不为所动地板着脸说："那也不能成为军容不整的理由！"

如果是院长这么说，大家听着生气归生气，怎么也不会把情绪表露出来。但纠察不该把自己当院长，他的口气、姿态与他的身份之间形成了巨大落差，撞击着学员们的情绪底线。劳动了一整天没捞着一句好话，还受这么个毛都没长齐的小兵训斥，搁谁谁心里也不平衡。

耿帅在队伍里偏队尾的位置，他感觉到愤懑的空气在周围升腾，却怎么也聚集不起来形成一种力量。多么急人啊！应该有根刺，挑破蒙在情绪之上的那层膜。他把拳头握得紧紧的，下着决心，指关节咔咔作响。忽然他听到自己小声地骂了一句：个屌兵！

这句轻得不值一提的话像火柴一般，"哧"，纠察被瞬间点着了，坚决要"纠"这个班，要求他们报告身份，伍世国怎么说好话对方也不听，于是伍世国也毛了——冲突是怎么发生的，谁第一个动手推了一把，谁又更重地回敬了一下，都有多个叙述版本，总之是打起来了。

纠察没想到学员会动手，真动手，他是吃亏的——十二对一，那十二个还全是"练家子"。他立刻启动应急预案，抓起哨子猛吹一气，尖厉的哨声带着身陷绝境的危机感呼唤援军，这让学员队伍有了片刻慌乱，对下一步的战场态势失去了判断力。伍世国在这时展现出非凡的领导气魄，他随后做出了一个令人难忘的造型——大手一挥，气壮山河地喊道：

"你们撤！我掩护！"

学员们轰地解散，撒腿就跑，纠察正要追上去，伍世国登地拦住，一把将他推倒在地。这时，在附近巡逻的另一个纠察循声而来，他显然低估了伍世国的军事素质，居然扑上去想把这肇事者缉拿归案。挖过七个月土石方的伍世国没有客气，抬腿冲着这家伙当胸一踹，也不瞅一眼死活，趁着对方还没缓过劲来，一溜烟地跑了。

事情闹大了。那天晚上，教练营教导员带着两个挨打的纠察找到了学员队，极其愤怒地要求他们交出肇事者。那教导员像揭发地主恶行的小佃农，痛苦不堪地不停控诉：简直无法无天了！把人都伤成什么样了！然后作为证据，他大大掀开一个涉事纠察的军装与背心，在那委屈的、袒露的皮肤上，胸口处赫然显露出一个肉红色的大脚印！

眼看着会大大地闹一场，结果却很搞笑：居然没有查出肉脚印的制造者。学员队把整个队的学员都紧急集合起来，让教练营的认人，两个纠察一个个地排查，也没能揪出伍世国。事实上伍世国根本没有参加集合，他的一个死党是二十二队的，替他去集合并在点名时高声答"到"。学员们对此团结一致地严守秘密，而学员队领导也睁只眼闭只眼，根本不愿彻查，教练营的人只好灰溜溜地回去了。有人开玩笑说：应该像拿着水晶鞋寻找灰姑娘一样，用那个胸口脚印当底样，让全队的每只脚都去比试一下啊！

这事总算是过去了。之后的一段时间，伍世国在校园里都偷偷摸摸的，躲着纠察走路，而他的盛名在好几届学员队伍里如日中天。

耿帅却是另一个极端的样本。那天当伍世国拿出伟人气势喊出"你们撤我掩护"时，在学员们麻雀般四散惊飞时，耿帅像枚性能优良的地空导弹，嗖地直刺向远处。后来有人夸张地形容——比导弹还厉害的是，只看见烟尘滚滚，根本没看到实体。

他本是导火索，是在队列中骂出"个屌兵"的，挑起了事端，闹大了却跑得比谁都快。这简单的事实连耿帅自己也无法辩驳。虽然大家只是拿这当个笑话，耿帅却永远无法原谅自己。还是厌了，他恨自己还是厌了！

打他。打他个龟孙！

被葬送的初恋、被取笑的胆小鬼……痛苦回忆集合在一起，耿帅发现，自己只不过是在努力寻找一个替身，让他为那些失败的后果负责。打了纠察不能改变过去，但对未来似乎是种安抚。

三

重新整队出发，前面静候着一项类似"寻宝游戏"的科目：按图行进。在规定地点，所有人将背囊都取下，集中放好，只带挎包与水壶，准备轻装上阵。教员分发了地图，各个组要么目标不同，要么目标相同、行进路线不同。

耿帅就知道自己会被分到伍世国这组，果然是的——习惯性地被强行纳入对方的保护之下。"像我弟。"伍世国总眯起眼睛说。但学员们私下更恶毒，说伍世国是耿帅的亲爹。最近一次证明就在毕业拉练之前的半个月。

是因为外出条的事。周末时，每个队每天只有两个外出名额——逼人发疯的规定啊——外出条就得最大化地利用起来。往往第一批出了校门的两个人会到学校围墙的指定地点，把外出条扔进来，于是第二批可以出去。回来的时候也一样，第一批先回来，到墙边把外出条扔出去，第二批的接过条子再进来。一直都是这样干的，偏偏轮到耿帅就被放了鸽子。

他是第二梯队的，在围墙的"576 高地"外面等了好半天。那是一帮金刚经过长期考察、反复实践而选定的一个最佳翻墙点，相当隐蔽，成功率高。"576"是"我去了"的谐音。本来，说好第一梯队的陶正林回学校以后，就从"576 高地"把外出条给他扔出来的，那家伙却一进去就没了动静。

归队时间已经一分分地逼近，再等下去，超了假，可是要吃不了兜着走的！耿帅在心里把陶正林祖宗八代骂了一百遍，还是没把他骂出来。眼下只有一条路：翻墙！

正是临近傍晚，天色又不好，爬上墙头时耿帅敏感了一下，觉得有什么不对劲，但形势已不容他多想，骑在墙头又怕吸引纠察。他视死如归地跳了下去。

咚！

一股生涩的建筑物的味道呛进嗓子眼，好像吃下了一幢房子的胚胎。接着他发现两腿黏糊糊地发凉。两样综合起来就是：他踩进了一个兑了水的泥沙堆。这一跳，让他充当了完美的搅拌器。

当他艰难地踏出泥浆，不远处站起来两个惊恐的农民工，那眼神像见着了外星人。谁也没料到那天会修补人行道，而且正好在这个位置搅拌泥沙！灰黑泥浆裹着下半身，耿帅已经是半雕塑状态，靠！靠！靠！他简直忘了怎么骂人才叫骂人了！

路上遇到一个纠察，孙子居然没有来纠他，只是怔了怔，然后笑了。——妈的还笑！比"纠"还阴毒！

回到队里他才知道陶正林没来的原因——全队临时点名，都集合在楼下。泥灰版耿帅突然出现在整齐的队伍面前，就像迎来一个人像雕塑揭幕式的高潮部分……

事后耿帅没说什么，伍世国却对陶正林动了手，因为对方拒不道歉，还说本来外出条也不该违规使用！伍世国刚刚挥起拳头时被两个学员拉开了。耿帅倒像没事人似的，从一堆闹闹的人群外缘经过，只冷冷扫了伍世国一眼。他觉得这替他出头打人的莽汉，在陶正林之外，正予以他另一重侮辱。

"小组集合！"伍世国煞有介事地召集耿帅、周宇和赵小波几个人，活像张开翅膀的母鸡。他给周宇甩了支烟，把赵小波戴歪的帽子拉正，又掂掂耿帅的水壶，看他装够水没有。他就这德行，处处显示自己是"小组负责人"。

简单研究了一下地图，几个人便出发了。眼前这座山，森森向上，寂无人烟，除了用来搞军事地形学研究简直没有任何用途。他们走的是 C 线，经过 C1、C2、C3 三个点，将到达山顶的目标——"那是一个又高又瘦、外形朴素神情冷艳的——电线杆，"周宇边走边用妖娆的舞台剧风格，把目标形容成一个女人，"她怀抱着一行红色油漆的神秘文字，哦，那就是教员想要的狗屁情报！"

"行了行了，"伍世国拍了他一下，"老子一笑就想尿。"

运气不太好，这里前两天应该下过雨，好多地方都还是稀泥。到处是天然的陷阱：表面上平平一层落叶，一脚踩下去却迅疾下坠，稀泥能没到小腿肚。伍世国当仁不让地走在最前面，冒险最多，很快他膝盖以下部位都被烂泥包裹。他被周宇刻画为一个笨重的"投石问路器"，好几次都在他英勇"陷"身之后，小组其余人员得以找到另外的安全路径。

就算是这样，耿帅也一点没有表现出领情的样子，有一次他拒绝按照伍世国的建议走低处的泥泞地，固执地要从高处一块遍布青苔的大石头上翻过，然后他脚下一滑，像马戏团小丑刻意制造滑稽效果一般，两手高扬着向后一坐，又从坐的地方一路滑下大石头，磕倒时像在虔诚膜拜土地神，双手深深插入了稀泥。

"姥姥!"伍世国吼起来，"拜鬼啊!"

耿帅被忍俊不禁的两个战友拖出泥坑，像台从战火中挽救出的军用设备，折损严重，容形狼狈。周宇凑近他，以小女生之态眨巴眼睛，嗲声道:"哥，不要告诉我，这就是你的毕业式哦!"说完，仰天大笑。

哥的毕业式不要你管!

哥选的是十九号!

纠察的姓名和编号都是他们从教练营的光荣榜上看来的。那是个土得掉渣的可笑的黑板报，一边写些空洞的政治口号、造作的爱国抒情诗或一本正经的政策法规，另一边（只能算个小小的角落）就是公布每周"好人好事"的光荣榜。

老早老早，耿帅就从光荣榜上认出了没收他手机的十九号纠察。这个刽子手。照片在光荣榜上还挺耐看，浓眉，单眼皮，鼻梁挺直，嘴唇紧闭，由于目光专注而显得格外认真。最近的一次是半年前，十九号又出现在光荣榜上，而与之配套的是黑板另一边写着他的事迹:外出时勇斗一个路边行骗团伙以致受伤。很快学院报也登出了一篇详细报道，并称院方对他进行了表彰。

耿帅犹豫过一阵子。打一个成为英雄的纠察，是不是太无原则了?

直到某天他在学院南侧门又遇到十九号。当时下着雨，耿帅没带任何雨具，急着想从一支小队伍中间穿过去。十九号正在维持秩序，他走过来把耿帅拦住："请等队伍通过。"耿帅看他一眼，从表情中判断，这家伙已经忘了当初没收手机的事了。耿帅说："下雨呢，行个方便。"

十九号依旧冷冷地横在他面前："请等队伍通过。"雨水划过他雨衣下的脸，没有丝毫柔情。耿帅在心里骂了一句。他明白了，纠察是没法通融的，他的本质就是根警棍，是负责抽打的，有人会同情一根警棍吗？

至此，见义勇为也不足以得到耿帅的原谅了——反倒更具有一种挑战性的诱惑。

打一个成为英雄的纠察，是不是比打一般的纠察更带劲呢？

花了三个星期时间，耿帅研究出了十九号纠察的巡逻路线、轮班规律，其实两个星期就够了，第三个星期是用来印证调查结果的。他在已经废弃的英语笔记本上绘制了一幅清楚的战略图，制定了三套行动方案，而每一套方案——谁能想得到——都有 ABC 三种对应计划。

"说说，说说嘛，处座的毕业式进展如何？"

一路上，无论嚼着一块口香糖的周宇怎么涎着脸追问，耿帅也板着脸一言不发。对这类问题他已有免疫力了。

周宇破釜沉舟了："跟小雅做通工作没？"

赵小波立马爆出一丝不怀好意的笑声，像钉子刮过金属板，小而刺耳的噪音。伍世国没笑，反而瞪了他们一眼，神情警告。耿帅虎着脸，大踏步地走到最前面。

是的，耿帅的毕业式有两项内容，一个是明的，一个是暗的。暗的是打纠察，明的是睡小雅。这两项耿帅都没有宣布过，可是二十一队的金刚都知道他想要在毕业前"脱处"，把小雅拿下。

小雅是耿帅最弄不明白的一件事。——没错，是"一件事"。她对他而言不仅仅是个女孩子，而是一个不可思议的问题。比如说，她是他有生以来遇到的最好最好的女孩，温柔、可爱、单纯、善解人意……你可以加上任何想得到的美好的词语。作为同龄女孩，她还难得地朴素与体贴，不许他为她高消费，喝水从来只要一元到一元五的矿泉水，后来甚至自带水壶；吃饭不进太正式的饭店，专挑快餐店和大排档；她不化妆，只擦五块钱一大瓶的"宝宝霜"，还说听名字就知道它能把你保养成婴儿皮肤……她是物质女生的反面，质朴到耿帅都觉得局促不安的地步。可那样的好，又不像是真的！就是说，一个完全没有缺点的人，不会让你觉得闹心吗？

又比如说，她是耿帅的女朋友吗？这点就连耿帅自己也说不清楚。他们可以一起逛街、看电影、吃豆腐脑，也可以去近郊拍照、爬山、骑自行车，他们聊天可以聊几个小时都不嫌累，但不知为什么，总觉得还不够亲近。有一次耿帅鼓起勇气问她，可不可以做他的女朋友。她天真地笑起来，说："什么可不可以，本来就是呀！"——耿帅怔了好久，琢磨不出这话究竟是什么意思。难道他们已经在谈恋爱了？反倒让他郁闷。那种小说、电影里的求爱桥段，种种被期待的浪漫细节，一经省略，仿佛这爱情都缺斤少两了。而耿帅自己也不好再提这个话题，只好保持现状，哪怕到后来，他们已经可以缩在公园最偏僻的角落里拥抱接吻了，但在耿帅的感觉中，他们仍是一对模棱两可的奇怪恋人。

就是这个小雅。

所有人都知道，是耿帅的那个小雅。

而所有人都不知道，耿帅的小雅让他感到痛苦。

四

C1 点毫无悬念地找到。然后是 C2。从 C2 出发，不出意外可以在十几分钟后到达 C3。四个人仿佛四只虫子，从大山的皮肤钻入它的血管、它的筋骨与内脏，有些东西终是不同以往了。浓重的腐叶腥味腌制着入侵者，哪怕是蓬勃生长的高大植物，也带上原始性的杀气。鸟与虫子偶尔叽一下，落在深远的背景中，惶惶地令人不安。

"我怎么觉得是大战前的片刻安宁呢？"周宇皱着眉头说。除此以外只听到密集的哧哧哧哧，战靴吃着腐叶。

若隐若现的危险感陪伴着几员金刚，直到翻过一个小小的斜坡，他们终于知道不祥之兆的来源了。眼前是一大片看不到边的、被上帝翻腾过的乱石地带，树木被压在泥沙下面，土壤与怪石从地的深处喷涌出来，呈现着干净的、尚未被时间消磨的新鲜色彩。可以想象大地颠覆时的壮观场面。

学员们驻足在这景象前，没有回过神来。赵小波慌慌张张地打开地图，手指在 C1、C2 到 C3 几个点之间不停划动，抖抖索索，半天停不下来。"小溪呢？这里本来应该有条小溪，哪去了？"

他们明白过来：这就是传说中的泥石流。不久前的一场自然灾害抹去了原来的地表特征，就像地图上通往目标的最后部分被墨迹涂盖，什么也看不清了。过时的地图不再具有导向的作用，目标生死不明。

"姥姥！"伍世国颓然地揭下帽子，好像一个贻误战机的指挥官，赶到战场时仗都打过了。"白跑一趟！"停留片刻后他哼了声，转身，原路返回。本来还打算这个科目挣个好成绩呢。配合着赵小波的叹气，周宇吹了声口哨表示"game over"，懒懒地跟了上去。刚走了几步，便听一个声音从身后撂过来：

"我要继续前进！"

三个人同时回头。耿帅一脸正气地站在一个高高的土坎上，仿佛那是另一个世界的界标，他稳稳当当地宣布着。是宣布，不是商量、请示与征求意见。决裂的姿态。

"姥姥……"伍世国刚刚火起，又摁住了脾气。聪明人不会在这时发火。

四个人用一分钟开了个会。一分钟里，以三比一的投票形成决议。这是泥石流地带，地貌已完全不同于地图所标，任务是无法完成的；不仅如此，贸然通过泥石流地带是相当危险的做法。耿帅对这些情况完全明了，但他只有一个意见：他要坚持前进，完成科目。

"这科目没法完成了！你懂不懂？"伍世国终于吼起来，"教员都不知道出了这样的状况！这又不是我们的错！别说我们 C 线，就是 A 线、B 线、D 线，都他妈完不成了！肯定早就跑回去报告了。放心，不可抗力的自然灾害，不会扣分的！要扣也是所有人一起扣——那还是等于没有扣。"

站在土坎上的影子丝毫没有晃动一下的意思。"如果是在战场上呢？"那唯一的反对票问，仿佛慢悠悠地抽出刺刀，直刺军人的心脏所在。是的，所有演习都是以实战为假设背景的，而在实战中，会因为被泥石流修改的地表条件而放弃目标吗？能为这个问题再投一次票吗？就像站在一个领奖台上，他眼神中充满骄傲、不屈与熟悉的固执。

伍世国隔着一段静谧的距离与那个影子冷冷对视。世间有因果，有去留，有无缘无故的守护与叛逆，有非此即彼的选择。决策者是痛苦的：伟人们都追逐于轰轰烈烈的时代大潮，小人物只不过是放手一搏。

三比一的两个端点，数量悬殊，相距遥远。

"我们回去。"整座山都听到伍世国咬着牙，低沉地从肠腔里挤出了四个字。

毕业拉练前的那个周五。没错，就是周五。

战略图已经被揉得不像话了，再不行动它都要退休了。耿帅把它张开在眼前反复察看，想象如果教员审阅，会给他打多少分。

那晚还跟伍世国喝了酒，当然只是啤酒，还谨慎控制在三瓶。伍世国要帮他开第四瓶时耿帅拦住了。

"再喝就过了，会出事。"

他撑着桌子站起来，片刻之后确定思维与行动没受阻碍，才拉开椅子走了。走得有些凝重，有些悲壮，有些风萧萧兮易水寒。连跟伍世国招呼一声都忘了。

半个小时后他已经埋伏在通往后山的一条偏僻小路旁，欠缺修剪的灌木丛是绝佳的掩体。他抹了足有半瓶的驱蚊花露水，提前清空了膀胱的积蓄，像捕猎的肉食动物一般静静守候在黑暗中。

如果不出意外，十九号会在前一个岔路口就和同伴分开，各走一边，分头绕两个半圆再回来会合。而耿帅选择的地方，可以保证十九号被伏击后的惨叫声不会惊动已经绕远的同伴。

两百米远处的路灯亮起来，耿帅吃了一惊。那路灯已经坏了好长一阵了，居然在这几天重现光明。看来所有计划都不能完美预料到所有情况。

路灯光成为行动的不利因素，但也让目标暴露得更显眼——一条人影被拉过来，一长一短地运动着。正是让耿帅望穿秋水的十九号。

纠察一马平川地走过来，显然是没有防备的；但在走上树影遮蔽的林边小路时，他忽然迟疑起来，像一条经验丰富的警犬，翕动着鼻翼，嗅着空气里的不正常的因子。是驱蚊花露水的味道。他没有明白这也是危险的气息——从灌木丛底爬出一个黑影子，猛地给他来个由后抱膝，纠察瞬间像个笨拙的街头雕像一样直直地往前摔倒，影子跃上了纠察的身体，骑着，打算反剪了他的手再开打。

"别、别、别打——别打了——"

耿帅被这声音吓了一跳。他停了一下，确定声音来自趴在地上的纠察。黑暗中能大概看出纠察的下巴磕在泥地上，他努力挣脱一只手举起来，是半个投降的姿势。

"真的别打了……上次的伤还没好……"千真万确！纠察在说话！

这被活捉的俘虏！他咳了两声，带着点苦笑，"再打就残了……年底退伍回去，残了就不好安排工作了……"

耿帅的拳头举在半空中，捏得紧紧的，但顿时像变成了氢气球，没有落下的力量。还要打下去的话，打的将不是一个英雄，而只是一个伤痕累累、即将退伍返乡的战士，一个主动示弱的人。为什么会这样？

拳头垂下了头。拳头放弃了。指头一根一根、慢慢地松开，像颓然开放的花。

耿帅恶狠狠地把虚弱的战利品拍了一下，站起身来，一脚高一脚低地走了。三瓶啤酒的酒劲终于涌上来了，浑身每个毛孔都在冒热气，一股难以遏制的浑浊之流从胃部直冲上脑门，让他的腿不停地痉挛。

他恨十九号！轻易地取消了他的毕业式，剥夺了他应有的奖赏与荣誉！怎么可以告饶？怎么可以？军人的字典里没有"告饶"两个字！

醉汉一般的毕业队学员耿帅沿着来路，低头晃荡着回去，冷不防撞到面前竖着的一堵墙……不，一个人——伍世国正用父亲一样的既严厉又慈祥的眼光盯着他。耿帅瞬间明白过来，恶毒地回敬他一个白眼！显然这自以为是、无所不在的老大是跟踪而来的——他看到了未遂的毕业式。啊呸！

耿帅推开他，撒腿跑起来。

五

地图是大地的相片，如今相片仍在，曾经微笑的面庞却已经毁容。在凄美的比喻面前，现实是个恐怖无情的巨大存在物。

耿帅现在是自己的主帅、将领、教官与小组长，他是绝对主宰。虽然每走一步都对下一步没有把握，他仍然激动地感知到，还从来没有这样把握过"走"。高考志愿填军校是父母的旨意，曾经喜欢的女孩对他说"不"，要打的纠察居然投降了，伍世国要他坐到指定的石头上去……那些都远远地退去了，退到辽阔的背景中；眼前只有山石、稀泥、树木倒下后半掩半露的枝干，时空逆转，天地洪荒，这里袒露过巨龙的骨架，雨水冲洗过整整一个地质时代。他在跋涉，在开拓，他是这片原始之地的远祖先民。

靠着指北针，他做了大致的方向判断。他允许自己有三分钟的停留——站在一处乱石上，企望眼睛如猛兽一般，杀开这片混乱，寻出一条似是而非的生路。

走出十多分钟，当他攀爬一棵斜插在泥地中的小树时，听到背后传来某种声音，像有重量的物体落进泥坑里。碍于攀爬的姿势，他无法回头，头皮却是一阵阵紧上去。这山里不知道会有什么野物出没，而他手上没有任何防身的武器。越急越攀不上去，那声音却是越来越近了。惊慌之中，屁股底下有如神助，忽的一股力量将他托了上去。

耿帅在树干上坐定，回头，目光正好与伍世国仰着的大脸对接。

"我让他俩回去了。"伍世国慢悠悠地说。他不放心耿帅。不放心？他凭什么不放心！又要说"像我弟"是吧？我呸！耿帅用熊熊燃烧的眼光瞪着他。四年恩怨在此排山倒海，他们必有一场决战。

四年了，他抗拒着伍世国张开的保护伞，仿佛不是被罩着，而是受到胁迫。无论伍世国如何咧着嘴冲他笑，约他去打球，还是抱着他肩膀亲热拍打，叫他给自己占个"坝坝电影"（露天电影）的座儿，或是请他与哥们儿去服务社小搓，豪放地包下一大桌酒菜的费用，耿帅都没办法高兴起来——伍世国的存在就像是成心跟他作对比似的：高壮与矮瘦，老练与稚嫩，粗放与细腻，成功与失败……

如果没有伍世国，耿帅还显不出那么的"不够"，可他偏偏出现了，在军校这彰显男性特征的地方，他是个强大的标本，跟他一比，弱小的就更弱小了。耿帅的五公里越野是全队倒数第七名，攀登考核时他曾经把自己活活吊在半空中，大一时搞四百米障碍训练，全队有四个人跳下两米深坑后爬不上来，其中一个……就是他……所以，就算耿帅的81-1步枪射击成绩可圈可点，他的单兵战术姿势最标准，他还是全队第一个考过英语六级的——都不能抹去人们心目中那个失败者的可悲印象。他所有的努力，还不如伍世国那一踢，肉脚印，哗，盖了……

"老子不要你管！"耿帅咬牙切齿，"你就拿准了我，拿准我是胆小鬼、是处座、是低能儿，是不是？你就拿准了我的毕业式会泡汤，是不是？给老子滚——"

透过时间的光晕，他还能看到纠察投降后的那天晚上，在酒精、夜色与血气的掺和下，那个叫耿帅的军校生梦游一般地来到"576高地"。攀墙头，跳，爬，蹬，像一袋沙子怎么也升不上去。他要疯了！他要疯了！试了九十九次，再试一次翻不出去，就只好去杀人了！

直到"咚"地沙袋落到墙外，具体的疼痛才抵消了一部分浑浑噩噩。杀心却是更足了。

没有多远。军校生闭着眼都能走到那里。但他还是打了车，为的是以最快的速度赶到目的地。小雅也是今年毕业，在整个大四阶段，她一有空就抱着一沓简历，跑来跑去找工作，但时间和经费像没有龙头的自来水一样，哗哗哗地流走，她一直没找到适合的工作，只好预先租了一间房，作为毕业后的落脚点。她做好了长期失业的准备。

耿帅空降到她的出租屋时，她一点没有意外，像是早就准备好他的到来似的，一边让他进屋一边拍着他军装上的污迹。他盯着她，一把拉过来，紧紧地将她圈在臂膀做成的铁栅栏里。女孩子没有挣脱，只是用露在铁栅栏外的手，固执地拍打着军装的后背。

灰！灰！她说。

多么熟悉，就像第一次遇见她。那个周末下午，大三的耿帅急着去赶公交车回学校，因为偷懒，他试图从街心花园一排矮冬青上面跨过去，忽然听到一声"喵——"。以为是猫，耿帅刹住，回头一看——居然撞见一张人脸！撞鬼了！惊慌中他下意识地后退，又给枝条绊住，一屁股坐了下去！

倚着矮冬青坐在地上的人站起来，呵呵呵地笑了。是个女孩。一个坐在这里消遣孤独的女孩。她大大方方地上前来拉耿帅，耿帅一边站起来，一边惊魂未定地说："好好的人，学什么猫叫啊！"

女孩说："学人叫，不是更吓人吗？"

她很自然地替他拍打着外套，耿帅羞怯地扭身避开。

灰！灰！她说。

他搞不懂自己，为什么会把对小雅的肉体征服作为毕业式。他是爱她的，大多数时候他坚信这一点——但怀疑的时候又怀疑，自己是不是拿爱当借口。是正好有这样一份爱情可以成全他的毕业式呢，还是为了这宗教般的、标志成熟的毕业式，他需要一份爱情来配合？

就像他拿不准美好的小雅是不是真实存在的一样，他拿不准自己。

现在这游离的小猫就在他怀中，任由他吻着，唇、鼻、额头、面颊、耳垂与脖子，渐渐让他模糊了相信与怀疑、真实与虚拟，既定目标与原始欲望合二为一，他没料到自己会陡然间滔滔不绝起来，开始许诺，开始发誓，用语言给自己打造了一件负责到底好男人的外衣，并向小雅描绘了一幅辉煌明天的蓝图。句句都是抚摸。是不安分的进攻。

小雅轻轻推开了他。

只推开了一点。然后隔着这点距离认真地望着他。她的聪慧是种沉静的力量，有时甚至会让人无所适从。当初，耿帅使出最拿手的泡妞手段——递给她一张废品收购站宣传名片——的时候，她只瞟了一眼"废品收购　量大从优"，没等耿帅吭声就把名片翻了过来，然后准确无误地念道："耿、帅。"

军校生就傻眼了，像魔术师被人拆穿了把戏，尴尬地立在舞台上。所有设计桥段在她那里都不值一提——她仿佛总能把一切都看透、看穿。

小雅拉着军校生的手，牵引着他，一直来到她的床前。是出租房配的拙劣的刨花板双人床，带着宽大而俗气的奶油色床头。床上用品是小雅在网上买的，蔚蓝色花样，一波又一波海浪翻滚得惊心动魄。她坐上去，置身于漩涡中央，全然是殉情之态。

"我一直在等着这一天。"

她将男朋友的手贴在脸上，来回摩挲。应该是花好月圆，可这画面里含有一种令人不安的东西。

耿帅挨着她坐下，望着她。她开始说话，说很多的话，以前从来没提起过的。她是吃低保的家庭长大的，瘫痪在床的爸爸，在小印刷厂切割纸张的妈妈，患心脏病需要手术的弟弟，过年时宽裕的亲戚会送来米和油，学校里发的贫困生助学材料要拿到街道办去盖章……多么像励志新闻报道的老套情节！而她居然能靠着好成绩、奖学金、勤工俭学和助学贷款读完大学，简直可以给国家的扶贫工作当形象代言人了。她不敢谈恋爱，因为她的恋爱就算修成正果，自家的沉重负担也会将对方拖垮；她努力找工作，但必须找薪水高到能帮她撑起背后那个家的工作，又谈何容易！所有一切都奔着某种未来而去，她早已做好了准备。

在奔波找工作的一年里，小雅没有找到能给她好工作的单位，却遇到了能给她富足生活的大叔。大叔愿意出钱替她还贷款，给弟弟治病，给她和她父母买房，每月在她卡里打笔充足的生活费，除了没有名分与爱情，她可以什么都有。又多么像电视剧里的狗血剧情！

她别无选择。这是宿命。她早已做好了准备。

而最大的意外，是耿帅的出现。他和他的爱情是这微渺生命中的奢侈品。

当她决定将青春签约给大叔之时，同时也决定要留给爱情一张纪念封。是的，一定要"给"耿帅一次——让她犹豫的是，"给"大叔和"给"耿帅，谁在先，谁在后。对她来说，这个先与后，太不一样了。先"给"了耿帅，在大叔那里势必会贬值；而先"给"大叔，她心有不甘。

耿帅今天的凭空出现，将她解救于挣扎的泥淖中。决定了：就是他了。他将作为"第一个"，鲜活地扎根于她一生的记忆中。这个名叫小雅的女人。她曾为他付出了所有的柔情与美好，她也要他刻骨铭心地记得！

女孩把耿帅的手慢慢移到胸口那蕴涵温暖的起伏上。军校生木然地看着，好像不再认识眼前的恋人。为什么会这样？就算继续下去，还有什么意义？

原来他也是她的毕业式。她青春祭坛的一部分。

他终于知道她是真的了。那又如何呢？她真的那一面全是痛。她可以"给"他，但他却永远得不到她！一辈子，她将会不停地拍打，那么多的灰尘！

军校生抽回了手。

六

耿帅知道，伍世国遥遥地跟在后面，像个壮大的尾巴，一直保持距离。也许他故意放慢了步子，让耿帅觉得自己是领先的。他们像相互试探、彼此提防却又无法摆脱的敌我。

从深浅未知的泥泞中蹚过，从松动的乱石堆翻越，手脚并用地爬上滑坡——这些都最好与人配合，然而他们都互不相干地各自完成。他几乎要穿过滑坡地带了，遥遥可见完好无损的山顶。目标电线杆应该不远了。直到一阵山石突然垮塌的闷响与一声大叫滚入耳膜，他才蓦地惊起回头。

几块松动的山石小规模地复习了一遍山体滑坡的动作，近处的景观又有了局部的调整。待风平浪静，耿帅从那滚落的乱石与烂泥中认出了一个人形的伍世国。他匍匐在地，用双手护住头，一条腿被有力地咬进了石缝。

耿帅心里像给什么狠狠撞了一下！他如野猫一般蹿过去，身边的泥石像撕开的肌肉，散发着岌岌可危的血腥味，他什么也顾不上了。伍世国头部无碍，手与胳膊有点擦伤，耿帅使出吃奶的劲，推开了压住伍世国右腿的几块碎石。那条腿还能动，试了试，却站不起来，脚踝也噌地鼓大了一圈。

伍世国用手指了指一个方向——相对安全的地方，耿帅努力将他拖了过去。"你去吧，目标应该不远了，"伍世国平躺身子，冲天呵呵呵地笑起来，"这下你可甩掉我了。"

事情到了这一步，耿帅突然肿胀地难过。就在这一刻，伍世国的种种好处像剪辑过的影像素材，二十倍速地放映。他知道自己在夸大他的好，就像从前夸大他的不好一样。

"好了好了，受不了你，跟我弟一样！"伍世国怕他哭似的，兀自傻笑，"我真有一个弟。打小他就聪明、成绩好，就是脾气倔，不肯服从我。他一耍脾气，我就收拾他，爹妈就赶来护着，后来我干脆不理他，跟他话都不多说一句。没想到，他成绩那么好的，初三却突然退学，跑到深圳打工去了，我们才知道他初二开始一直被几个小流氓欺负，打得他没法安心读书了。他从来没吭声！——我伍世国的弟弟，被小流氓欺负！天理难容啊！我悔得肠子都青了！他到现在都在外面不回家，他这辈子都不会原谅我了。要是退回去，他脾气再臭，我还是坚持罩着他，就没人敢欺负他了，是不是？刚一看见你，就觉得你跟我弟简直一模一样，满身书生气，盖都盖不住。别看我老是充老大，其实你每次嫌我烦，我就觉得自己他妈的是天字号的衰人，是个连亲弟弟都罩不住的特失败的哥！呵呵呵……"

名叫耿帅的学员一阵哆嗦。他努力抵抗着黑沉沉压过来的虚无感。薄薄的凉气中，有些东西像梦一样蒸发、消逝了，又有另一些厚实的东西灌注到血管里。不可言说，却又触手可及。

"快去吧，不找到目标你会死不闭眼的，"伍世国换了个舒服的姿势躺下来，像对自己喃喃说着，"一学员队的人，都怕了你了，就你一个人，啥都要认真……也不想想，这种和尚日子，荤腥不沾，英雄气短，还不许人骗骗自己、过过嘴瘾？……除了你，谁会相信那些没完没了的艳遇？有几个人会真的去打纠察？"

学员们正在集合，选出来的十来个人已经组成了救援队，准备集体出发，搜寻进入大山的两个未归者。教员以后果严重的表情向大家声明此行的重要性与危险性，细致地讲解可能遇到的各种危急状况与处置方法。

有人目光掠过教员，惊异地看到，一个沉重、臃肿而笨拙的影子一点一点出现了，在夕阳的逆光中塑出一种建筑般的阴影。像一只受伤的豹，一步一瘸却悄无声息。近了，可以看出其实是两个人，一个人伏在另一个人的背上，这奇怪的组合体已经奄奄一息。

众人七手八脚地帮忙卸下了背上的一个，剩下的一个——瘦弱、孤傲、不合作的聚能体，用尽力气稳住了身躯不让自己倒下，脸上带着宗教领袖一般的庄重表情，用虚弱却不容辩驳的声音宣布：

"老子完成了！"

奸
细

那天本来不该我值班。但是，张二妹一早起来就拉肚子，每隔一袋烟的时间就跑一趟茅房，还哎哟哎哟叫唤个不停；而她那张四方脸啊，灰得像三十年没修补过的泥墙。当她跟一袋沙土似的在墙根耷拉下去时，队长的眉毛就低下去一截了。他每次想叹气又不愿被人看出来，就会是这个样子。是嘛，卫生队的人自己生病了，如果不及时医治好，总是有些讽刺的。队长皱着眉头，吩咐另一个卫生员给张二妹拣副草药熬。回头又对我说："看样子她一时半会儿也好不了，你就替她把班值了吧！"

　　他的口气假装随意，但那仍然是命令，暗示我不得不服从。回头说起来他还没有领导架子，安排工作都是商量的口气。队长最厉害的就是这招。

　　我只好匆匆梳了梳头发，扎好两条小辫，接着把登记簿打开，在值班员那栏把"张二妹"划掉，改成我自己的名字。其实值班也没有什么，我并不讨厌值班。我们卫生队的伤员不多，撤退的时候，重伤员都托付给当地老乡了，能跟着部队撤出来的，都是腿脚还便利的，有的头上裹着纱布，有的胳膊绑着绷带，每天对着泥巴地面发呆，或者绕着院墙走几圈。我只需要按时给他们换换药就可以了。

但那天合该有事。从昨半夜就冒起来的寒气，到大上午了还没消停，墙头的草都像牲口警觉的细毛，微微地打战。有两个伤员轮流到院子里去观望，抬头望了许久都望不出个名堂，总是埋下头，佝了背沮丧地回来。都在等太阳，太阳出来才会暖和起来。

队长带了两个卫生员去东沟村领医疗补给了，估计要傍晚回来。他们刚走，三营的通信员就来了，一跃进院门就急吼吼地喊："队长！队长！"

我迎上去，告诉他队长领补给去了，通信员就挂出一副倒霉表情，说营长从一匹马上摔下来，腿受伤了，旁边的人要抬他走，但一碰到伤腿他就喊疼。有个干部说这样子不能抬，随意搬动会加重伤情，得叫卫生队的人来。

这么着，队里留守的秦医生带了一个卫生员，急匆匆地跟着那个通信员走了。他们背着医药箱从院门一闪而过的时候，我只是朝阴冷的院子投去惆怅的一瞥。他们这一走，卫生队除了伤病员，只有我和张二妹两个卫生员了——而严格说来，她现在也成了伤病员，那么，就只剩我一个人了。

其实这算什么呢？在卫生队，只剩个值班的在队里守着，稀松平常啊。谁也不会觉得有什么不妥当——如果没有遇到后面那件事的话。

那时候太阳还没有出来。太阳，太阳，唯一重要的是太阳。因为给养不足，一屋的伤病员，并没有因为伤病就获得被装上的优待，衣服照样单薄，比别人多一点的似乎只有裹在身体不同部位的纱布。他们瑟瑟发抖，像猫一样蜷缩。

"屋后有柴火。好大一摞，我看见的。"一个脸色发青的伤员说。他躺在床上，被子里的身体也掩不住颤抖，说话时嘴唇像不受控制一般，随时上下抽动。

我没搭话。队长早就警告过，周围情况复杂，不能随便烧火。有火就有烟，等于将"这里有人驻扎"的信息广为传播。那个伤员当然明白这点，他也就是口头上过过瘾，画饼充饥。我都习惯了。

我把院门给闩上了，着实也是心里发虚。今天太安静了，天地间无声无息的，像是一间偌大的手术室。太阳老不出来。

院门闩上不一会儿，门外便起了动静。一阵杂乱的脚步声、说话声，紧接着有人拍院门，啪啪啪，啪啪啪，像是克制着力气在拍，但在安静的空气里，拍门声凝重又清晰，无端地给人紧张感。我跑过去隔着院门问是谁，外面说"七连的"，"找冯队长"。

拉开院门，外面站着几个我们部队的人，一脸重大事项的表情。看他们寻找的神情，我说，冯队领补给去了，要傍晚才回来。打头一个满脸胡茬的人便一边问"现在负责的是谁"，一边抬腿进了院子，到屋里去巡视了一圈。

配合着他的行动，我跟在他后面，回答说，秦医生去三营了，现在只有我在值班。

"就你？"他猛地转过身来，这才发现我似的，将我从头到脚粗暴地打量一番，半晌没说话。但他的眼光直接甩出了口上没说出来的：你顶个屁用啊！

我在心里哼了一声。就我，当兵七个月的小卫生员，怎么着？

大胡茬又撇开我，不甘心地在屋里转悠，把几个伤病员仔细瞅了又瞅，有时还上前去捏捏人家的胳膊，有两个兄弟被他捏得叫了一声，痛苦地咧开了嘴。检查结果令他失望。能干活的伤病员早就归连了，哪会一直赖在卫生队呢？

"她不也是卫生员吗？"大胡茬竟然指着蹲在墙根、依然围着白围腰的张二妹。我知道他的想法。张二妹年龄比我大两岁，个子、块头都明显强过我，好像更牢靠一些。张二妹抬起头，既痛苦又痛恨地瞪了他一眼，虚弱得话都说不出来。

"是呀，本来今天还是她值班呢，"我带点挖苦地说，"可惜人家生病了，现在也是伤病员。"

"卫生员还生病？"他冒出一句傻到家的话。

"对啊！卫生员就不准生病了？哪条规定的？"我开始尖牙利齿。

大胡茬最后一遍环视屋里，确定没有另外的人可以依靠了，便深吸一口气，用下定决心的表情看看我："好吧，就是你。"我还没回过神来，他忽然伸手，一把揪住我胳膊，拉着我就往外走。我"哎哎哎"地嚷起来，他压低嗓子生气地说："喊啥呢！"

把我拖到院门外，他松了手。我咧着嘴，揉着被他捏痛的肌肉，抬头一下子看见，门外那几个人警惕地站着，中间夹着一个身着绸布大褂的男子，那人背对着我坐在地上，手扭到后面被绑起来了，眼睛上蒙着一块脏兮兮的布。

"就这，"大胡茬说，"一个奸细。"

左、右、左、右……没有喊口令，脚也像打着拍子，左一下右一下有节奏地往前，如同两张大嘴，吱嘎吱嘎吃着路。

前面一个人也在左、右、左、右……差不多的节拍。他的绸大褂是暗紫红的，已经不鲜亮了，估计穿了好几年，现在又粘了泥巴，不过还能辨认出面料上松鹤延年的图案。看到松鹤延年，我心里都忍不住朝他撇了撇嘴。就你现在这样子，还想长命百岁？

"小、小同志……"他缓缓转身，想要面对我，我马上低声喝止："转过去！不许回头！"为了行走方便，盖住他眼睛的布早就取掉了，但我不想让这个敌人看见我。如果他看出我年纪小，又瘦得跟个柴火棍似的，说不定就会想坏主意对付我。当然他占着劣势——手被反绑在后面，而且我有武器。

我上前几步靠近他，拿枪托敲了他的后脑勺一下，让他知道我可是带了"硬货"的：

"开始就警告过你了，脸朝前方！不长记性是不是？我这子弹倒是很听话的，叫它打哪儿就打哪儿。"

我把手里的盒子炮放到他侧面，用枪杆轻轻拍了拍，让他脸上的皮肤感受了一下金属的冰凉。他微微打了个寒战。这法子很管用，打这之后他再也不敢冒失地回头，说话也只朝着前面说。

"另外，说话要喊'报告'，晓得不？"

"报告！"他马上学会了，"请问……我们是到哪里去啊？"

"废话那么多！"我生气了，"给我往前走就是了，到了那里你自然明白！"

我生气不但是对他，也是对那个已经带着队伍消失的大胡茬——就是他，非要把这个艰巨任务交给我。"我们在对面那条小路上发现这人的，"他经验丰富地说，"一看就不对劲，穿这么阔绰，说是来做药材生意的，怎么不雇人、雇马，还走小路？"

其实他说的这些，我一点没听出有什么不对劲。穿个绸布衣服，出门就非得雇人雇马？还有这兵荒马乱的，谁不想躲是非，走清静的小路？当然我只是在心里顶他，嘴上没说。人是他抓的，他说是啥就是啥了。

简单来说，就是七连的副连长（大胡茬）带了几个兵要赶到草笼沟去执行任务，路上捡到这么一个鬼鬼祟祟的家伙——当时绸大褂正埋伏在草丛里，自以为隐蔽得很好了。几个兵让他吃了一顿拳脚，初步审讯，啥都没问出来，只说是来山里收药材的。他随身就带了个布包袱，里面只有两件衣服、一些银票和药材采办清单之类的平常物件。

"很可能是个奸细，"大胡茬说，"得把他送到团部去，听说敌工科侦察到了一个特务组织，没准这人就是其中一个，正好送个活口！"但是团部在西坡桥，与草笼沟的方向完全不同，押了人过去，就赶不上执行任务了。思来想去，他们就打算把这押送奸细的任务，转交给最近便的卫生队。

而现在的卫生队——他们也看见了——只有我一个能干事的，所以硬要把工作派给我。

"我这儿还有这么多伤员要照顾哇，"我着急地说，"先把这人留在队里，等队长或者秦医生他们回来了再说行不行？"

"不行！"大胡茬以暗示某种严重后果的表情，压制了我继续反对的企图，"团部今天上午可能就要转移，你得赶在他们转移前把人交过去！"

我气得用力跺了跺脚。其实是想骂人，用这动作代替了。大胡茬才不在乎我的反应。

"别忘了跟他们说，是我们七连抓的人。"

后脑勺上有两个"漩儿"，都说这样的人固执。这奸细肯定就是个不撞南墙不死心的货。

明明晓得我手里有枪，他一会儿又管不住自己了，非要说话。有那么一会儿我简直觉得大胡茬他们应该给他把嘴也堵起来。

"报告！妹儿啊……"

"啥？说清楚，哪个是你妹儿？"

"哦哦，说错了，说错了，我们老家都兴这样喊……小同志，你也是我们那边的人吧？听口音像得很。"

本来想喝止他的攀谈，刚把气势摆上，我又改主意了，话从嘴里落出来就成了："你是哪里的？"

"风凛县！"他赶紧回答，"我是风凛县段家场的。"

我差点叫出声来，马上又咽下去了。风凛县，段家场……换个场合，我肯定会跳起来，与对方激动地紧紧握手，像胜利会师的两支队伍的领袖。可现在，接上头的竟然是个奸细！我老家怎么会出奸细呢？简直讽刺！

奸细看我没吭声，忍不住又问我是哪的人。"你管我是哪的！"我吼他一声，"我是革命队伍的！专门消灭你们这些反动派的！"

这话吼出来，让他规矩了好半天。他老老实实地走下去，踏上了通往树林的一条荒草小路。一进树林子，到处都是没有叶子的树，密密麻麻地杵着，像无数严阵以待的士兵；偏偏又安静得出奇，偶尔有撑不住寒气的野鸟吱那么一声，突然袭击似的，叫得人心里发毛。这林子里只有我，和一个奸细。

一个不祥的念头结结实实地撞进脑子里来。万一，奸细有同伙怎么办？也许还不止一个，他们要救出奸细，就会不惜一切代价……我背上出汗了。到处是树，远远近近，大的小的，好在都是光光的枯枝，树干也都没有粗到能藏住一个人。若有埋伏，会设在哪儿呢？一旦发现敌人，我该先打谁呢？埋伏的，还是这个俘虏？

从没遇到过的情况，这会儿也不知道找哪个商量。倒霉透了。我咽了咽口水，免得心跳得太厉害。

当兵七个月了，我还没有真正打过一枪。刚入伍就是跟着部队行军，只有驻扎下来、有空的时候老兵才把我们新兵集中起来训练一下，射击练习都是瞄靶，不给发子弹，一是为了节约弹药，二是不能闹出动静，暴露目标。后来把我分到卫生队，天天都是和纱布、绷带打交道，一身草药味儿，更是没机会摸枪了。

大胡茬派任务给我时就问过：有枪没？

我说："队里有一把，配给值班员的。"

我带他去看。是把步枪，半旧的三八大盖，静静靠在门后面，一副冷静模样。躺床上的那个伤员不乐意了，说："把值班员派走了，连枪也带走，队里这么多伤病员可怎么办？随便来个敌人就能把咱灭了！"

大胡茬斜着眼睛抹了他一眼："一把三八大盖有啥稀罕？留给你们！再说，这又长又笨的家伙，卫生员同志还未必扛得动呢。"他掏出一把盒子炮，带着"猜你就没用过"的神气，蛮横地塞到我手里，简单地作了一些操作说明。"只是借你的，回头要还我。"

就是现在我死死握住的这把。

这片林子我来过，印象中范围不大，可是我们走了很久，一直都走不完似的。好在，一直担心的奸细的同伙没有出现。

"其实我不是坏人。"他说。当然是朝着前面说，看上去像是喃喃自语，但我知道他是冲我说的。"我不是坏人，真的，家里开了个药铺，我来这边收点山里的药材。我知道你们不喜欢有钱人——我也没几个钱，穿成这样，就是让乡亲知道我是做买卖的，不然门都不敢让我进，以为是碰到了土匪或兵匪——啊啊，说错了，不要见怪啊！……这兵荒马乱的，生意也不好做哇！以前还能靠着信誉预定下一些货，现在人心惶惶，过一天是一天，谁都不相信谁了。"

本来我想由着他自己说，可听到这里忍不住了。"你非得做生意吗？"我说，"赚了钱，还不是老百姓的血汗钱，你这是在吸老百姓的血和汗呢！"

听了我的话，他突然停下来。一直被反绑着，不停走路，他早已经气喘吁吁了。这会儿正好借此休息一下。

"小同志啊，我哪会是吸别人血汗的呢？"

"当然了，你自己不生产，就把劳动人民生产出来的东西，直接加上一笔钱，转卖给别人，中间赚的那笔，不就是劳动人民的血汗吗？"

"可是，我大老远的跑到这里来，自己付了车费路费，花了好多时间，一个村一个村地走，一户人家一户人家地问，仔细挑选上等的药材买下来，又花钱雇马雇车，把药材送回去，之后雇人把药材进行加工，该选料的选料，该晒干的晒干，该切割的切割，该磨粉的磨粉，再送到药房药铺去卖。从农民采的药草，到铺子里卖出的药材，这过程就是我的劳动，我也是劳动者呀！我挣的钱，是我自己的血汗钱啊！"

他说的……好像有那么一点点道理。我竟然说不过他！但我马上警告自己，不要被剥削阶级的花言巧语蒙蔽了双眼。

"你为什么就不能种地，或者去工厂生产呢？"我蛮横地说，"非得选这种剥削阶级的生活方式。"

他又开始挪步了，认真地笑了一笑："世上人有这么多，每个人的活法是不一样的……再说，我的活法也不是自己心甘情愿选择的。我本来是个读书人，可是……读书人是不好活的。"他仿佛伤感了，声音有点潮。

"你也可以参加革命呀！"我说。

"哪能人人都参加革命呢，都去革命，田地没人种，工厂没人做工，商店也空了，药铺没有货，那由谁来支持革命呢？"

我一时说不出什么话来应对他。他太会说了，可又和印象中的奸商那种巧言善辩不一样。

"小同志啊，我真的不是什么坏人，根本不想刺探你们什么情报，我就是个收草药的生意人。都说了，我家在风凛县段家场，家里开着个药铺叫惠仁堂，不信你去问，谁都知道我家几代都是卖药的……"

惠仁堂我记得。

我家在青杨镇，挨着段家场。本来青杨镇有一家药铺，但它门面小，药材不全，而且私下里人们传说，那药铺还偷偷卖鸦片膏和回春丸之类的下流货，所以只有急用时我们才去那里抓药。但凡时间宽余，家里人宁可多走十多里路，到段家场的惠仁堂抓。

老家人把买中药叫"抓药"。第一次跟着大人到惠仁堂去，我还没有柜台高，踮着脚尖仰头向上望去，满墙都是木制的小抽屉，每个抽屉上贴着看不懂的名字。药铺的伙计掌管着这些百宝箱，他们疾速地拉开一个个小抽屉，五个指头一拢，就开始"抓"了——从不同抽屉里抓出一撮撮草药，分别往小秤盘里一掬，略略一抬秤杆，量出大致准确的数，便往那柜台上的草纸上一倒，再把草纸包成一个纸包，麻绳横一下竖一下地拴起。整套动作既熟练又轻巧，透着一股令我羡慕的成就感。

他竟然是惠仁堂的人！谁能料到呢？有朝一日我会用枪指着一个惠仁堂的人，押他去受审。

"你说你只是收草药的，那你说说……"我迟疑地问，"你平时都干些啥？"

一听这话，他激动了。原本一直佝偻着背走路（反绑的手造成的），这会儿忽然立直了身子，耳朵都变红了。他大概觉得有机会向我澄清他自己了，声音抑制不住地往上扬。

他开始讲自家开的药铺，买药、制药、卖药的过程；他讲有哪些草药是清热凉血的，哪些利水消肿，哪些又祛风湿散寒，他能把各种药名与其功效背上一大串；他讲自己小时候怎样被家里逼着学打算盘，发蒙读书后，自己怎样坚持从私塾转到新式学堂……

慢慢的，越说越远了，他说起了段家场有名的"高楼庙会"，两座明代修的高楼上挂起七色灯笼，十里八乡的乡亲都会聚到这里来，做买卖的、要把戏的、看热闹的挤满了长街，庙会正中位置有个戏台，每年都请省城最有名的戏班子来唱折子戏。只要那个当家花旦一开嗓，整个庙会就跟烧开了锅的汤圆一样跳动起来，滚烫，喜庆，圆圆满满。

"就因为那个花旦，每年庙会上点的戏，总有一出是雷打不变的，叫……叫……"

"《柜中缘》！"我抢着说。

"啊对对，"他很兴奋，"就是《柜中缘》!"

他突然把步子停下来。刹那间，我们俩都知道出了什么岔子。"你就是我们老家的人吧?"他幽幽地说，"你年年都去了高楼庙会。"

他的声调像一杯烧酒灌进我脖子眼，呛得我满心酸楚。空气是冷的。我没有回答，只是叹了口气。走吧，走。我说。

枯枯地走了一小段，没有说话声倒不习惯了。林子已临近边缘，远远可见空旷的农田和破败的柴房。还是没有出太阳，但走了这半天已经浑身发热，汗汽从背心往上冒，从领口噗地吐出。

"剪子巷卖头花的麻脸婆婆还在不?"我忍不住开口，声音很轻。

"年前已经走了，"他赶快回我，"他孙子来我们店里抓了三副药，药没吃完人就走了。"

"东头的西洋镜摊子还在吗?"

"也早没了。说是摆摊的余胖子把整套东西卖给了青杨镇的一个人，自己到北方投靠表亲去了。"

我想着，是不是以后我们青杨镇就有西洋镜看了?

"小同志，"他又停下来，"你该相信我了吧? 我不是什么奸细……"

我也停住，闷声片刻。"你是不是奸细不由我说了算，"我说，"走。"

出了林子，天地敞亮了许多。前面有条小河沟，过了河沟，要不了多远就到团部了。想到团部，蓦地感觉任务的重量压了下来，从肩膀到背脊，像扛着一块大石头，每根筋都绷紧了。奸细偏偏被河沟吸引了，他忍不住开口："妹儿……"

"打报告!"我怒道。

"报告……我可不可以，喝口水?"他怯然地问，"一上午了，口干……"

我看看河沟，又看看奸细绑着的双手，量他也耍不了花招。"好吧，你去吧。"我想着待会儿送到团部，他免不了又要受皮肉之苦，水恐怕更是喝不上了。

他急冲冲地往河沟边跑去，我把盒子炮往腰带上一插，和他隔着一段距离，也到了河沟边，蹲下来捧了一把水，喝了小小一口。水是清的，但是太凉了。我扭头看奸细，他跪在一块平整的岸边，努力想俯身下去够着水面，但他的手被反绑着，形成一种不平衡的力量，如果他身体再使劲往前，很可能会一头栽到水里。那样就麻烦了，我这个小个头，怕是把他捞都捞不上来。

"慢着!"我冲他喊了一声。他马上顿住，原地不动了。我走过去，挨着他蹲下，用两手捧起一把水，送到他嘴前。他眼睛都不敢抬，只急急地从我合拢的手里大口喝水，咕噜咕噜，喝得鲁莽、急迫、不顾一切，像牲口一样。我连续捧了四五把，他都喝光了。

在他牛饮的时候，我面对着他，才仔细看了看他的脸。因为被七连审讯过，这张脸上混着泥巴与血污，好几个紫块都破开了皮。我忽然一阵心软，或许是出于卫生员的习惯，顺手就从衣兜里掏出一块纱布来，放水里浸湿了，捏着这块湿纱布，轻轻地替他擦去脸上的泥和干掉的血痕。

慢慢的，眉目大致显露出来，是个清秀的年轻人。长形的方脸，细长眼睛，像故事里的白面书生，和他身上的绸布大褂完全不配称。刚才他说过，本来他想考省城的大学，家里不肯，非要他放弃学业，接手家族的药材生意，不然的话，他现在应该还在学堂里，穿着洋校服，念书，踢球，演文明戏……

我一点一点地擦，还是弄疼了他一点。他咧了一下嘴，终于壮了胆子，抬眼看我了。那一眼让我眼皮一跳，无端地觉得耳朵发烫。他愣愣地盯着我，像是见了鬼，忽然问：

"小同志，敢问芳名……"

"干啥？"

"不不不……不问了，我只是觉得你挺像一个人……去年家里托媒人给我说了一门亲，是青杨镇的一个妹儿，我不放心，自己悄悄跑到青杨镇去，在她家对面的茶铺守了大半天，终于看到一个留短发、穿蓝花旗袍的妹儿出门来，问了街坊，就是她……长得乖乖的，看上去也知书达理的，我才放了心，满心欢喜地回去了……没想到过了一阵子，媒人来说，那妹儿听说父母要让她嫁人，她竟然半夜从家里逃跑了……有人说她是去投奔师范学校的表姐，还有人说……说她是跟着什么队伍走了……"

我的手僵在半空，好一会儿都没发觉。大概血也僵住了，脸色一定苍白如纸。就在这一瞬间，太阳挣出来，跟下雨似的，哗哗哗地往下掉暖烘烘的光片子。

"你搞错了，我是周家坝的人。"太阳烘热了我这一句冷冰冰的话。他眼里闪出一丝疑虑与失望混合的神情，很快又化为悲凉之色。

"就是，就是，哪会那么巧呢……"

团部的院子就在前面。不到五十米了。

他根据我的指示走向那个小院，忽然也明白了，那就是目的地。"听我说妹儿，同志，小同志，"他开始结结巴巴，"你都晓得了，我真的是惠仁堂的，不是奸细，如果把我送到你们长官手里，我就活不出来了。"

他站在一棵树下不走了，一直向我求饶。我犹豫半晌后告诉他，就算真是惠仁堂的，也并不能证明他就不是奸细；送到团部，会有专门的同志对他进行甄别，如果证实他不是奸细，一定会放他走。

说这些的时候其实我心里没底，隐隐觉得像在骗他。可是没办法，话就这样溜出来，止也止不住。我逼着他离开了那棵树，一步一步、战战兢兢地走向团部大院。

院门竟然半开着，没有人把守。一种不祥之感盖下来。我冲到前面去，一把推开院门，里面只有两只破凳子、一堆干柴和零星杂物；屋子的门也敞开着，一眼可见简易的内设。我着急地大喊了几声"报告""有人吗"，除了一声鸟鸣，没有任何回应我的声音。我冲到屋里，从堂屋到厢房、伙房，每个角落都迅速巡视了一遍，果然空无一人。

团部已经转移了。或许刚走不久，但我也不可能去追上他们。

奸细站在院门前，惊喜万分地和我分享了同样的发现。"这里没人，"他抑制不住兴奋，竟笑了，"这里没人！"

我心里哒哒哒哒像有一群野马跑来，再平整的草地也给踏得稀烂。这是我最不想遇到的情况。"如果你们去晚了，团部已经转移，"我永远记得临走前大胡茬那一脸严肃的表情，"就把他毙了！"

宁可错杀一百，不可放过一个。

不要给组织留后患，威胁到革命同志的安危。

他既然到了我们眼皮底下，也许已经侦察到了详细的情况，具体方位、兵力部署之类的，放他走了，回头我们的麻烦就大了。

……

大致就是这些话，也许换一个人他不用讲这么多道理，直接布置任务就妥了——他一定是看到我眼神中露出的胆怯了。

"没关系，杀一个人——特别是第一个——肯定会害怕，"他换了亲切与鼓励的口吻，"只要想到他是我们的敌人，你就会拿出勇气！"

这是命令。我必须执行。

大胡茬借我的盒子炮像一个面无表情的杀手，此刻就在我手中，枪口冷冷对准了奸细。

他有所了悟，紧张得哆嗦起来：

"同志！报告！老乡！我我我……家里还有爹娘，姐姐嫁出去了，家里没人了，我还没娶媳妇……放我走吧，我真的不是坏人……"

太阳升得老高，又大，大得不可思议，烤得人浑身冒汽。就好像一眨眼工夫就入了酷暑。奸细一边求着情，一边慢慢往后退，退到院门外去，想离我远一点，再远一点。

"这是……命令……"我嘴唇僵了。简直不能呼吸。

"没有其他人看见，我求求你，"他反复说，声音都哑了，"你让我跑远，跑的时候，你朝着天上开一枪，这样你可以说，我逃跑了，你开枪没打中我，行不行？求你了妹儿，我一家人都指望你给个活路了……我这就往那边跑，你往天上打枪，行不行……"

他说着，不再等我回答，忽然转身就跑。"喂！"我大声喊他，他疯了一般，嘴上一连串地大叫着"报告！报告！报告！"却没有停下来，也不回头，只是跑，只是跑！反绑的双手让他跑得非常艰难，磕磕绊绊，根本快不起来。像一只姿势可笑的蠕虫。

我把枪口对准那个动作笨拙而别扭的身影，片刻，又把枪抬起来，指向太阳；想了想，枪口又从太阳滑下来，落到不远处的人影上；之后又抬起来……

"叭！"

老太太站在养老院的院门前，右手比画成一把枪的样子，直直地往上举着，指向天空。她每天上午都会来这么一遍——绕着院子里的小树林、喷水池走上几圈，眼光呆滞，谁也不理，一边走一边念念有词，端着用手比画成的一把"枪"，最后来到院门前，缓缓把"枪"高高举起，越过头顶，朝天放一"枪"。

"叭！"她用嘴配音。

至此，全部仪式结束。护士才可以带她进屋吃药了。

"她怎么了?"一个新住进来的老先生好奇地盯着那个头发雪白的瘦小老太太,"说是痴呆了,倒是记得每天都演一遍这玩意儿。"

"哦,她呀,"一个护士随口说,"早年参加过革命,嫁了一个比自己大二三十岁的干部,感情不合,两人几十年不说话,又不能离婚。丈夫去世以后她又一个人过了二十年,脑子开始不清醒时,侄子就把她送这儿来了。"

另一个护士麻利地收拾着药物盒,一边接口:"怪的是,这几年她好像又回忆起以前的什么事了——肯定是受的大刺激,开始做那一套古怪的动作,好像是重演当年的什么场景。"

"也可能,"老先生若有所思地说,"她是每天都在修改过去的一个动作,修改一个结果。"

代代相传

那面镜子落生在西墙上有多长时间了？谁也不知道。天晓得是哪一任连长一时心血来潮给弄来的，仿佛有一百年历史了，同《人民日报》一样开本大小的镜面擦得再干净也难掩浑浊之气，右下角还破相般地拉出一条蜿蜒的伤疤，显得面目可憎。据我估计，它得以长久存在的理由应该在于镜面左右两边——像春联一样对称写下的两列红漆大字："猛虎精神""代代相传"。字数不多，却个个方正威严、不容取代。

　　不过，在发生那桩恐怖事件之前，我从来没有把它放在眼里，就像它也从来没给过我好脸色一样。

　　事后我翻了日历进行精确计算，那正是我出任侦察连连长的第一百一十七天。

　　117。个、十、百，三位数，是个漫长的数字，好像我已经当了一辈子连长。其实，那个早上，我的情绪和"一日生活制度"一样规范、正常，不比昨天好，也不比昨天差。夏季的白昼过早来临，轻薄的晨光已经透露着几分跃跃欲试的明媚，不合规范，有点挑逗的样子。但即使是在欢快而轻浮的空气里，我仍能感觉到一股暗流。每天每天，它都在那里，既不喷薄奔涌，也不悄然退潮。它只是在那里，潜伏着，陪伴着，如影随形。

我开始站在镜子下的洗漱架前洗脸。并不是我想洗脸或者喜欢洗脸，而是按照规范的生活制度，到了这个时间就必须洗脸。哪怕没有闹钟与哨声提醒，掩藏在神经细胞里的生物钟会咔嚓咔嚓、按着节拍指挥整个人体系统合理运作起来。咔嚓咔嚓，我朝脸盆倒了热水，兑上冷水；咔嚓咔嚓，我弯下腰，用手撩起温水扑打面部皮肤；咔嚓咔嚓，我照例摸了摸下巴上新冒出头的胡茬儿，它们不出所料争先恐后地扎着手指，于是我摸着下巴抬起头，懒懒地冲镜子里瞟了一眼——我敢肯定，那一眼让我的头发比胡茬儿坚硬，通通上指！

镜子里的脸不属于我！

也许我并不满意自己那张已经过时的宽皮大脸，我计较过脸上萍水相逢的青春痘和一次打架留下的微弱战绩，我曾经令人羞愧地梦想过生就一张直追某位韩国型男的白净面孔，但这并不意味着我能接受那一刻的彻底颠覆。

我认出了那张脸。吴杰！是吴杰！他那锥子般的下巴顽固地钉在镜子里，眼睛却深邃地挖出两口井，咕咚、咕咚，一口一口吞着落到井里的东西。

直到通信员以抢险救灾的架势冲进门来，我才意识到自己刚才大喊了一声。所有听到喊声的官兵都会以为侦察连打破了保持多年的良好纪录、终于出了刑事案件。

吴杰可不是烈士或别的什么离世的人，他活得好好的，虽然他在镜子里的肃穆表情把自己打扮得像为国捐躯的英烈遗像。我对他也没有什么亏欠可言，事实上倒是他从前使了种种绊子对付过我。但我就是弄不清楚，镜子里为什么会是他——那张我压根不想成为的脸。

我敢肯定，老连长吴杰从看到我的第一眼开始就决定不喜欢我。那个情景简直不堪回首——配着学员肩牌的我忐忑不安却又装得满不在乎地接受他挑剔的目测，以地方大学生特有的自尊抵抗着他威严的气势。他精密仪器般的眼睛落在我头上，那眼睛在说："看看头发！再长两天可以中分了！"接着是我腮上未刮干净的胡茬儿，"看那毛根子！留着扎孙子的屁股蛋子哪！"然后是我未正确安置的一个领花、没揪到腰部正中的皮带扣，甚至我的皮鞋——有一块形迹可疑的泥巴印儿，从规整的花纹上看，是另外哪只鞋结结实实地踏上去给留下来的。在整个过程中只有眼睛在闹腾，他本人则沉默而冷峻，不带任何弹性与柔度的，有一种科学化的观察效果。最后他只说了两个字。

"得削。"

说这话时，他满含讥讽地把脸转向一旁的指导员，后者会意地笑了。只说了两个字，还不是跟我说的。他觉得我还不够档次与他交流。因为我欠削。

削。基层带兵的动不动就这么说，自认为够酷，够尖酸，够俏皮。说得太多了，吴杰又把"削"做了进一步的发挥："缺点形状。"

严格地说，按照吴杰的标准，欠削的人还多的是，我并不是特别值得削的一个；如果我在后来的日子里把自个儿往"形状"里拢一拢，我和他的关系应该不至于到那么糟糕的地步。但这话也只是说来容易。比如吴梅出现的那些日子——总是先隔着残旧的红砖院墙听到年轻女人扑落、扑落的笑声；然后让急切的眼神追到远远的岗哨亭，那里很快会显现一个细长的身影，有时是白色，有时是红色，有时是黑色；之后或白或红或黑的影子慢慢移近，能够看到她满月般白皙宁静的脸，一脸都漾着水样的笑，却稳稳当当的，一点不溢出来……风和日丽。晴空万里。对，她就像好天气，平白无故地美好着，充满透明的舒适感。

在她出现的那些日子，我没法让自己的心按作息制度跳动，没法有形状。

我的运气在于吴梅对我的看法虽然与她当兵十一年的哥哥相似，但表述出来就完全不一样了。

　　"你不像这儿的人。"她瞅着我说。

　　这句话可以从褒、贬两种含义去理解，我仔细研究她一览无余的眼神，却感觉她仅仅是做了一个客观判断而已。她不说我是"新来的"，只说"不像这儿的"，好像明明知道我属于这个连队，却又偏偏把我排除在外。当我又一次把疑问的眼光投向她自信的眼睛，她仰着头哈哈一笑说：

　　"这儿的人没有谁敢这么看我！"

　　晚上我去连长那里申请购买广告颜料，因为指导员把定期出黑板报的事儿交给我了。吴杰正坐在一张旧藤椅上看最新的《解放军报》，一脸国家大事的表情。我进去时他回头看了一下，确定是我，便又把眼光收到报纸上了，不再看我一眼。他对着《解放军报》懒懒询问这一期黑板报的主题构思和版式设计，我代表那张报纸一一详细作答了，一切平淡无奇。在我打过招呼要离开的那一刻，他忽然对报纸说：

　　"简单点，不要那么多花花草草！"

　　我一下子怔住了。这次我也没有回头，亦不作声，片刻之后大步流星地走了。

　　表面上他在说黑板报的图案，但我们都明白底下那层含义。

　　他在削我了。

　　我可以不生气的，可是走进学习室看见弓着背在那里做剪贴的赵奇奇就很生气。他这人生就一副挨打相，茄子脸上挂副眼镜，又是木板板的表情，可不就是挨打相？我走过去时，协助他工作的战士都知趣地叫了一声"连长"，可他倒好，仗着在做事，弓背虾腰的并不直身起来打招呼。我更有气了。

生气与生气是可以叠加的。就是说，赵奇奇这个不长眼色的家伙已经不是第一次把我触怒了。在这"依山傍水"换言之就是天高皇帝远的侦察连，触怒一连之长可不是一件聪明的事。他刚来不久我让他完成几项统计工作，是机关计生部门布置下来的，有大龄干部与士官情况统计、已婚干部与士官计划生育情况统计、官兵家属基本情况统计……总之婆婆妈妈的，我怕文书弄不好，就交给了这位新来的大学生。赵奇奇接到任务时十分诧异地抬头看了我一眼，丫的居然说了一句差点害我得肺气肿的话：

"我还没结过婚呢。"

那模样好像我要他组织全连观摩 A 片，清纯得不得了。我的胸腔立马胀得鼓鼓的，一声冷笑放出来：

"登记几张破表格就破处了？日他鬼，还大学生，中学的生理卫生课走神了吧？"

他红着脸解释什么自己不熟悉情况，我已经对他厌烦透顶，不再说话，皱了眉头挥挥手，像赶走一只蚊子一样打发他离开了。实在不想告诉他，每次机关下发计生用品，都是那个十七岁的、有着年画娃娃般苹果脸的通信员去领取的，这孩子没心没肺的，给已婚干部送避孕套都跟送八一节的慰问品一样欢天喜地，在连队走廊上老远就朗声喊："指导员！您的计生用品放桌上了！"

没心没肺才说明天真无邪，我真是撞鬼了，遇到个矫情的家伙。

这会儿他正在按指导员要求做一本理论学习剪贴本，也就是从旧报纸上剪下一些冠冕堂皇的理论文章，用胶水把它们贴在一个八开大小的自制本子上。我逼到他跟前了，把桌上那堆裁剪得七零八落的报纸碎片胡乱一扒拉，以蛮横的方式展示权威的存在。他终于抬起了头，从他眼镜里透出的并不木讷的眼光可以感觉到他此时的心理状态：疑惑的，焦虑的，像一只敏感的猫遇到了性格阴晴不定的主人，全身的毛都竖立着，判断主人下一个举动是抚摸还是踢打。有一瞬间我有了怜惜之意，好像看到了当年的自己；但第二个瞬间我又快意无比，我的肉身跳到了某个对立人物身上———一定是吴杰。吴杰提升了，离开了，可是他阴魂不散。第二个瞬间征服了第一个瞬间，我获得了通往意志巅峰的绝对自由。

行使自由权力是那么轻而易举，我开始挑剔赵奇奇的剪贴成果，指出他的剪贴没有章法，既没有按时间顺序排列，也没有按主题内容归类。如果赵奇奇像所有当兵当得一身起痞子的老兵一样嘻嘻一笑，讨好地给我散支烟，调皮地自我检讨两句，自然事情就不是事情了；可这名军装还没穿出汗味儿的新排长脸色严肃起来———老子还没严肃你敢严肃？———之后他用一种实验室技术人员的科研术语顶撞我了。这家伙是从一所地方科技大学毕业的，学的是一门偏僻的物理学科，所以一开始他所引用的原理我没有听懂———肯定是故意的，他要的就是这个效果———但最后我听明白了，他的大意是说，每件事要分很多环节，这些环节是由很多人来完成的，他只是做了最后一个环节，为什么要把整件事的后果推到他一个人身上呢？

"日他鬼！做个剪贴本能分多少个环节？"说这话时，我居然没有拍桌子，一定是在气愤之中掺杂太多惊异了。没有哪个下属会用如此怪诞的语言为自己辩护。

我的话开辟了一条路，沿路而行，这个原本可以成为科学家的年轻排长向我展示了他科技头脑中最缜密的部分：做一个剪贴本是指导员的命令，那么做成什么样的剪贴本，指导员应该有一个构思、一个规划并将其告知实施者，但是，指导员什么都没说，只说"好了，找些像样点的文章贴上吧"，这就说明他在指导思想上是开放型的，放手甚至放任下属自由地完成工作。然后是报纸收集问题———从图书室找来的旧报纸很不齐全，但这能怪他赵奇奇吗？连队订的报纸又不归他管。在他剪贴过程中，有三次是通信员受了委派，送来若干份指导员自己收藏的不同种类、不同时间、不同主题的零散剪报，他能把这些剪报按时间顺序或主题归类穿插到前面去吗？不能。

他说完后有一片刻我元神出窍，好像我肉身里那个吴杰跳了出来，落到这滔滔不绝的排长面前跺着脚大吼：我日！我日！我日！

愤怒到极点时，吴杰就是这个样子的。现在我也相信那一定是最具形式感的发泄渠道，但我没有失态。让吴杰失态去吧。出了学习室，走在楼梯过道上我听见安静得一片煞白的空气中，自己沉着地、小声地说了一句：

"得削。"

我能有今天——如果说当上侦察连连长也算一小小成绩的话——并不是吴杰削的结果，相反，他最早是想把我像一只接近边线的足球一样，一脚踢出侦察连的。我本以为，他产生这样疯狂的想法仅仅是因为我喜欢上了他漂亮而单纯的妹妹，直到我当上侦察连连长，才知道事情并不像看上去的那么简单。

事实上，他最嫉恨的不是我那潜在的"连长妹夫"的身份，而是我对 F-13 的极大兴趣。而我第一次听说 F-13，消息透露者居然就是吴梅。那时我和吴梅已经背着吴杰有了一些无伤大雅的眉目传情和若有若无的心电感应，在我看来已经到了正式挑明并确定下关系的地步了。挑明前的试探方式有些笨拙，或者轻佻——我给她发了一条没话找话、无比正经的短信，说完正题后假装无意地、亲昵地叫了她一声：宝贝。

发完短信后我站在原地没有动，紧张地等待着。她的回复比我想象的干脆：

"我可不是 F-13！"

那一秒钟我彻底傻瓜，认定自己成了时代的落伍者，因为我居然看不懂一个大专毕业、比自己小两岁的幼儿教师的短信。F-13 是什么意思？英文缩写？网络用语？

三个小时以后，篮球场旁边一个观望比赛、无所事事的二年兵解答了我的疑问。在回答问题之前，他用足有篮球大小的眼睛瞪着我，以确保我不是捉弄他：

"二排长，你真的不知道我们连里代代相传的宝贝？"

F-13 是一台处于保密的研制阶段的高科技侦察仪器，由地方上一家信誉度极高的科研所与部队联合攻关，一旦有了"重大突破"（报纸上都这么写），势必将成为我军侦察部队一项重要科研成果。这台独一无二、价值不菲的仪器居然被确定放在我们侦察连，由侦察连负责日常保管、维护，在演习中试用并收集数据。和其他列入正式装备的侦察仪器不同，它由连长直接负责。所有人都知道侦察连有一台宝贝，只等研究所的"重大突破"一到，它就会像山窝里飞出的金凤凰一样引起轰动，全世界的间谍们都会挖空心思搜集情报，想知道在中国哪个偏僻的侦察连居然拥有了一台举世无双的最新型的战场侦察仪器……

最后一句话由于带上了那个二年兵不负责任的想象而显得格外夸张，但是他口吻中的热切企盼与欢欣鼓舞仍然打动了我。这宝贝多么像一个神秘的女人，一个人人都知道的又不敢公开谈论的女人。我开始为自己被隐瞒情报而生气，再是新来的排长，也不至于让我连个二年兵都不如吧？保密到这种程度恐怕并不是出于对 F-13 的保护，简直是对我的排挤与蔑视！

这台仪器，与其说激发了我无聊的好奇心，不如说是刺伤了我脆弱的自尊心。吴杰不信任我，他的眼光把我从其他人里面挑出来，随时准备把我扔出去。

回想起来，到连里大半年了，我从来没在哪次军事训练、装备保养或野外拉练中见到过它，不但是我，很多士官都没有见到过。听说它因为太贵重，被每一任连长严密管控，如果有高规格的装备展示或大型军事演习需要它参加，必定会派上一个班的人专门看管。侦察连的连长们，把这宝贝像皇帝的玉玺一样代代相传。在零声碎语中我注意到"代代相传"这个词已经不止一次被使用，忽然联想到它所暗示的时间概念：F-13的实验阶段已经有多长时间了？连里最老的士官抽着我递过去的一支杂牌烟，吐出烟圈后，眨巴着眼睛合计：

"总有十年了吧？或者十一年？"

日他鬼。

光听这年头，你就知道众人所期盼的研制成功的时间遥遥无期了。虽然很多科研项目都是多年辛勤劳动才取得成果，但一个连长只能当个两三年、三五年，想让它在自己这任上取得"重大突破"只能是碰碰运气、守株待兔。我在心里嘲笑像藏私房一样藏着F-13的吴杰，给吴梅发了一条短信：

"你不是F-13，因为你不会被代代相传，你只属于某一个人——比如我。"

原以为我对F-13的打探就到此为止，所有资料搜集都是为了成就一条打动人心的求爱短信，但没有想到吴梅给予我的回应竟具前所未有的挑战性：

"对于我哥来说，我就是F-13。你要是能从他手里得到F-13，就能得到我。"

指导员坏笑坏笑的，只象征性地敲了一下门就进我房间了。一看他这表情我就知道他又要自以为是了，他总以为自己很了解我，以为要把我当铁哥们儿就得做点俏皮的事。他像上次一样把手插在裤兜里，兜上鼓出一个长方体的形状。要货不要货？他故作神秘地靠近我，表演卖盗版碟或走私货的街边小贩，见我无动于衷，便把手抽出来，啪地往我面前扔出一盒避孕套："又勺给你一盒哈！未婚享受已婚待遇哈！"

他看不出我的尴尬，因为我得把尴尬掩饰起来。我和吴梅之间不像他理解的那样，至少在我心里已经有了深深的怀疑与顾虑，是无法言说的那种。但我不能破坏他的兴致，所以我收起那盒避孕套，淡淡笑道："看你做的什么思想工作？教唆、引诱、知法犯法，哪天我出事了你可少不了给我担着点。"

如果他打着哈哈就这样离开就好了，偏偏他自以为在助人为乐之后还需要加强印象，便接着话锋说："哪会轮上我分担坏事呢，只怕有好事舍不得让兄弟我沾点光了！"他笑眯眯的，完全把这当作免费的恭维，一板一眼地说：

"咱连代代相传的两件宝贝，哪个连长没落下？就你，不但得了两样，还多出一样！"

太俏皮了，我只有跟着他一起呵呵笑起来，为他制造出来的谐趣气氛捧场。多出的一样，自然是指吴梅了。我忽然心里虚空得厉害，像有无数只无力的手在抓扯，那一刻我有一种奇怪的念头——我要离婚！虽然我们还没有结婚。可在别人看来，我和她差不多算是结了，或是迟早要结的！为什么？因为我继承了两件宝贝，她嘛，她是随赠品！哪有接受了正礼不收随赠品的道理！

说到两件宝贝，除了神秘的 F-13，还有另一个，更有含金量的，它很虚，却又比什么都实际；它也不可以放到桌面上来讲，却在长期的实践中被人总结出来。侦察连的连长，和别的连长绝对不一样，这个貌似平常的职务隐含了一条金科玉律：你会平步青云的。

没有哪个连队的历任连长会像侦察连的连长们那样铁。在这个位置上待过的人，就像进入了某种轨道、某个链条，啪的一声，牢不可破，坚固无比。每一个侦察连连长在提升之后都会对继任者照顾有加，这种照顾是相当富有实际内容的，特别是职务擢升方面。这一现象看似奇怪，其实也很好理解，现任团长就是十年前的侦察连连长，他对这个连队的深厚感情终于化作对每一任连长人选的严格考核与委以重任后的充分信任。

全团副连以下的干部都觊觎着侦察连连长的位置，当我坐上这个宝座时，能听到四周一片唏嘘感叹，无数不明真相的眼睛失落而嫉妒地发红。更何况我除了 F-13 和未来仕途的潜在许诺，还顺手捞了个漂亮媳妇。

晚上睡觉前我又盯着镜子里那张吴杰的脸，我紧闭嘴唇他也紧闭嘴唇，我瞪大眼睛他也瞪大眼睛。

我问："你还有什么不知足的呢？"

他问："你还有什么不知足的呢？"

我想我误会了吴梅的那条短信。

"你要是能从他手里得到 F-13，就能得到我。"现在看来，她其实是暗示我要争取吴杰信任，甚至更极端地说，暗示我要立志做下一任连长。但我在被爱情之潮冲昏头脑的当时，以为小姑娘是拿这仪器跟我打赌——并且是希望我赢的。

恋爱的时候，千万别参赌，因为它的赌注太大、太有诱惑力，一旦陷入便难以翻身。当我明白这个道理的时候已经无法回头了。在我看来，F-13 不就是一个仪器吗，搞定一台仪器总比搞定一个人要容易。

当然我不是三岁智商的傻瓜，要"得到"F-13 并不是像那些偷古董、偷油画的江湖大盗一样把它悄悄收入囊中——那可是吃不了兜着走的违反军法的事。其实更高级的"得到"，就是所有人都知道它的所有权不属于你，可是所有人都认为它应该属于你。

刺激我与 F-13 结下深厚缘分的另一个动力是，吴杰注意上我了。确切地说，是注意上我对那台神秘装备的好奇心。他假装并不上心，在一次野外训练时他走到我身边，嘴角挑起一丝嘲笑，说，听说F-13惹着你了？

来者不善。我当即表示我与F-13并无过节，没有想把它怎么着，也就是好奇，怎么就没见它出来晒过太阳。我敢说我的幽默感还是把吴杰小小地镇住了。从那以后，我们常常会把F-13拟人化，当作一个兵、一个懒汉、一个冷若冰霜的寡妇或是一个让人无可奈何的低能儿，这样才可以让它扛住我们对它的所有复杂感情。

"那家伙太高端了，"吴杰难得地冲我认真起来，"没人搞得懂。"

我并不理解。再高端的设备，它总有说明书、操作指南一类的东西，至少会告诉你什么时候按A键，什么时候亮红灯。又不要你设计、生产、研究它，只顺着研究所提供的资料照着使用就万事大吉了呗！处于实验中的设备，老这么捂着算怎么回事呢？再说它也参加过几次大型军事演习和装备展示，总有会操作的人吧？

"我认为，"吴杰不愿多谈，用做总结的口吻说，"除了研究所那些个聪明绝顶的脑袋，没人够格钻研F-13。大学生不行，地方大学生也不行，学理科的地方大学生还是不行。何况还只是本科生。你说是不是？"虽然是问话，他没有要我回答的意思，从烟盒里弹出一支烟来，"别瞎操心了，干好你自己的事。看看你那个攀登水平，老兵都在背后笑话你呢！"

这是我第二次被他警告。上一次是为吴梅，这一次……说到底还是为吴梅。我忽然意识到，这两次警告在某种程度上都关联着吴杰的软肋，否则他不会这样假装轻描淡写实则郑重其事。他是举重若轻啊。这念头让我兴奋，非常兴奋。

没有比找到对手弱点更让人兴奋的了。

对F-13的征服过程就像是一场无厘头的港式喜剧，毫无技术性可言，奇怪的是居然蒙住了观众。我不得不提起那个过程是因为，有个刺头居然像我当年一样做起功课来了。

军区一位首长新上任，要到团里视察工作。这位首长是懂军事装备的，他竟然还记得起多年前放在我们团进行实验性试用的 F-13，指名要看看它。

首长参观 F-13 那天我无比紧张，为了掩饰紧张的真正原因，我必须把自己装扮成没有见过世面的基层小连长，见到机关首长就讷言抽舌。在首长的陪同人员中，我的眼光一下子挑出了面带笑容的团长，他似乎也感觉到什么，瞬间与我目光接应了——只有半秒钟，但我们之间的交流已经足够了。我像获得了一种有分量的保证，精神鼓舞不言而喻。

隆重的时刻来到了，F-13 出现在大家视野里，一出现就被所有人围在中间，犹如影星的粉丝见面会。它有什么稀奇的呢？不过是个金属大盒子，外表密布着各种显示灯与按键，三块显示屏并排嵌在上面，令人猜测着它内部复杂的线路构造。首长和陪同者们弯着腰，以屈就的姿势表达对这台仪器的好奇与尊重，他们对每一个按钮指指点点，那些划来划去的手指显得跃跃欲试。

"连长是试用 F-13 方面的专家，"团长向大家热忱地介绍，"事实上当初考察连长人选时，这是他很强的一个优势。"

焦点自然转移到我身上，包括首长在内的每一个人都向我致以亲切而钦佩的目光。他们开始向我提问，那都是很好应付的问题，关于 F-13 的性能、作用、适用范围等等，完全可以参照说明书——作答，一旦有对侦察装备更熟悉的人要问进一步的详细问题，我就礼貌地微笑着回答，对不起，这方面的参数还属保密范围。对方便红着脸连连道歉，好像自己无意中探听了人家的隐私似的。最可笑的是，一个胖胖的少校居然向我提出，能不能当场演示一下，让仪器发挥它的侦察效能。

"那是不可能的，"我的口吻平和而大度，以宽容的姿态原谅他的无知，"它可不是单兵携行的简单仪器，必须有某种与之相适应的安置环境，比如在直升机上。"

大家愣了一下，全场安静了一秒钟，仿佛在理解我说的话。一秒之后，首长率先"哦"了一声，背着手直起身来，气氛便又转入宽松、和谐了。"小伙子很不错，"首长赞许地看看我，把脸转向团长，"F-13是你当连长时接过来的吧？难怪你对它情有独钟啊！"其他人都顺着首长的口吻适时地笑了，算是附和。就在我受到首长表扬、面露虚与委蛇的谦恭时，忽然看到站在外围的保障官兵的队伍里出现了一张充满疑问的面孔，是我自己！是我在镜子里丢失的那张脸！

倒吸一口凉气后我冷汗淋漓，值得庆幸的是没有叫出声来，我成功地克制住了自己。这种类似灵异事件的怪现象已经不是第一次发生了。当我从疑似幻觉中清醒过来，再仔细看，竟是赵奇奇！戴着粗框眼镜，方阔面孔上没有血色，一脸认真与严肃地向我表达着内心的疑问。我无比厌恶地把眼光移开了。

令我真正担心的事从此拉开了帷幕。赵奇奇像个作风谨慎、行事低调却又胆大妄为的私人侦探，对我的宝贝 F-13 展开了调查。最初风闻他在向老士官套套旧情报时我还冷笑了一声，但当通信员告诉我，赵排长想找一份关于 F-13 的说明书来学习时，我的火气就上来了。我冲到他面前时并不打算像吴杰那样假装无所谓。

"我认为你还是把精力用在两月后的军事技能考核上比较好，"我直截了当地说，"你的十公里障碍越野成绩一直在拖全连的后腿，等把最基本的考核通过了再玩儿高科技！不过话说回来，F-13 也不是一个基层排长玩儿得起的！"

问题就在于，赵奇奇比当初的我更厉害。他瞅着我，面无表情地说："你们的说法有漏洞。"

"我们？"

"是的，你，还有团长他们。"赵奇奇直率地说，"那天你说 F-13 必须在直升机上使用，我查过演习记录，最近一次有直升机配合、动用过 F-13 的演习已经是在四年前了，那时候连长还没有到侦察连吧？团长却说你是试用 F-13 的专家，照说，这几年你根本就没有机会试用 F-13。另外，依据我的专业理论基础，你对 F-13 的某些解释是不合乎现实要求的，比如……"

够了！这个从科技大学毕业的书呆子不知道自己闯下了怎样的祸端，他已经触到一个连队，不，一个团的最敏感的神经！他太狂妄、太轻率、太自以为是了！我的狂怒在第一时间镇住了赵奇奇，但只有一小会儿，当他恢复脸上那种高傲不驯的表情时，我就知道，没有完，这家伙没有完。

说实话，我不明白他为什么要对 F-13 不依不饶，当初的我是为了追求到吴梅，可他呢？他是为什么？仅仅是为了揭穿我的把戏？

在后来的两年时间里，他陆陆续续所做的许多事，都是我曾经做过的：千方百计地寻找有关 F-13 的资料，哪怕是最简单的操作指南；利用机关检查装备保养情况的机会接近 F-13，对它的每一个细枝末节都熟记于心；在周末外出的时候去专业书店与图书馆查找资料，听一个兵说，他有一次打开皮箱，里面全是各种复印和剪贴的东西，上面全是奇怪的数据和文字……

早晚会出事，我知道。他比当初我的钻研劲头更足，而且更可怕的是——他是学这个专业的内行。我开始后悔待他不善，如果一开始我就哄着他吃糖，没准儿他就不会跟我作对了。

晚上吴梅来了。大家都对她的到来很习惯了，以前她是来看吴杰，现在是看我。但连续这几次来部队她都沉默而平淡，不时拿警惕的眼神砸我一下。我明白她的心思。自当上这个连长，她哥哥就不再限制我们的往来，但我却再也不像从前那样热烈、那样忘我、那样一往无前了。

任何具有正常心智的女人在这种情况下都会揣摩自己是不是遇上了一个过河拆桥的男人、把女人当成上升阶梯的男人。

"我们到服务社吃小炒吧,"我向她建议,当她脸上刚刚有了一点笑意又被我后面的话打击了,"顺便邀上副连长,我有话要跟他说。"

赵奇奇现在是副连长。我也是从副连长位置上过来的,站在他的角度看问题、谈问题应该不是难事。

他对我的邀请非常意外,虽然还是一如既往的古板,但毕竟有些许感动,再说有吴梅这位漂亮的准军嫂不时给他夹菜倒酒,他的脸色越来越红了。酒过三巡,他终于打开了话匣子跟我聊起来,从连队的七七八八到社会新闻再到娱乐八卦,聊到兴致处一起哈哈大笑,甚至称兄道弟起来,好像我们之间从来不曾有什么隔阂。

"我说老弟,"我开始伸出触角了,"你一直对 F-13 念念不忘的干什么呢?这两年你没少下功夫吧?可整那玩意儿没用,你又当不了科学家!"

赵奇奇可没醉,他微笑着反问我:"大哥,那你当初又是为什么呢?"

我沉默片刻,那真是无比坦荡的一个片刻,我必须真实地面对自己。抬起头来,我看着吴梅,醉眼中有了一丝酸涩:"为了爱情。"多少表白也敌不过这一句,吴梅的眼睛立马潮了,她控制不住地站起来,掩饰地说"催催他们加菜",扭身到外面去了。

赵奇奇把眼光从吴梅的背影上收回来,诚心诚意地对我说:"大哥,我佩服你!你的动机比我高尚!"他把杯里的酒兀自一口干掉,吸了下鼻子说,"我嘛,最早只是不服气,大家都说 F-13 是个宝贝,能跟它扯点关系就像沾了多大光似的,我要是能当上 F-13 的专家,比你还厉害的专家,在这个连里,不是没人敢替代我了吗?"

我一时不知说什么好。赵奇奇又说:"可我后来越来越好奇,你们——你和团长——为什么把 F-13 看得那么重要呢?一个十几年都没研制出来的设备，一台其实到现在为止都没人说得清的机器，一个……"他打住了话头，一定是被我严肃得可怕的脸色吓住了，稍停一下，他还是小声地、秘密地说出来了——

"一个能让你平步青云的怪物。"

这次吃饭的最终结局是我万万没有想到的，我大大低估了赵奇奇的实力与野心。到最后我只记得他说过的分量最重的两句话。一句是："F-13的测试数据有问题。"另一句是——

"我要当下一任连长——侦察连连长！"

这家伙成熟了。翅膀长硬了。已经不再是什么书呆子了。

说实话，赵奇奇的酒后真言并没有令我反感，只有感慨。当初我比他更狠更绝地威胁过吴杰，对F-13已经走火入魔的我坚信它有着无与伦比的力量，这力量足以在未来的时间里震慑住吴杰。当他再次警告我远离F-13和他妹妹时，我告诉他，我正在撰写一篇关于F-13的研究论文——当然，有关涉密仪器的论文是不能发表的，可我无所谓，我会将这篇附有现实使用数据的论文送到总部，送到研究所。这篇被吹得天花乱坠的论文当然子虚乌有，但吴杰像被一股气流吸住了，半天都盯着我的眼睛，想从里面挖些什么出来。他怎么挖得出来呢？其实冒充F-13的专家并不是我的初衷，我只想成为一个让他不敢小看的人物，一个有资格得到他妹妹的优秀青年。

风水轮流转啊，真是所谓命中注定，冥冥中像有一只手在操纵众生，命运像寻找转世灵童一样确立每一任侦察连连长。我的任期已到了，不出意外，我就会成为某个营的副营长或机关某个股的股长，顺利地把F-13移交给下一任。

那个晚上没能向赵奇奇交代的底细，到底是瞒不住了。这个野心勃勃的家伙早已决心展开最后的冲刺。他的十公里障碍越野成绩现在无人能敌。

他的电话打来时，我只记得他三天前已经开始休假，以为他回到了老家跟我报个平安。不料我懒懒接电话时他反问我："知道我现在在哪里吗？"

我全身的汗毛立即竖起来了。他说出了一个陌生又熟悉的地名。我在记忆里横冲直撞，要把这个地名搜索出来，赵奇奇说话了：

"这里有家研究所，是研制 F-13 的那家。"

放下电话之后我做了两件事：第一，给吴杰打电话通报情况；第二，给航空公司打电话订时间最近的飞机票。飞往那个陌生的城市，和那个掌握着 F-13 命运的研究所。

我在那个城市一家中等规模的商务酒店和赵奇奇碰了头。在见到他的第一眼，我很注意地观察了他的表情，委实已是一副志在必得的样子。酒店的茶楼很雅致，装饰着半人高的雕花铁艺围栏，我们在靠围栏的地方要了张桌子，因为他告诉我，待会儿有位重要人物将会赴约。

"大概还有半个多钟头吧。"他给我让了烟，自己也从烟盒里磕出一支，"时间还早呢。"他叼烟的样子显得伶俐而狡黠，啪地打了打火机，把火递到我面前来。分明是说，在等待的时间里，就没有什么想告诉我的吗？

我把烟雾长长地吐了出来。

我还是吴杰，脱不了他的魂。他走过的路我仍得走，他说过的话我还得说。这就是代代相传的意义。记得吴杰要告诉我这个消息时脸上有种复杂的表情，好像电视剧里老套的情节，明明你一直讨厌某个人，忽然有一天你发现他竟然是你同母异父或是同父异母的兄弟。对 F-13 孜孜不倦的追求使我终于得到了他和他背后那根关系链条的承认，他向我透露尚未正式公布的消息——我将是他的继任者。而做出决定的不是别人，正是团长。

"你知道的，团长是十二年前的侦察连连长……"吴杰盯着我，好像进入了团长的灵魂轨道，替他回到了多年前的物理空间。

那时候 F-13 作为军地合作的一个重要项目为高层重视，唯一一台放置于基层野战部队的实验仪器被指定由侦察连连长直接负责。它由于技术高端而身价不菲，留下它时，各级部门都反复强调，必须保证它的安全，如有失误，必要层层追究责任！

偏偏就出了事。半年后集团军组织了一次大型军事演习，F-13 被要求在演习中试用，它将安置在一架直升机上对"敌方"的战场情报进行收集。"我对毛主席发誓是按要求放置的，"那个倒霉的班长事后哭丧着脸说，"每一个螺丝帽都拧紧了！"

可事实不像班长说得那么无懈可击。由于受气流影响，一直平稳飞行的直升机开始颠簸起来，它的颠簸带动着机上的人员摇摇摆摆，突然，随着一个响亮的声音，大家看到 F-13 像个难以自控的醉汉一样从安置架上摔下来，重重地摔下来！这一摔，决定了 F-13 和与它相关的一些人奇异的命运。

它再也没有活过来，至少活成原来的样子。指示灯不亮，屏幕一片漆黑，像个去了势的男人，雄风不再。受了致命伤的 F-13 以死尸般的姿态躺在连长面前时，连长眼睛红了，简直杀心都起了！他正值提拔的关键时期，上级对他的印象无疑是非常好的，否则 F-13 也不会那么放心地交到他手上了。如果在这节骨眼儿上上报重要仪器损坏的消息，不但他这个连长，连同团长在内都会被追究责任！

连长为 F-13 做出的最大努力便是私下里通过种种渠道，偷偷和研究所的一个技术人员联系上了，请他以技术辅导之名到部队来一趟。年轻的技术员在侦察连受到规格甚高的隆重接待，但他在见到 F-13 的那一刻还是大大吃了一惊。"我本来想骗你说被雷击了，至少那样可以算成自然灾害，"连长老老实实地说，"可我知道你是专家，骗也骗不了。只要能让这玩意儿起死回生，要我做啥都可以！"

技术员在连队和 F-13 待了一星期，把它的外壳小心打开，一一地按照设计图对比实物，查看前阶段的技术参数，最后还是令连长失望了：除了两个指示灯亮起来，其他的仍没有复苏的迹象。就是说，它仍然不能完成战场侦察中的数据采集任务。技术员向连长保证说，他发现了设计上的一些问题，要回去报告领导，等不了多久他就会带着新的任务回来的。

但他再也没有来了。

连长一直提心吊胆，他在艰难的盘算中不断权衡利弊，是主动交代失职行为呢，还是隐情不报，直到那个技术员暴露实情？然而一天天拖下去，什么事也没有发生。F-13 的遗体躺在那里，处于高度机密的重重保护之下，谁会知道它的死活呢？

在无望的等待中，连长悲喜交加地等来了他的晋升命令。他将离开这个岗位了，离开 F-13，可并不意味着一切都结束了——正相反，才刚刚起头呢。接到命令后的连长一个人在房间里枯坐了整整一个白天，大家都认为他对连队感情太深了，离开这里肯定很难受。走出房间时，连长做出了决定：他将要打一个赌，邀请继任者参与的赌。

新连长来做交接了。他是来自机关的一个参谋，由于以前错过了两次提升机会，他对这次迟到的晋升事实有些想法，心情复杂。男人总是这样的，在职务上消磨着青春与激情，再是踌躇满志也经不得一点点打击。老连长请他到房间喝茶，他们俩是老乡，以前私交也是不错的，这至少是一个基础。谁也不知道在那个房间里，两个男人究竟谈了些什么，允许合理想象的话，会看到新连长一脸惊讶、慌张、激动、愤怒甚至歇斯底里甚至手足无措，也会看到老连长无比诚恳地晓之以理动之以情，跟他分析各种情况，替他权衡不同结局孰好孰坏。可以肯定的是，老连长拿出了所有男人都难以抵御的诱惑：关于前途的。老连长在团里是非常得势的，他有很硬的后台，可人家并不仗着后台吃饭，他踏实肯干积极进取成绩突出，这样的人不大展宏图还有谁能展？团里面，但凡长了眼睛的人都看得出来，老连长前途无量——后来的事实也证实了这一点。

仕途就是这样的，前面有人铺路，后面的人才有路可走。新连长经过万分痛苦的抉择，最终接下了那台瘫痪的F-13，他在移交物品清单中"重要仪器"一栏里看到了F-13的名字，看了半晌，最后掏出钢笔，情绪激动地签上了自己的名字。

"从今天起，"老连长望着他，用一种庄重的口吻说，"你的事就是我的事。"

也就从那天起，侦察连的连长们因了同一个沉重的秘密而结成同盟，他们之间有着看似江湖义气实则相当隐秘的特殊感情，这种感情与F-13一起成了宝贝，代代相传。F-13也就是从那时开始被雪藏起来，它成了纯粹的摆设，在一次次装备展示中像花瓶一样供人们观赏，在一场场演习中做着无力的"侦察"。仗着无人敢打探底细，它简直虽死犹生。

"现在你知道了，为什么我会那么讨厌有人来了解F-13，为什么侦察连的历任连长会这么铁。"吴杰结束冗长的叙述时，脸上又有了嘲讽的神情，"还好，我终于要离开这鬼地方了，你不知道一天天地待在这里等着真相大白的那一天有多难受！"

他的嘲讽神情像针一样扎着我。轮到我捧着这块巨大的、岌岌可危的石头了，谎言在十二年前就已经确立，十二年了，雪球越滚越大，隐情不报的罪名越来越重，继任的连长无一不受其害。可是诱惑在前面，谁也不肯放手，咬了牙也得担着。好像玩"击鼓传花"的游戏，明明知道鼓声会于某一刻停下，但大家都疯狂地传递着那朵花，祈祷自己不会是最倒霉的那一个。刺激的游戏。

在那一刻，我忽然觉得自己是个敲诈者，凭着对 F-13 秘密的窥探换得了连长之职；另一方面我又觉得自己是个上当者，连长、团长好像在说：你不是拿 F-13 要挟我们吗？好，拿去！让你看看要担当的是什么样的责任！给你这个包袱好了！

吴杰永远想不到，我尤其痛恨的是他最后那一句：

"吴梅今天要来……你一定要对她好！"

赴约而来的是一个文质彬彬的中年人，十分谨慎地向我们自我介绍是那个研究所某个处室的主任，姓钟，主持两项尖端科研项目的开发工作。我一说到自己是侦察连连长，他便打量着我笑道："好多年了，连长都换了多少任了吧？"

不出所料，他正是当年那个受邀的技术员。

"你们一定想知道，为什么这么多年里，研究所都没有取得 F-13 的重大突破吧？"

钟主任——不，当年的技术员小钟是在给 F-13 做全面而彻底的检查时发现问题的。"这里面有些专业技术上的东西，你们不懂的，总之我怀疑这个问题会导致 F-13 计划完全流产，因为它根本无法用于战场实际。"那时的小钟是多么年轻啊，他怀着激动的心情踏上归途，以为自己有了重大发现，一经汇报就能很快从新的实验中得到证实，也得到领导的支持。

可是项目组副组长听了汇报之后却犹豫了，这个项目的主要负责人、项目组组长是研究所的所长，德高望重，而部队这边又对此寄予厚望，如果发现了 F-13 的致命错误，就等于否定了一手把项目建立起来的所长的成就。老所长是很多技术人员的老师，大家多年来早已习惯将他视作科研界的榜样，他是这家科研所的金字招牌。于公于私，于情于理，怎么都让人没有勇气说出真相。

"我们私下里按我发现的去实验过了，反反复复很多次，希望我是错的，可是没有用，F-13确实是失败的。"钟主任神情黯淡，"其实，如果不是后来那件事，我怎么也会鼓足勇气去找所长……"

他没有机会了。上了年纪的所长在一次日常实验中突然晕倒，在送往医院的途中，他因脑溢血而与世长辞。老所长的去世被视为科研界的重大损失，在圈内震动很大，无数弥补性的歌颂与赞美随之而来，媒体争相报道他生前的种种事迹与荣誉，他所主持的各种重大项目中，神秘的F-13也被隐姓埋名地提到了——事实上它正是老所长晚年的主要成果之一。参加老所长的追悼会回来，小钟与副组长面对面，无语相看地坐了很久。

"就是在那一天，我们下定决心，不公布F-13的秘密，哪怕仅仅是出于对一位已故科学家名誉的维护与尊重。我们悄悄地一步步缩减在这个项目上的经费与人力投入，一直到几乎是个空架子为止。"十四年了，它仍是研究所记录在案、正在进行的研究项目之一，所有人都知道那是个不可能的项目，可没有一个人戳穿，它就像个公开的秘密，代代相传。

周末那天，全连吃饭时气氛高涨，炊事班特意加了菜，还给发了啤酒，指导员、副连长、副指导、排长、班长轮番地跟我敬酒，个个喷着酒气、大着舌头祝贺我双喜临门。

我刚刚领了结婚证，回头团里宣布了我升任军务股股长的命令。

从研究所回来后，我彻底想通了，别自己跟自己过不去，就像F-13的秘密，这么多任连长担着这份心，到头来它居然……然而我无法承受那种被命运愚弄的感觉，只觉得满胸腔都充斥着不切实际的自残式的疯狂念头。最后挽救我的是吴梅的电话，她的声音里有着真切的担心与挂念，令我的脆弱感情瞬间决堤。我听见自己不停地用抽泣般的声音说：求求你，嫁给我……

为什么我要自作自受地介意她是什么F-13的随赠品呢？吴杰的态度与我们的感情有什么相干？她是我所爱的女人，而且归根结底地说，无论身边的人有多么虚伪、浮躁，她和F-13一样，本身并没有错啊！

新任连长——赵奇奇来跟我敬酒，他显得沉稳而克制，但仍能看出神情中的志在必得。他端着酒杯意味深长地碰了一下我的酒杯，杯子们很享受地发出清脆的音乐般的声音，赵奇奇在这乐声中笑着说了祝酒辞：

"祝——代代相传。"

我忽然想到，他将住进我的房间，用那一面"代代相传"的镜子观照仪容——他会不会在镜子里看到我的脸？

指导员过来凑热闹，用一贯的调侃口吻说，两代F-13专家在这里举行高级会晤了哈！"刚才我还听到有人在谈论F-13呢，居然说它不过像台大号的GPS而已，"指导员带着几分醉意笑话说，"是个新来的、不懂事的学员。"

赵奇奇的微笑顷刻间冻住，一脸的毛孔似乎都张开了。很快，他把表情调整过来，放松了、平和了，几乎没有看见嘴唇翕动，但我却分明听见他发出了一个类似"腹语"的声音：

"得削。"

二声部

呼——吸——呼——吸——

每时每刻都做的事，忽然深深地被加强了，有了异样。

呼——吸——呼——吸——有如一场微型的生命演练。空洞的气流撞入鼻腔、闯入胸腔，有点成长的意思了，开始下沉丹田，逼着你有肚量，逼着你"沉"住这口气，让它在人体小宇宙内不紧不慢地走上一遭，末了，启开鼻唇，出来的已不是当初那口气，是经了五脏六腑侵染的"浊气"，迈着官步从容遁去，这就功德圆满了，新旧更替了。周而往返，生生不息。

姚小溪想着：我才二十二。那口气便落下去，久久起不来。

她的二十二岁已经混在一堆花白头发、凌乱皱纹与确凿无疑的老年斑中间，完成初生婴儿的课程："呼——吸——"。多么错乱的生命。需要游戏精神。她大口一吸，肩膀山样耸立，肚皮孕妇般腆起；用力一呼，腮帮子鼓成青蛙样，口中汩汩作声，瞬间成了风箱。声乐老师的眼光从她身上掠过，像掠过一只胡乱扑腾翅膀的小鸽子，由着她捣乱，不去纠正。声乐老师袖子带风，带水，胳膊是顺风顺水的，在指挥节拍里漂流。

你被淘汰了。姚小溪幻想声乐老师指着她，无情宣判。淘汰若有名额，肯定容易争取。

"争取名额，"这个词组已经神经质了，从小溪妈嘴里反复跳出来，必要时它会变成一个空洞的句子，"一定要争取名额！"

传言中局里今年的外聘名额，是悬在头顶的彩色氢气球，遥遥地绚烂，系着它的，只有一丝隐约的线。

外聘是外聘，却有隐含的讲究。小溪爸在这个局坐办公室坐了一辈子，勤勤恳恳剪下报纸上的社论、给领导写没有错别字的讲话稿；小溪妈在同一个单位当职工也当了一辈子，每到月底挟着大电筒与登记簿，挨家挨户拍门去收水电费。是积累，是投资。如果姚小溪进了这单位，只要有机会转正，那还不是近水楼台？姚小溪大学毕业半年了，找工作找得，只差"要饭"岗位没去投自荐书了。爹妈愁得上火，与其放她去社会上吃亏，不如趁着老一代还有口气儿，给她找张稳定的饭票。

饭票又不是自家印的，哪能想找就找呢。管人事的老吴已经躲着姚家人走路了，小溪妈不好再去给人家送香肠腊肉，也不好再策划偶遇、"顺便"打听消息。某个周末小溪爸被委派去"找找"方副局长，老姚担负着两瓶茅台和一大盒精装东北人参，抵达方副局长家楼下的花台，腿软，手心冒汗。花台不大，转了十一圈，烟头灭了半打，还是被自尊心击倒，没勇气上楼、敲门、满脸堆笑、用抚摸的声音叫"方局"。到十二圈起头的时候他趁着稀薄的月色回家了。月光中的影子像个尾巴，像个人生的败笔，巨大而颓废地插在臀上。

老姚那只小心翼翼用了六年的景德镇瓷杯就在当天晚上给砸了。他老婆砸的。

转机出现于两天后的下午，工会的罗大丽在楼梯间堵住了小溪妈。她鱼样扭动着，先是装模作样问问"你家小溪"唱歌唱得如何，又喃喃自语"长得倒是蛮乖巧的，外形条件好"，把人胃口吊足了，才慢慢悠悠道来。年底本系统有个歌咏比赛，局长希望拿个好名次，特意跟工会说了——"合唱团也整点年轻人进去，不要和以前一样，一上台净是一帮退休干部，跟夕阳红演出队似的。"话是这么说，但年轻人都忙啊，哪有时间来折腾这事？光是参加排练就得耗半个月晚上的业余时间。罗大丽便鱼样扭动着，自作主张地扩大了物色人选的范围，扩到家属，扩到子女，扩到姚小溪。

"有史以来的高度重视哦，方副局长都要亲自参加。"罗大丽斜睨着，有意无意地漏了句，抛着耀眼的饵。小溪妈眼皮下的哪根神经颤了一下。

排练厅摆了一溜寒酸的椅子，货架般陈列着一溜上了年纪的男女。姚小溪一进去，有眼力好的认出了她，旋即热情介绍："喏，老姚的闺女！"其他人就恍然：哦，老姚的闺女！

知根知底呀，姚小溪只得扮好"老姚的闺女"，极尽礼貌地笑，嘴甜，回答关于工作与恋爱的问题时掩饰住尴尬。其实她只和里面两三个退休干部熟识，除此以外最多只是眼熟而已。椅子对面聚了一小堆聊天的年轻人，应该是被动员来的在职人员或和她一样的家属子女，他们中的一些人已经不时把眼光朝她掷过来，仿佛提醒着，这才是她的群。

"小溪？"

电影里，这种惊喜的声音预示着意外重逢。横里闪出一个高个男子，年纪不大，胡茬倒抹了一脸，淹没薄唇的嘴。身上的旧皮夹克有些紧巴巴的，像撒娇的宠物般，裹住他的身体不肯放他长大。

是周桥。时光回拨十余年，他们是同一单元楼的邻居。在当年三号楼，不，整个家属院的孩子堆里，周桥都算是个人物——成绩拔尖，演讲赛拿第一，运动会400米、800米短跑都破了校纪录，还仗义，楼里哪个孩子在学校受了欺负，找他哭诉，他两肋插刀，带几个跟班去帮人报仇。最后一项使他的品德分受损，他当班干部老是当不牢实，当了撤，撤了又当。但这和姚小溪能有什么关联呢？周桥比姚小溪大了七八岁，小溪刚上小学时，周桥都已进入了青春期，明显处于另一个时代，他对小溪而言如同一个传说。

"长大了呀！"老辈人的口气，"大哥大"的气势是周桥的一部分，他会斜着嘴角笑，遥遥地笑，那种笑就像伸出手在你头顶上拍了一下。几分钟以后，彼此的现状就明了了。周桥大学毕业时留校当了助教，两年后辞职去南方，在一家大型企业混到总裁助理时又辞职，自己创业弄了家小公司，折腾到去年终于撑不住，倒了。"我上星期刚回来，也在找工作，"他生怕别人不知道他落魄似的，抢着自嘲，"在人才市场，你比我更有年龄优势。"

罗大丽出现时，多数人没发现，或者是没打算发现。她身着半长的金色羽绒服，扮成丰收的麦田，麦田在大门中间扭动，喜气盈盈地拍拍手，让众人安静。安静是一种戏剧性的成分，安静可以塑起一个气氛的舞台，所有人都开始屏息，等待演员上场。

罗大丽用夸张的笑容拉开序幕，隆重的核心部分是一个五十岁的短腿男子健步入场。众人有一小小瞬间的迟疑，之后是爆发性的热烈，笑，鼓掌，一个活泼的女职工上前与之握手，恭维"方局亲自挂帅"，她代表所有人感到由衷的高兴，感到鼓舞与力量。维持场面热度的多是年轻人，退了休的那拨，不再有热捧领导的必要，只是习惯性与礼节性地附和一下，有两三位甚至面无表情。

方副局长喜笑颜开，明星般挥挥手，讲了几句鼓舞人心的话——高度重视、齐心协力、众志成城、力争上游、增光添彩——又挥挥手，朝罗大丽点点头。方副局长走向群众，表明自己是合唱队伍的普通一员，可他走到哪，离他最近的人就像躲过辐射一样迅速让开，更远处的人则会围上来，形成一个以他为中心的等距离的半圆。他永远是舞台的中心。永远离最近的人有三尺。

"舞台上不分级别的嘛，"他和气地说，为了把和气落实，强拉了两个人站到自己身边，"来来来，我们排队，大丽让声乐老师进来!"

声乐老师来自本市一所艺术院校，头发已花白，瘦而坚定，透着专业的严谨。他请大家站好，要从站姿与呼吸开始指导。所有人都调整了一下自己，预备学习站姿。

"先把队排好吧，"方副局长说，"趁今天来的人最齐，把每个人的位置定了再说。"

声乐老师解释，合唱的排队和阅兵不一样，不是简单的高矮排列，必须根据每个人的声音条件来确定高音、中音、低音，再分出唱一声部与二声部的人，这时才确定各人的位置。

听上去合情合理。罗大丽紧张地盯着方副局长，后者的脸色似乎有些泛红，"当然，听老师的，听老师的!"他继续和气地笑，四周偏偏是无掩护的死寂，听得见和气的笑声与泛红的脸色碎了一地的声音。

给了十五分钟休息时间，周桥说他知道离这不远有个卖奶茶的地方。出了局大门，穿过一条马路就到了。柜台前，周桥正要掏钱，姚小溪拦住了他。

"输的请客。"老规矩了。他们划小时候玩过的"筷子拳"，周桥输了，输得得意洋洋，虽败犹荣——"能争得过我?"很阔气地用中指和食指夹出一张贰拾元人民币。

姚小溪小心地吸了一口草莓奶茶，烫。她贼贼地笑道:"虽然还是你掏钱，但公平竞争过的，我喝起来总要心安理得一些。"

周桥满不在乎地声明，自己是故意让她赢的。姚小溪不理他，一手捧着奶茶杯，一手把玩着吸管，忽然问:"你干吗来参加合唱队呀?"

周桥赖皮，笑，学她的口气说:"我么，是为了一个外聘名额，被我妈逼着来的。"

姚小溪白了他一眼。她幽幽地说:"弄不懂你。我一直以为你会当个宇航员,或者奥运冠军,反正是我们都做不成的那种人。我还以为你会娶一号楼的宋月,你们结婚的时候肯定会在一号楼和三号楼之间拉出一条长长的彩带,宋月穿着婚纱走向三号楼时,我们都可以从自己家的窗口往她头上撒花瓣······"

周桥猛咳起来,偏过头喷出一口奶茶。太烫。

呼——吸——呼——吸——

已经练了半个小时的站姿与呼吸,声乐老师又教大家闭着嘴哼"M——","体会气息从鼻腔往上走的感觉。"他做了示范,所有人都亲眼看到闭着嘴的声乐老师变成了一个共鸣器,进到他鼻腔的那股气像春风,把整个人催醒了,所到之处都是亮堂的,声音从那亮堂的中心袅袅不断地散出来,由浓到淡,由深至浅,像水波、香气,像梦。

方副局长打断了这声音的魔术。他显然不耐烦了,淡淡地说:"我看,这都是需要童子功的,我们现在再怎么练也出不了效果,还是直接排练吧。"不是建议,不是商量——可以明确的是,方副局长收回了指挥权,刚才那句"听老师的"只不过是赏个面子而已。马上有人附和,说是啊,我们又不是专业歌唱家,还是务实点儿吧。声乐老师的脸色就不对了。罗大丽迅速把他拖到一边,耳语半天,老师这才缓和下来,叹了口气。

罗大丽姿姿态态地走过来,善解人意地说:"行,老师说了,现在开始学歌。我们要唱的歌曲是《同一首歌》······"

"先排队。"

这次没有任何人吭声,任凭那道冷冷的命令刀一样插下来。

安静是对的。安静才有气氛,才能看清主角,才能给主角留足表演的空间。

"好吧，现在每个人来唱两句，确定高音、中音、低音……"老师又让步了，他以为这是最后的一步，没想到指挥者仍不肯放过他的不识时务。

"不用那么麻烦吧，"方副局长依旧淡淡地说，又把和气提到面上了，"排好了队，指定一些人唱二声部就可以了。"

声乐老师的脸涨红了，他的专业受到羞辱。气愤至极又修养良好的人往往没有方式发泄，他将手抬起来一甩，大声说：你们排吧！转身就走。罗大丽跟消防员一样及时冲上前，几乎将整块"麦田"撞进老师怀里，才制止住他拂袖而去的企图。

场面上的僵，促使了其他人小心翼翼。接下来的半个多小时里，方副局长把自己安放在一把特意搬来的软椅子上，喝着秘书递过来的茶（不知什么时候来的一个秘书），接听了两三个电话；声乐老师袖了手，站在一旁冷冷看着混乱场面——罗大丽临时充当排练老师，吆三喝四地指挥几个男青年把钉成梯状的老式木质合唱台搬到墙边，又把合唱人员东拉一个，西拉一个，按照她自以为的高矮胖瘦、男女老幼的混搭模式排了个队列，分成四排站好。忽然又想起男女的服装是不同的，于是重新调整，先把女的集中在中间，后来改成男的三列、女的两列，挨着又是男的三列、女的两列……不管怎么调，第一排正中间的那个位置都空着。最后，第三排中间的十几个人被指定唱二声部。

"我不唱二声部。"

说话的是个退休老太太，一脸不协调的表情。她说自己声带耐力不好，一往高腔上走就难受。罗大丽就笑："二声部又不是都唱高音的。先将就着吧，不行到时候再调整。"

"要调整就现在调整，"老太太坚决地说，"不管唱高音唱低音，和正常调子不一样的，我唱着就憋屈！"

罗大丽正要继续做她工作，跟着又有一个老干部叫起来，也不愿意唱二声部。"那唱出来跟'左'嗓子一样。"他表情皱巴巴的。

罗大丽咬起了嘴唇。她凑近队列，小声地、带着点威胁地问："那你和谁换呢?"同时将眼光往第一排正中位置砸过去。那里现在是个空，是个坑儿，是个陷阱。男老干部不说话了，老太太却依然撅着嘴，誓不罢休。

"我和阿姨换。"一只手举起来。其他人偏过身子去看，是个年轻女孩。罗大丽认出是姚小溪，本来因为她年轻，又长得好，给她安排在那个"空"的左边，是很出彩的位置。现在这善解人意的孩子自愿举了手，罗大丽没有理由不进行调整了。

"我也唱二声部。"另一只手举起来。是周桥。

罗大丽只得又东调西换地动了几个人，把闹情绪的老太太、男老干部分别安排在第四排左右最边上。姚小溪和周桥并列站在了第三排，两个人对视一下，挤了挤眼睛。

如棋子摆上棋盘，一支合唱队伍总算是有了形状。罗大丽带着功臣的辛劳神色，用渴求肯定的眼光朝方副局长望去，后者正背了手，克制地、略表满意地颔首微笑。罗大丽得到肯定的同时，排练厅的大门亮晃了一下。虽然要表演的人都站在合唱台上，但台下的人少了，台上的就成了观众。他们同时注意到一个人影像口气样地落在了门边，之后，迈着猫步，走向众人。她一脸坚定、从容，紫色薄呢连衣裙像披挂在身的战袍，凛冽而来。

"对不起，我迟到了。我愿意唱二声部。"

这道歉更像是出场的宣告，怀揣利器的。迟到以至于"愿意"唱二声部，好像二声部是种刑罚。她没有丝毫局促、歉疚与不安，只是立在时光面前，稳稳做着这一刻的主角。即使已经过去多年，仍有不少人认出她来。

宋月。

姚小溪感觉身边的周桥做了一次深深的、深深的深呼吸。

　　鲜花曾告诉我你怎样走过
　　大地知道你心中的每一个角落
　　甜蜜的梦啊谁都不会错过
　　终于迎来今天这欢聚时刻
　　……

　　音乐缓解了声乐老师的情绪，歌声起来的时候他有了忘我的热情，手臂像轻轻摇动的小船，弧线优雅。他像小学音乐教员般，一句一句地教，纠正每个字的音准、节奏。

　　一声部和二声部分道扬镳是从"星光洒满了所有的童年"那句开始。声乐老师特意说："一声部的朋友先跟我学啊，二声部的就不要学了，不然唱错了改不过来。"提醒有什么用呢？这首歌还需要学吗？闭上眼，谁都能看见当年毛阿敏在电视里唱这歌的表情。它的旋律已经熟得混入了下意识，一声部唱的时候，二声部的就算不唱，心底里也毫无抵抗力地跟着哼。

　　姚小溪也在哼。老去的歌驮着老去的时光，在每个人头顶上走来走去。她的老时光证人就在身旁——周桥和宋月分别站在她左右两边，挟持着她，令她陷落。她越发起劲地跟着哼。

　　哼吧，哼吧，旧时光。

　　在只穿得下一件小背心的年纪里，周围的人以姚小溪为中心分为两类：一类是她平视时目光可完全触及的人，也就是他们说的"小孩子"；另一类，是她需仰视才可看到全貌的人，如果她不借助任何外力，一马平川地走过去，就只能在他们的腿间穿行——他们高出自己整整一级，主宰着小孩子的命运，男的女的都喜欢对姚小溪们呼来喝去。

除了宋月。

她超出了姚小溪的分类范畴，是完全属于另一个世界的人。她的洗得泛白的裙子，她那在下午慵懒的气息中依然清新向上的笑靥，她走在八十年代末期粗糙的炭渣路上却依然走得轻盈飘逸的步子，都是另一种境地的情形，以至于姚小溪后来回想起她，也一直有种烟雾缭绕的幻觉，像电影里用柔光镜拍出来的画面一样。

姚小溪对她的崇拜，打过一次严重的折扣。那年市一中为家长举行了小型的跳舞表演会，姚小溪跟着邻居跑去看热闹。初中二年级出了一个舞蹈节目，七八个女孩子穿白衬衣，花短裙——已经是当时非常流行的打扮了——活泼地蹦来跳去，领舞位置的就是宋月。隔着一段距离仍能清楚看到她皮肤的光洁，粗得夸张的浓眉与眼线也没有盖住这种光洁。可是不知出了什么故障，出场不久音乐就卡住了，几个人跳了一段哑舞，随之面面相觑，忽然看见宋月相当生气地把手中做道具的红纱巾使劲往地上一掼，甩头就跑进后台了。她站的位置是最显眼的，她是长得最漂亮的，她的动作是最大的……人们都笑说：嗬，那小姑娘好大的脾气！

大家原谅她，因为她的美丽。可是姚小溪不原谅。大约小孩子对于自己心目中的偶像是要求极为严格的。小溪不能原谅她当众大发雷霆，不能原谅那使劲的一掼，那么漂亮的红纱巾……

排练结束，姚小溪去拿放在椅子上的挎包，远远看见宋月和周桥在说话。他们就站在合唱台旁边，以示正大光明，却像有一束微妙的追光打在两个人身上，围出一个光亮的小圈子。

你怎么来了？啊，我，呵，来凑个热闹，好久没见到你了。是啊，这几年你还好吧？就那样吧，你呢？……

只能给他们配这种狗血的台词。姚小溪看的电视剧不多，版本单一。周桥虽是笑着，但手插在兜里，头垂下去，有时用脚踢一下脚边虚无的石子，好像正被党支部书记抓住谈话。宋月则始终像舞蹈演员一般挺挺地立着，背对姚小溪，但能感觉到她占据着主动，说话的应该是她，那么挺挺的背影。

对周桥和宋月"结婚"的想象，并不是姚小溪独有的。在整个家属院里，这仿佛是个共同的期待。不光是小孩子，连大人们也觉得，他们怎么就那么配啊！别的男孩女孩，有了早恋的苗头，大人们早就慌着棒打鸳鸯了，而周桥和宋月是那个年代的例外，他们并排走在一起的甜美身影装点了家属院灰暗的水泥墙面与破败的花台，揉乱了若有若无的春风，连双方大人都予以默许。那是他们最好的一段，相亲相爱，青春无敌。

醒过神来，姚小溪转了转发酸的脖子。她恼恨自己还像那个躲在树后的七岁女孩，用孩童的眼光去打量年长者的世界。现在她姚小溪也是成年人，世界是她的了，过去的时光，过去的人，那些七七八八弯弯拐拐，和她有什么关系呢！

"星光洒满了所有的童年"，一声部唱的是 | 1̇ － 6 － | 4·
5̲ 6 － | 7 7̲ 7 6̲5̲ | 3 － － － |，而二声部要唱
| 0 4̲ 6 | 6 － － 4̲3̲ | 2 － － 1̲2̲ | 3 5 － － |，
在节奏上错开了一拍。从这时起，直到这一段的最后，两个声部的唱法都不再相同。二声部的开玩笑，说我们唱的还是"同一首歌"吗?

二声部在学唱的时候，一句一句地过，一声部不耐烦了。有人说，让他们慢慢学，我们去休息一下吧。方副局长率先走出队列，朝大家摆摆手，表示同意这个建议。合唱台一下子散去多数人，只剩第三排中间的十几个。姚小溪嘴巴鼓起来，表达不满，旁边的周桥说，操！昨天他们一声部学歌的时候，怎么没让我们二声部休息呀？

声乐老师显然已经习惯了领导者的各种霸道做法，他不再做任何抗议。说到底这只是他接的一个活儿，怎么干活儿，付钱的人说了算。他努力不让自己情绪受影响，平静地安慰大家："他们走了更好，没人影响我们。"

影响其实是很大的。散开去休息的人，并不在意还在排练的一小拨人，他们在不远处抽烟、喝水、打哈欠，大声咳嗽与吐痰，旁若无人地聊天，令人想起火车站候车厅。二声部的人沦陷在其中，只能用强大的意志力来树立铜墙铁壁，抵御环境的围攻。他们仿佛统一收到这样的信号，所有人都更努力、更认真地学习，除了歌曲以外还有演唱技巧，连声乐老师都惊叹，说他们的领悟力远远超过一声部。

"你们慢慢练吧，"方副局长走过来说，"我们先回了。"

二声部的人站在合唱台第三排，高高地、孤独地目睹一声部的人说说笑笑着扬长而去，一个小年轻回转身，搞怪地冲他们做了个飞吻。

回到家，放下挎包，就这点时间，姚小溪没料到她妈妈已经完成了一场斗争准备。"唱二声部！"妈妈穿着睡衣冲过来，眉毛拧成个疙瘩，"居然去唱二声部！罗大丽说本来你安排了一个好位置，就在方副局长旁边！"

姚小溪懒懒地说："一个阿姨不肯唱二声部，我反正无所谓唱哪个声部，就和她换了，这不是替罗大丽解围吗！"

"学雷锋也不是这个时候！"小溪妈嚷着，痛楚地展开了关于父母之爱的论述与批判，每段都以"姚小溪我告诉你"打头，反复渲染"你也老大不小了"，"我们尽了责任了"，重点落在"这个外聘名额你自己不争取，是逼着你害关节炎的爹妈到处去磕头上香啊！"

关节炎。关节炎像一根刺，扎进姚小溪的记忆。从前一位老邻居害关节炎，手脚慢慢变形，他的生活也在变形，走路走不了，跪着、爬着去完成"走"的内容。小溪从小就很怕父母将来有一天会这样，偏偏妈妈只要手脚一酸疼，就会说自己也得了关节炎。她用这种精神苦肉计来点女儿孝心的穴位。

姚小溪叹了一口不属于二十二岁的气。尽管她真的不认为进这个单位、当个外聘人员有多么了不起，但她妈妈、她爸爸都认定这是相当重要的一步，那么就必须要走。这是中国的爸爸妈妈，是中国的女儿。临睡前姚小溪终于妥协，和妈妈达成了协议：在合唱比赛结束以前，她至少要让方副局长知道"姚小溪"这个名字，以及这个名字所带的阳光感。"留个好印象，"小溪妈说，"下次托人情就有针对性了。"

小溪妈带着竞争的心态，追问合唱团的其他成员。姚小溪打着哈欠，蜻蜓点水般提到了周桥和宋月。"撞鬼了！"小溪妈代表一切忠厚人家的母亲，抗议这不可思议的社会，"什么破年份，是人不是人的都聚齐了！"

周桥、宋月那一拨孩子考上大学，纷纷离家后，家属院的老楼也拆掉重修，仿佛拆掉了整整一个童年。比姚小溪更大的，都成了过时的人物，很少有人提起。不过作为曾经被所有人看好的金童玉女，周桥与宋月的消息仍然过一阵就会飘一点过来，隔山隔水的，不知道确凿的把握有多大。

他们考上了不同的学校，在不同的城市，很快有了各自的慕求者。导致他们分手的原因，两边家长说得不同，相同的是都指责对方不珍惜感情，有了新欢。真正的重磅"号外"在宋月大三那年降临，突然之间，老家属院的人都听说了——宋月傍上款了，是个头发稀少的房地产业大老板。打那后她寒暑假回家，再不需要父母托熟人买紧俏的火车票了，总是大老板用豪华轿车大老远地包接包送。越来越多的人看到了那辆豪华轿车，和从轿车上下来的稀疏头顶。宋月家想掩饰也费劲了。

"我们家宋月，追的人太多了，挑不过来，"宋月的妈妈说，"人家非要用车送她回来，推都推不掉，唉！"

　　家属院的风气仍以保守为主，家长们对宋家开始侧目。宋月后来和房地产老板分手了，又上了一辆企业主的豪车。再后来是一名神秘高官带牛×牌号的车。传说中她在若干个成功男人中周旋，而那些人没有一个肯娶她。不过——又是传言——她在若干次分手中获利匪浅。宋月几乎不再回来，但她妈用上了各种高档货：大牌手袋、名贵护肤品、高级美容院的卡……都是宋月淘汰的。宋月妈高挺着胸脯走路的得瑟样儿，她所炫耀的富贵生活背后的肮脏内容，都引人遐想。家属院的其他大妈私下形容宋月妈——"一副老鸨相"。

　　而关于周桥的八卦，因为精彩程度不够而显得简洁、苍白，只听说他的事业与感情都大费周折，鲜有亮色，终无善果。一代金童玉女的童话算是翻了过去，翻到现实的一页，不再花好月圆，只有白骨森森。

　　等到第三次排练，两个声部终于可以合起来唱了。

　　　　鲜花曾告诉我你怎样走过
　　　　大地知道你心中的每一个角落
　　　　甜蜜的梦啊谁都不会错过
　　　　终于迎来今天这欢聚时刻

　　这是和谐的部分，队伍的每一个角落、每一个发声器都高度统一，相同的分子从四面八方向中间围拢，铸出一道声音的墙。接下来的"星光洒满了所有的童年"是个分水岭，声音之流分成两股，巨大的一股仍是洪水滚滚而去，另有一条支流，开辟了低调的河床，奋不顾身地淙淙奔腾，虽然阵势小，但它是完整的、规律的、合法的，与主干并驾齐驱。

　　里面自然带着搏击。二声部的人少势弱，唱的旋律又在"主流"之外，听起来怪怪的，有的唱二声部的，被周围强大的主流磁场给吸附去，唱起一声部的调子来。声乐老师叫"停"，用指挥棒遥遥指向第三排，说，二声部注意了，声音太弱，不要跟着一声部跑调了！

重来。这次二声部的人焕发出斗志，稳住阵脚，按照自己的道路一溜地杀下去，有个别人害怕自己被一声部"牵"走了，刻意地放大了音量，连表情都是拼命的、杀出重围的，眼睛瞪大、青筋暴突、面部肌肉紧张。二声部终于从强大的声音洪流中挣扎出来，有了身姿，有了亮相，占据住一条坚定的航线，与一声部一同顺利到达终点。

声乐老师刚要表扬二声部，站在第一排正中央的方副局长走出队列，回转身和气地（分明是不高兴地）说："二声部的同志小点声嘛，我被你们干扰得，都不会唱了。"话音刚落，零落的附和声便四起了：

"就是，我的调子也给扰乱了。"

"跟我们抢什么抢？我们唱的才是主要部分嘛！"

"二声部只是个形式，何必那么认真！"

因为是方副局长发的话，二声部成了千夫所指，成了有害的组织成分，没有人辩白或者反对。声乐老师冷冷地斜睨一眼回到原位的方副局长，缓缓举起指挥棒：再来一遍。

这一遍，二声部明显是受挫后遗症的表现了。老干部们几乎不再出声，而与之相反的是年轻人，周桥，姚小溪和宋月偏偏夸张地抬高了嗓门，哪怕是调子更低，他们也拿出了十二分的力气，更加用力地发出"干扰"之声。还没唱到最后，方副局长忍无可忍地回过头来，喊道：

"二声部的停下！你们不要出声了！"

空气冷凝，没有一个人呼出一口热气。声乐老师圆场说："好好，再来一次，一声部单独来。"

一声部开口唱新的一遍时，三个不安分的音符跳动了——众目睽睽之下，周桥、姚小溪，接着是宋月，从合唱台挤着走了下来。他们头也不回地走出排练厅，只把后脑勺留给方副局长和簇拥者。

几分钟后，他们三个聚在奶茶亭前，用戏谑的想象展开滑稽表演：周桥扮演方副局长，他蹲下去显得腿短，恼羞成怒地亮出食指，指天指地，哇哇大叫；姚小溪模仿罗大丽，双手捧着吓坏的脸蛋，"噢！噢！"一惊一乍跑去安抚领导；而宋月是一脸不屑之态的声乐老师，波澜不惊地打拍子，唱着《同一首歌》。不知天高地厚，因而快乐得彻底。

他们或许曾经这样一起游戏过，虽然谁也不记得。毕竟长大了，有些东西走了样。标志之一是，宋月这会儿望着周桥的表情，是试图要"回到从前"的媚态。她努力了，甚至假装。她不顾一切地深情款款。周桥像个判官，判决自己视而不见。姚小溪心想，现在周桥占上风了。

对面过来了棉墩墩的几个人，小心地互相扶助，避让开车辆，横穿马路。其中有人朝这边指指戳戳，大声说话。分明是冲着他们三个来的。都是老头老太太。再细看，都是唱二声部的。三个人把杯子放下了，看得眼冒问号。周桥说，操！他们跟着我们出来了？二声部集体示威？

那几个人像逆流产卵的鲑鱼，经过千难万险抵达奶茶亭，累得大口喘气。"分家了！"一位面色红润、样子像个车间主任的老人抢先说，"方副局长要我们二声部和一声部分开排练，罗大丽在二楼找了间屋子，让我们去那里自己训练，说是一声部休息的时候，老师抽空上来给我们做指导。"

"二楼那间屋子好小，也没有合唱台。"一位系红围巾的老太太急着插嘴。

"老师哪有时间来指导我们啊！"

"他们把我们排挤了！"

在花白头发、凌乱皱纹与确凿无疑的老年斑中间，年轻——哪怕仅仅是年轻——就成了依靠。等他们七嘴八舌抗议完，周桥问，我们二声部的人都在这里吗？"车间主任"说：有三个人不干了，去唱一声部了；还有几个走不动，没跟着来，在二楼等我们。

"不过，"他的话里带上着重号，"他们委托了我们，可以代替他们做任何决定。"

周桥环顾老人们，他们像一群随岁月走远的父母，仓皇无措地寻找孩子可以牵住的手。周桥用了十分钟的讲演，向他们证明"这样更好，我们可以自己玩"。老年的听众扛着沉默。被驱逐。受排斥。好像有人指着鼻尖命令你：给我在眼前消失！好像你被抛弃了，孤零零地走向地球的极点。这些感受带来了痛苦与愤怒，难以平复。要剔除。是的，很不容易，上个年代的人最迫切需要"集体"，需要"组织"，需要"领导"。没有时间了，周桥演变为一个成功的煽动者，大声疾呼：

"我提议，选第一个主动争取来到二声部的姚小溪——当二声部的部长！"

此刻，过路人的视线，一定会被一片突然而起的掌声吸引过去，掌声的中心是一个目瞪口呆的年轻女孩，她回过神来，像是被人冤枉了，又是摆手又是跳脚，显得慌乱而无辜。

十二个人。二声部正好一打。

这是一间废弃的小会议室，十二个人灰扑扑地立着，像浮在脏玻璃缸里的十二条鱼。其中十一个站在年纪最小的一个面前，要一个继续下去的保证。

姚小溪咬着嘴唇，像超市里被抓的小偷，难堪地面对着她的队员们。

"我们会唱好二声部的。"带了点怯然。这不好。

"我们一定会唱好二声部的！"加了感叹号，好多了。

周桥只是在队列里咧了咧嘴，没笑出来。得空他便比画出一个翘大拇指的动作，给姚小溪打气。偷偷的。这样一来贴上了一层亲昵。宋月斜睨着他，没有表情。

排练开始了。可以肯定的是，这次不会有一声部的投诉。姚小溪学着声乐老师的样子，抬起胳膊，水波一样柔柔地划动，她发现自己的胳膊也具有了老师的魔力，一抬，所有人立即被点化，通身成了饱含声音的海绵，慢慢随着拍子的节奏将歌声溢出。

他们唱了一遍，又唱一遍。只唱二声部。把这首老歌唱成了新歌，又把新歌唱旧。

姚小溪渐渐成了另一个姚小溪。她是团队的头儿，是指挥，站在这个位置上，视角到底是不同了。指挥原来是明察秋毫、一目了然的。有人在队列中打了个哈欠，有人唱错了歌词嘴型对不上，还有个老干部总是偷偷去瞟一眼站他旁边的红围巾老大妈，全都逃不过指挥的眼睛。

中途声乐老师来过一次，发现他们的训练效果好得惊人。他纠正了三个人的错误发音，又对一处节拍把握不准的地方进行了强调，之后鼓励大家加大干劲，精益求精。

"我知道这对你们不公平，"最后声乐老师代替领导表达愧疚，"排过那么多合唱，还是第一次遇到把二声部分开来训练的。"

那天的排练在大家备受鼓舞的情绪中结束。周桥提议大家去吃夜宵，他请客，老干部们互相看看，用眼光略一商量，羞涩地接受。一个人说他知道有家实惠又好吃的馆子，夜宵会打折。说去就去，十二个人到馆子里热热闹闹地围了个大桌，热菜上来，热气裹着电灯泡的暖光，啤酒是加了红枣冰糖醪糟煮过的，空气里灌满甜香。没有比这更动人的了。一声部能有这样的幸福吗？

碰了几次杯，老的小的都有点称兄道弟的意思了，有人提议每个人自我介绍，让年轻的"二声部部长"认识认识。其实姚小溪早就在心里给老年成员们取了外号：车间主任、知识分子、红围巾、伯爵、板砖⋯⋯迅速地记住了每个人。这个超常记忆功能是突然间开发的，自从当了"领导"以后。

热心人哪都有。每一个成员自我介绍时，坐在姚小溪身边的车间主任就会积极地伏在她耳边，小声提供额外信息。"他是怕老婆怕出名的。""他年轻时写一手好诗，现在不写了，只喜欢喝酒和钓鱼。""她女儿在加拿大，难得回来一次，她和老伴在家也要过圣诞节，说是和女儿同步。"

轮到一名穿灰色大衣的老同志发言了，他表情不舒展，像勉强参加什么促销会一样，淡淡地说:"我没什么好说的。"向下一位略点一点头，表示他已说完。

姚小溪主动把身体靠向车间主任——询问"什么情况"的信号。车间主任及时耳语:

"这是老韩，看到隔他四个位置的人没有？那个瘦得厉害、正在喝茶的——老张，他们本来是同事、好友，后来成了死对头。二十年前，为了一次职务升迁的竞争，两个人闹翻了，从此再也不和对方说话，有对方同在的公众场合，他们也尽量不开口，别扭呗。"

这话很快得以验证。轮到老张发言，他也只是简单说:"我姓张，叫我老张吧。谢谢。"没人强求，看来都知道他们的过节。恨久了，磐石一样，谁也不想去挪动。

又有一个对上号。老是偷看红围巾大妈的，是退休的司机叶师傅。哪怕在自我介绍时，说两句，他也要偷偷看一眼红围巾，仿佛要从脸色上判断她的意见。姚小溪蓦地大笑。

都是始料不及的人。姚小溪的世界原本没有预留他们的位置，他们是闯入者，是曾经与她毫无关联的任何人。现在他们从虚空里现身，热气腾腾地摆在她面前。真的是热气腾腾啊。

到晚上十一点钟才散伙，姚小溪估计这时回去父母都睡了，心里一阵轻松。走进家属院时，又看到周桥和宋月了，好像吵了架，周桥冷冷地甩下宋月，一个人大踏步地往自家的单元楼去了。

宋月在原地站着。风起，她用胳膊抱住自己，肩膀缩起来，仿佛投入一个虚无的空气人怀里，有着格外的怜爱。她绑在这姿势里，一个人站了好一会儿。

二声部热情高涨地排练了三个晚上。第四天一大早，一名队员到家来找姚小溪。他胖大。羽绒服买大了一号，更夸张了他的胖大。他往门口一站，开着的门也像关上了。这胖大者扭扭捏捏的，不敢抬头看姚小溪。是叶师傅。他不肯进屋去坐，非要小溪出去，"聊聊，就聊聊"。

出去冷得厉害，就那样叶师傅也愿意。在一棵掉光叶子的银杏树下，叶师傅脸上有了惆怅的霜气。"小姚部长，"他毫不觉察这种称呼的怪异，"如果我儿子和女儿来问你，你可别说我和袁大姐都在二声部唱歌啊。"

他老伴八年前去世，直到七个月前他才和早年离异的袁大姐有了相处的意思。叶师傅膝下的一儿一女得知这事，为充分表达"感情上难以接受"，分别和他大吵过几次，以去世的家母的名义，坚决阻止老爹再娶。儿子尤其暴跳如雷，在最近的一次谈判中，他咬牙切齿、目光如炬：如果老头子再和"姓袁的"有来往，从此以后，父子之间恩断义绝！

胖大的叶师傅是懦弱的。懦弱到抵抗不了自己的孩子。他说服袁大姐，把关系转入"地下"。偷偷摸摸了几个月，歌咏比赛来了。一个合法化的相处机会。哪知道他们参加合唱才一个星期，叶家兄妹就嗅出了味儿，儿子打来一个黑社会性质的电话。原话是"惹急了我们就闹一闹，让你们丢人现眼"。

第一次有人将生活隐私袒露出来，第一次有人委以自己有关幸福的重任。姚小溪却感到挫败，她软弱无力，肩不能挑手不能提架不会打，论口才远不及妈妈。她是二声部部长，是"领导"，是依靠，可事实却是：她什么也做不了。百无一用是书生。她只有说，我知道了。目送叶师傅胖大的背影走远，走成伶仃的一个点，走成一声叹息。

晚上排练，姚小溪宣布，我们集体练唱已经有一阵了，歌词、曲调基本过关，声乐老师要我们精益求精，后边几天就分组练习，两人一组，互相指导——到时候验收成果，一组一组地过关！

分组方案是：老韩和老张一组，叶师傅和袁大姐一组，周桥和宋月一组……如果去了白宫，她会把奥巴马和恐怖分子分一组，只要他们有对话的可能。周桥挨了尴尬一棒，凑过来小声说，姚部长这是唱的哪出啊？

姚小溪高屋建瓴，见招拆招，学他的口气道："我们来自五湖四海，好不容易走到一起组成了一个二声部，一星期后登台演唱完就散伙了，还留着遗憾，不亏死了？"

被捆绑的老韩和老张一直闷坐在西墙边，像沉沦在包办婚姻里的夫妻。二十年的风云激荡，到这西墙边也该淡了，可就是散不开。姚小溪走过去，仗着部长的权力和小辈的无知，偏偏要他俩来做示范。

"我来起头，你们一起唱一遍。"姚小溪说完，唱，"鲜花曾告诉我你怎样走过——预备，起！"

几乎是条件反射的，老韩和老张同时开口，一起唱"鲜花曾告诉我你怎样走过"，一句接一句，该高的地方高上去，该拖的拍子也拖满了，配合得天衣无缝。渐渐的，他们已经不像是冤家，而是并肩高歌的同盟。二十年里他们没有说过一句话，但二十年后他们唱了《同一首歌》。

一首终了，姚小溪两手啪啪地拍了几下，惊醒了看呆的众人。掌声从各个方向围拢过来，到后来简直是铺天盖地，老韩和老张竟有些不知所措，又激动难当，甚至——他们互相看了一眼。

叶师傅和系红围巾的袁大姐坐在东墙边，现在叶师傅不用偷偷看对方了，满眼满脸的流光溢彩。袁大姐说你有一句唱跑调了，叶师傅就说，我改；袁大姐说你还有一句老抢拍子，叶师傅就说，我不抢了。

姚小溪差点笑得呛住。她和车间主任一组，对他说："看吧，人家好好的一对，当儿女的凭什么来破坏！居然有这样自私的子女！"车间主任给戳中痛处，若有所思道："天底下的子女是各种各样的。我家那个，都快三十了，宅男一个！以前学习不用功，读了专科学校，又自考本科，完了还是找不到工作，蹲在家里啃老！又要面子，叫他来参加这合唱团，多多少少局里会发点补助，可他怕人家问起工作的事，死活不来！"

姚小溪听了，也给说中心事，假装随口一提："局里不是有外聘名额吗？"车间主任说："报名都报了两年了，没成。名额少，想去的多呀！我又只是个退休职工，哪办得了这样大的事，唉。"

聊天被截断，原因在于大门边晾出了一张脸。一个满面痤疮的青年男人，以饱含警惕与敌意的眼神，肆意地朝屋里扫荡。叶师傅回头，眼光正好与之咔嚓相撞，顿时中了邪，魂飞魄散，一脸仓皇地躲也不是留也不是。男青年的痤疮脸有了铁冷色，重重瞪了叶师傅一眼，金属质地的眼光像柄大锤。他转身走了，无情的后脑勺预示着后果严重。

叶师傅被这眼光与后脑勺击倒，像浇了水的泥人般，往四下里瘫软。"完了"两个字挂在脑门上。痤疮男确凿无疑是他儿子了。拒绝父亲幸福生活的儿子。

姚小溪感觉自己被扇了烫烫的一巴掌！她的世界。她的人！总得有谁张开翅膀，不管能护住几个平方。她拿出追缉凶犯的劲头，蹿出门去。大门被这风风火火的姑娘带了过去，又弹回来，扇子般一开一合。

"没什么，我就是做他儿子的思想工作去了。"姚小溪后来跟周桥解释。周桥仰头大笑："你以为这有用吗？"

"有用。"姚小溪嘴角浮起一丝浅笑，以志在必得的口气说，"我真诚地告诉那儿子，我爱上他爸了，想嫁给他爸，希望他能支持我，帮我竞争过那个红围巾。他么，倒没说什么，听完这话他就眼珠不动了。"

话音落地时，周桥的眼珠也不动了。之后他连跳带叫，一连串打了惊叹号的"什么！什么！什么！"可以证明他已经在时代中渐渐掉队，跟不上新新人类的思维步伐了。

"既然你这样不惜血本地助人为乐，"最后他只有赖着脸说，"也帮我一个忙吧。"

车刚洗过，亮亮堂堂，气宇轩昂，带着航母的气势。周桥拧动钥匙时表情也是低调的得意。他回头看看副驾驶位置上的姚小溪，一笑。那一笑丁零当啷，像易碎品在碰撞。副驾驶被这丁零当啷晃得心慌，赶快尽职地提醒："去酒吧还开车，怎么把车开回来？别指望我，没拿驾照呢。"

周桥吹了声口哨：回来找代驾就是。

汽车加速时他又补了句："我就是要他们亲眼看到，你从我的车上下来。"

姚小溪心跳也加了一挡。道德感立刻跳出来告诫："纯属帮忙，不能当真的。"

"回首"酒吧里聚满了人，姚小溪跟着周桥进去时用眼睛左右一晃，目光所及都没有超过四十岁的。他们直奔目标。靠窗的地方坐了一圈人，三张小桌子拼在一起，洋酒瓶、啤酒瓶、易拉罐竖着斜着横着错落一堆，染红发的女人伏在男人肩膀上玩手机自拍，抽烟的眼镜男把脚跷得老高。

"嗒嗒嗒——"周桥做出闪亮登场的帅姿，将姚小溪从背后牵出来，"隆重介绍——我女朋友：姚小溪！"

生，嫩，笑靥如花，这样的面孔足够将那拨人的眼光牵引过来，每逢来了新人便意味着有了新的娱乐，他们开过火的玩笑，讲荤段子，罚他们的酒，要求换各种姿势喝。姚小溪一直面带微笑，以初来乍到的拘束劲应付着这帮家伙的无法无天。他们被问到这段感情的缘起，姚小溪狡猾地笑着，把脸偏向周桥，看他如何编出爱情故事的开头。周桥咽下一大口啤酒，说："早了。"

"那时候她还刚上小学，我已经是初中生了，院子里的小孩有一天晚上拉着我，非要我陪他们玩'躲猫猫'。我是那帮小孩的老大，只好答应了。一个男孩当'猫'，其他人躲。我躲到一棵树后面，却看到不远处有个小女孩，两只手托到空中，做着个新疆舞动作，一动不动地立在那儿，根本没有躲。我以为她不懂游戏规则，赶快跑到她面前说：'你怎么不躲啊？'那小女孩还是没有动，头也不偏地回答：'我躲了——我是雕塑。'"

哄笑。有人喷出了酒。预料中的。姚小溪在记忆里搜寻，不太记得这件事了，但那行事的风格，确实是她。

"那时候我就想，将来要娶个这样的女孩，简单、可爱到几乎顽固的地步。没想到十多年后真的又遇到了她。她一直在那里，一动不动，是雕塑，所以我一下子就找到她了。"

欢呼与口哨声四起。玩自拍的女人说："混蛋，把我眼泪差点整出来！"喝酒的人群选举周桥那番话为"年度最佳表白"。姚小溪感觉自己在云中，微微的眩晕，微微的失重。

直到看见几步之远，有一丛浅金色窗帘，那个哀伤的角落里浸泡着一个沉默的女人。她本来是不打算沉默的，因为她把自己装进性感的鱼尾裙，身姿婀娜，做出美人鱼的造型。美人鱼心碎了，成了一尾表情扭曲的死鱼。连同她魅惑的荧光眼影，连同烈焰唇红，连同她啜葡萄酒的优雅体态，无不透露着疯狂的绝望。她在那里将自己缚上巨石，沉入深渊。她在给自己喂食毒药。在那里自焚。

又是宋月。

空啤酒瓶塞满第三箱时，宋月走过来。鱼尾裙使她身体紧绷，走路姿势有着怪异的妩媚。她俯身轻轻问姚小溪有没有喝醉，又说："看你多数时候喝的都是冰柠檬水。"

这话令姚小溪紧张。好像一开头就被抽了底牌。本是打算老老实实出牌的，可对手偏要警告你"不要耍诈"，这老实就像是屈服于威胁了。她们绕开其他人的眼光走到花园，宋月说："我原以为，周桥只是拿你当个幌子，糊弄我，让我死心。"

她停住了。停了一小会儿，希望姚小溪被这凄然的口吻打动，对猜测予以承认。但没有这样的事。如果是糊弄，姚小溪就得糊弄到底。她只好继续说："……直到他提起小时候。"

小时候是爱情的故乡。好多人在恋爱中找不到出路了，腿一撇就回到故乡，翻箱倒柜。箱柜压底处，存着宋月和周桥最好的一段。他们一起写作业，宋月写十分钟就吃一颗话梅，梅核都被周桥种在花台里，希望能长出话梅树。他们一起上学、放学，路过一家茶馆时，里面总是传来香港武打片夸张的配音，两人会驻足，看上一会儿，电视上的男男女女化着粗糙的浓妆，说嗲声的普通话，一开打就飞来飞去。周桥牵住宋月的手。厚厚的云从头上滚滚而去。他们猜想未来很神奇，但会简单。

"这么多年了，只有周桥，只有他……"宋月难以抑制声音的颤抖，"我为什么大老远地飞回这里，参加一个根本什么也不是的破合唱团？你不知道我下了多大的决心、用了多少心机来挽回周桥！你不知道！"

这受伤的美人鱼相信，像姚小溪这样嫩得出水的小女孩，根本没有能力真正理解爱情。二十二岁，谁都有过二十二岁！有着无限可能的年纪，很多东西都比爱情本身更重要。

姚小溪静静望着宋月不再光洁的脸，说："可周桥愿意吗?"只一句，就重重压下了情感的另一头。

宋月冷笑："真是小看你了，这么年轻，就哄得周桥团团转了。可你除了年轻，能给周桥什么呢? 我能帮他在事业上东山再起——我有这个实力，你呢? 你有吗?"

仿佛拍卖会，在举牌。又如豪赌之前，摊开筹码。你有吗? 你有吗姚小溪? 姚小溪闭上眼，摇了摇头。她弄不懂宋月，为什么会那么自信。为什么在钱上面自信。她觉得这些年宋月在钱上吃过的亏、享过的福，已经像盛宴之后的杯盘狼藉，龙虾壳、香槟的污迹、酒后呕吐物混在一起，哪部分是美好，哪部分是恶心都分不清了。浮华的垃圾。

"我在想，"姚小溪失去和她聊下去的兴趣，用了她注定不会喜欢的口气说，"这肯定不是周桥想要的那种'东山再起'。"

她转过身，慢慢朝酒吧里走去，宋月追上来，破釜沉舟地立在她面前："小溪，求你了，帮帮我，放开周桥吧! 我也可以帮你的，真的，方副局长会买我的账，我让他给你一个外聘名额……"

她开了价。她给姚小溪标的价码是：一个外聘名额。姚小溪感觉到咣当一声，自己给插上了一根巨大的草标。她明白宋月真的是回不去了，那个兰花指上绕着红纱巾跳舞的偶像，那个走路高高抬着下巴的家属院西施，那个曾让少年周桥迷恋的小女人。

"宋月姐，如果你能弄外聘名额，麻烦替老刘师傅的儿子弄一个吧，他都等了两年了。"

最后这一句，说得亲热而讨好。

回去没有找代驾。车存在酒吧停车场，两个人徒步。行走的周桥语无伦次，他的过去、现在与未来像夜间狂飙的摩托车，绕圈冲刺，带着剧烈的呼啸。上一句他在不停地向姚小溪赔礼道歉，怪自己把她牵扯进来，下一句又信誓旦旦。撞到人行道上的广玉兰，他就抱着广玉兰的树干信誓旦旦。他喝过酒，借酒蒙了脸说话，可以不要脸，也可以乱说话。

周桥说："公司开垮了，我人也垮了，我妈非要我回来参加合唱团，说是，给我介绍对象，还说，还说，是我认识的，我去了就知道了……"

周桥说："刚去那天，看到你，我还以为……以为是你，那感觉真的，真的……唉！结果，结果宋月来了，她一来，我一看见她，就知道完了！完了！"

周桥说："她傍了大款，挣了钱，又让大款甩了。她又傍官员，挣了钱，又让官员甩了。后悔了，就想回头了！有那么容易吗！我妈也是，怕我欠了贷款还不了，居然被宋月说动了心，想让她替我还钱！啊呸！这还是在谈感情吗？还不是他妈的一场交易？只不过倒过来，她成了我傍的大款，我傍的官员！"

路上有冷静潜伏的石子，周桥脚下一绊，差点摔了，与此同时姚小溪抢过去，一把拉住他。没有预示，自然而然。周桥宿命般回转身，不管不顾地紧紧抱住了她。月光是倾斜的蓝色。也可能没有月亮。

他仿佛彻底安心，不再说一个字。

到家已凌晨三点。姚小溪小偷般蹑手蹑脚地摸进屋去，灯叭地无情敞亮，像有什么突然暴露。散着一头乱发的小溪妈趿着拖鞋、披着棉衣冲将过来，一把扯住她，沙着嗓子哭号：

"没良心啊，要把你爹妈吓成啥样啊——大半夜的上哪儿去了？打你手机也不接！你们二声部给排挤出去了，回来也不说一声！你啥时候才能认识方副局长啊你说你说！还被风言风语，说你和那个周桥裹在一起！他开公司都开垮了欠了一屁股账你知道不？这世上只有你爹妈才会心疼你知道不？……"

二声部有那么多老人，多疑，牢骚，皮肤皱起，眼神惶然，姚小溪却从没想过妈妈也在走向他们。这一刻她明白自己必须多么广大、宽阔、浩瀚无垠，才能稳稳承放下一对父母的忧虑。她揽过妈妈的肩膀，将她拥到自己怀中，一只手轻轻地拍着，用慈祥的声音说，我知道，我知道，我都知道。

　　宋月走了。二声部只剩十一个人了。叶师傅很高兴，他儿子和女儿居然接受他和袁大姐的恋爱关系了。老韩和老张在持续缓和中，有人听见那天老韩说："下雨了。"老张接了句："要降温。"老韩又说："天气预报不准的。"

　　这是正式登台之前，二声部的情形。

　　姚小溪想着，什么时候也该让二声部和一声部合在一起练练了吧。一直等着。直到正式参加比赛的前一天，罗大丽来通知大家去领服装，才顺便告知领导的意思：

　　"因为这个……一声部、二声部一直没合在一起练过，方副局长害怕上台以后出什么岔子，所以……就不要唱二声部了。你们登台是要登的，不然那里就空出位置了，不好看；但是，登了台，就不要出声，嘴巴张一张，做个假动作就是了。懂了吗？要的就是你们的人，凑个数，不要声音！"

　　二声部全体肃立着。他们有十一个人，每个人都有名字，有身高，有黄色皮肤与黑色眼珠，然而在合唱台上，如果没有声音，这一切都是死的，和"没有"一样。他们将摆在那里，伪造歌唱的嘴部动作，像皮影与木偶。方副局长要他们消失，不是肉体上的，是另一种，更彻底的消失。

　　"一辈子没见过这种事！"

　　"坑人吗这不是？"

"他们是在利用我们，假装阵容强大，让我们去凑人数、凑队形！"

"我宁可不上台！"

他们花了那么多个晚上，冒着天寒地冻一句一句地练习，他们知道了八分音符与四分音符的区别，他们学会了使用气息，能把自己唱得热泪盈眶。而这一切，都被屏蔽、无视，宛如白纸，空无一物。

没有比这更大的悲哀与侮辱了。姚小溪和周桥蓦然对视，在转瞬即逝的片刻里用目光握手。既而异常冷静了。他们大声说，二声部一定要去，二声部不能缺席！

登台的时刻到了。二声部和一声部的人一起排好了队，男的身着帅气的黑色西装，女的一身白色长裙，像梦幻中的集体婚礼一般，有神圣的眩光了。主持人报幕的时候，他们在幕布后面有条不紊地走上合唱台，四排，三排，二排，一排。

报幕结束，幕布在巨浪般的掌声中缓缓拉开，奇怪的事情发生了。在场的所有观众都发现，这支合唱队伍的第三排，中间足足有十一个位置是空的，有十一个演员人间蒸发了！没有身体，没有四肢，也没有僵硬的笑容与直得打战的腰板。他们由空气制造。但音乐已经响起，无可挽回，合唱势必开始。

星光洒满了所有的童年

风雨走遍了世界的角落

同样的感受

给了我们同样的渴望

同样的欢乐

给了我们同一首歌

阳光想渗透所有的语言

风儿把天下的故事传说
同样的感受
给了我们同样的渴望
同样的欢乐
给了我们同一首歌

不可思议的是，从这空缺的位置上，发出了另一种声音，是另一个声部，与一声部的调子时而交汇，时而平行，既是热烈的拥抱，又毅然决然地走向独立。它完美、和谐，像水彩画的底色，像花瓣的另一面。

没有人看见他们，那些唱二声部的人。可是他们让所有人都知道了：他们在。

罗曼史

首长，要不是出了这么大的事，我真不愿意来找你！是嘛，哪个没事会来麻烦首长嘛！

　　首长，我叫毛菊凤。我可以给你看我的身份证，我真叫毛菊凤。你看看我，看我眼睛下面——已经开始长眼袋了——猜猜我多大年纪？告诉你吧，再过两个月零八天我就满二十七了！二十七了哇，在我们老家，这个岁数还没嫁人的，基本上都是残疾人和二傻子。我表妹比我小一岁，都生完第二个娃娃了！

　　你不要不耐烦啊首长，你一深呼吸一叹气，再喝口茶，再把茶叶渣子那么撇嘴一吐，我就知道你嫌我烦了，你心里在说"鬼扯个屁"。你是文明人，肯定不会骂出来，但是你在心里骂。不怪你，我这就说主要的。

　　三个月前吧，是个星期天的上午，挺热的，我和薇薇坐在街心花园的长椅上聊天——就在翠华路拐角上，一个三角形的绿化区，有几棵树、几个花坛、四把铁艺长椅加两三样简易的健身设备，就叫街心花园了，平时我和薇薇都是在那里玩。薇薇是我朋友，现在都叫闺密是吧？对，她就是我闺密，虽然我不晓得她真正的名字。她和我一样没有正式工作，都在尹姐的发廊里帮帮忙，我们就成闺密了。

这时候从翠华路西头过来了一拨儿人，说是一拨儿，其实是分散的、各走各的，拖着箱子背着大包。这场面没啥稀奇，因为翠华路西头有个小客运站，客车都是从前面的大路跑，但下了车的旅客，有一部分就会从翠华路这条小路经过。我们天天看习惯了，甚至可以从时间上判断，刚到的是走哪条线路的车。

也是活该我命中注定，山多海多的人走过了翠华路，都没啥事，那天偏偏遇上了冤家！先是薇薇拉了拉我袖子，说："哎哎，看那个人。"我顺着她的眼光转过头，看到一个憨头憨脑的平头男娃，二十来岁，穿了件仿冒名牌 T 恤，挎着个过时的电脑包——包包是瘪的，一看就没有装电脑——在那里东张西望，好像是个外星人，不晓得自己咋会掉到这个星球上了。

薇薇就笑，说："我打赌他肯定是个当兵的。"

她这么一说我也觉得很像，但我口上不服，说："那不一定！"

薇薇开玩笑说："你不是喜欢兵哥哥吗?"

我说："鬼扯，我几时喜欢了?"

薇薇坏笑坏笑的："他们枪法好……"

……哎哎，好了好了，这些就不说了，我是没文化的，说话不上台面，首长你包涵点，不要在那里干咳了，我懂得起。

按说我们在那里叽叽咕咕，虽然眼睛瞟着你，你自己一下走开就是了，又没有捆你过来！没想到那个人发现我们在看他，犹豫了一阵，居然朝我们走过来了。他手里拿了张硬纸卡片，递过来，问我们纸上写的那个地址要怎么去。

薇薇当时就眯起眼睛，斜巴巴地看了他一眼，料定他是借着这由头跟我们搭上话。她嘴一歪，把卡片朝我手里一扔："这城里就数你熟悉了，给人家看看，指个路嘛。"

111

我拿起卡片来瞄了眼，是张最常见的商用广告卡，上面写的长松路我确实去过，也不远，坐车没有直接到的，还不如走路。但走路吧，路线又弯弯拐拐的，我都不晓得咋个跟他说。我本来想敷衍他几句就算了，但这个人就一直杵在我面前，像只流浪狗，守着一块可能扔给他的肉骨头，眼神吧哒吧哒的。说实话，一看这眼神我就心软了，哪怕是条狗，也不能硬着心肠把人家踢开啊，是吧？——啧啧，看吧，你也点头了，说明你也是个好心肠的人，阿弥陀佛啊，首长你跟我一样是容易吃亏的！

"你是当兵的？"——我问他。

他赶快点点头："对对，我是一级士官。"

"看你不像本地人么。"

"嗯，我是贵州人。"

"你到长松路去干啥？看你媳妇？"

"你你你说哪去了，我哪有媳妇呢！"

他说"我哪有媳妇"时红了一脸一脖子，那样子，首长，你真该去看一看，就跟城隍庙的砖墙一样，板实得要命。其实最后那句是逗他玩儿的，哪有拿着广告卡片的地址去看媳妇的嘛。但问他啥他就说啥，一点心眼也不带的，我就放心了。我到底是女人哪，提防心总是要有一点的。

既然路线说不清楚，我又要帮他，就只有一个办法了：给他带路。本来啊，我从来不会给人带路的，但是他那个老实巴交的样子就跟我老家的兄弟一样，问个路都口笨舌硬的，如果我不帮他，他还真不容易找到那个地方！

我去旁边店里跟尹姐请了个假，走出店，就看到薇薇冲我挤眼睛，说："雷锋真是活过来了呢！"一听这话，当兵的就紧张了，赶忙问我带路费要多少。我一听，来气了，把那张卡片往他身上一甩："你出不起!"

他的脸皮就像唰地掉到地上去了，捡都捡不起来，那个窘啊。你看看他连哄女孩子的基本方法都不懂，其实他只要嘻嘻一笑贴上来说两句好听的就行了——男的哪个不会？他就是没开窍！我相信他莫说老婆，肯定女朋友都没谈过一个！

还是薇薇给他解了围，她晓得我不是真的生气，就圆场说："哎呀呀，多大个事儿！"——她的北方口音蛮好听的，"事儿"还带着儿化音。她连推带拉地把我们攒在一起，推出老远。

我像个要上刑场的女烈士，走得脚下铮铮带响，也不看他一眼，脸上肯定是杀人的表情。那个贵州的一级士官居然不来哄我，就这么闷闷悄悄地跟着我，跟了两条路。

但是领导啊我是个憋不住话的人，像薇薇说的，我有"话癌"，如果哪天要死了，说不定让我唠叨半小时就把我救过来了。所以遇到这么个屁都不放的兵，简直觉得那两条路走得像是黄泉路——阿弥陀佛，我只是打个比方，没得其他意思。慢慢儿的，我就把心思放宽了些，想着你们部队上的人，大多是闷罐——也不是自己想那么闷，而是你们有纪律，要服从命令，是不是？叫"立正"你就要把脚跟并一起，叫"稍息"你就要支一个脚出来，还只能是左脚，不是左撇子也要支左脚，是不是嘛？所以领导叫你"不许讲话"，你就只有闷着了。

我这么一来想开了，决定原谅他了。是我主动跟他说话的。我问他："你叫啥名字？"

他一看我说话了，赶快回答："冯仕良。"

我鼻子里哼一声："还有点点文化气息么，我以为你会叫李才贵之类的呢。"

他就不好意思地笑："是我们村小的老师取的。"

说上话了，后面才算顺畅。好比水管，如果堵了一块硬东西，肯定就流不了水，只有把堵的东西弄出去，水才可以哗哗哗的，你说是不是？

这样子一边走一边说话，我搞清楚了，他是到长松路一家卖电子产品的店铺换货的。一周前他跟着团里采购物资的车出来，车在长松路停了半个小时，他就在这半个小时里转悠了一会儿，吃了一根雪糕，打了两局投币电子游戏，买了张手机充值卡，然后又被一家商铺的优惠广告吸引了，小老板向他热情推销一款电子阅读器，保证这保证那，说得有了这款机器，大学都不用上了。冯仕良士官没有上过大学，但是他心里是想上的——就像没碰过女人的总会想象是啥滋味，其实真的"碰"了也就那么回事，是不是嘛——总之这话是说到他心坎里了，正好揣了刚领的工资，他一冲动就花五百二十块钱买下了"相当于读大学"的阅读器。

首长，你肯定从我这话风就听出来了，这家伙脑门上写着两个大字："要挨"！果不其然，这个"大学"根本不靠谱，买来用了不到一个礼拜就坏了，屏都不亮，就跟挖苦人似的，骂你是睁眼瞎。

现在你晓得了吧？他就是去找那家商铺退换阅读器的。上次跟团里的车去的长松路，这次他自己坐大巴车来的，就找不到地方了，你说他笨不笨嘛！一般来说呢，遇到笨人我就总想逗一逗。那时候我已经带他穿过了两三条僻静又凌乱的小巷子——这种影响市容的居民巷子到处都有，又多又隐蔽，像城市的暗道一样，只有相当熟悉这块地皮的人才找得到。走出最后一个巷子，我假装恍然大悟，说："哎呀！记错了，不是这里！长松路远得很，要从东到西穿过全城，走路怕要走两三个小时！"

他马上信了，慌张起来。算他脾气好，也没怪我，左看右看地说："那那那，怎么办？我们还是打的吧。"

我说上哪打呢？说着，我漫不经心地走到不远处，用脚踢了一下竖立的路标。那上面写着：长松路。冯仕良愣了一下，马上开心了："你骗我。"说"你骗我"时又红了脸。

只用了一分钟就寻到了他买东西的店铺。远远看得到铺子额头上挂着"辉煌电子长松营业部"的牌子。我呸，屁大个店面，还"辉煌"呢，连"营业部"都是夸张的，顶多也就是个带了顶棚的小摊。一级士官也太不讲究了，这么高科技的东西到这种地方买，也活该他上当。

按说，我的任务也就完成了，但我有点……说不上来，好像有点不放心他。真的首长，他是那种天真得让人不放心的。我就站在原地不动，看着他兴冲冲地走到那家铺子的柜台前，把一个小本子似的阅读器从挎包里拿出来，着急地跟人解释着。柜台前立着个三四十岁、瘦得难看的家伙，用两只手懒懒地把自己撑在玻璃柜台上，一脸打了疙瘩的表情。过了好一会儿，他才很不情愿地接过冯仕良递过去的阅读器，装模作样地按了几下按钮——这姿态是表明了：不管这是什么问题，反正莫来找我！

不出我所料，两人很快就吵起来。冯仕良一脸通红地跟店老板争执，一只手拿着坏掉的阅读器——像把没子弹的枪——空洞地比画着，一点都没有威胁性；那个店老板是见多识广的，一副赖皮相，眼睛都是斜起看对方，一边嘴角拎起来老高——只要不说话的时候他就这样冷笑，说话的时候满脸都是嫌弃，好像冯仕良是个叫花子，他在用打发叫花子的方式对待堂堂正正的一级士官。

我就生气了。

首长你可能觉得我生气是没得理由的。其实你应该看出来，我这个人呢，脾气不够好，也没受几年教育，从小在外面混，但我是个侠义的人，我看不得好人受欺负。

他们说了些啥，我具体听不太清楚——还需要听清楚吗？一个想退换货，一个死不认账而已。这个世界一天会发生一亿件这种事。我忍了几分钟，等他们两个的声音越吵越大，场面的火爆程度升级，也吸引了几个无聊的过路人围过去看热闹的时候，我就出马了。——对的，我就是要等到他确实搞不定的时候出现，才显得出我的本事，是不是？莫说我有心计，首长，在外头混，是有各种门道的。

围观的人多了，我把最外层一个吸鼻涕的年轻娃子往旁边使劲一挤，那娃子正要发飙，我却大声冲那店老板吼了一声：

"干啥！想赖皮嗦！"

我出场的阵势把那个店老板震了一下，他好半天没反应过来，一脸的"什么情况"，哈哈。这个时候不能停，我知道必须乘胜追击，于是尖起嗓子，三两句就把事情来龙去脉给兜了个一清二楚——"买个五百多的阅读器，用了一星期不到就坏了！还有王法没？我们就是要把你'3·15'了！"一方面是为了跟店老板干仗热个身，另一方面也是争取群众基础，把围观群众的立场拉到我们这边来。

那个店老板回过神来了，气汹汹地指着我的鼻子大骂："你算老几？关你屁事！"

我早知道他会来这么一句，一点没得创意。所以我稳稳当当地向他宣布："他是我男人！我男人的事，当然要管！今天你不给我把这破东西退了，老娘弄死你！"

周围的人有了一小片"嚯——"的零星喝彩声，我越发得意了。一般来说，有了助阵的，我就可以超水平发挥。

但是我瞟了一眼冯仕良，听到我的话以后他完全跟个拔了毛的小公鸡似的，呆、窘，浑身都没处放，连嘴唇都哆嗦起来。他看我的眼神，分明就是说：你怎么又骗人啊！这没出息的样儿！我在帮他呢，他还一点不配合。

指望不上了，我陷进了和那个店老板的战斗里。跟你说吧首长，我这个人呢，一般也不惹事，但是事情惹到我了呢，我也不得来虚的，所以我那天吵架，一直是占到上风的。只不过那个赖皮老板一直不肯松口，吵得久了些——不过要吵出点名堂来，是得花时间啊！冯仕良倒好，我帮他冲锋陷阵，他连腔都不帮一个，居然还看了两次手表！我气不过，看来要缩短时间，得放大招了。

"你自己说，要走白道还是黑道？"我在那玻璃柜台上啪的一拍——算它走运没碎掉，"走白道，我们报警，我在局子里有人，你诈骗罪是跑不脱的；走黑道更有你受的，赵青皮认得不？我堂哥跟他是拜把子兄弟！你这片归他管，看你还想不想混起走了！"

说完这话，我正打算好好欣赏一下对方的表情，忽然冯仕良像个警察一样，一把抓住我胳膊，拉起我就走，我被他带着走了七八步，差点让他给弄摔了。

"干啥！"我气乎乎地甩掉他的手。那边看热闹的已经又朝我们看过来。

冯仕良紧张地说："你说这些话干什么？这是涉黑！——涉及黑社会！"

连"涉黑"都要解释，怕我不懂。我才不听呢，还在生气："那又怎么了？吓死那龟孙！"

他眼睛都瞪直了："你这样，我一个赢道理都给你弄成输道理了！"

我那个气啊，他居然说这话！我说："那我不管了，你自己去斗！看你斗得赢个屁！"

我们还没吵完，围观群众有人朝我们喊："老板喊你们回去——"

回过头，只看见那个柜台，在一群既无聊又兴致勃勃的陌生人的簇拥之下——看我多会用词："簇拥"——展示出一个败家。那个店老板，还是那个姿势，一只手懒懒撑着，另外一只手抬起来，手指一勾一勾，要我们过去。

"算了算了，"他一脸的无可奈何，"我不跟你们计较。"

首长，你应该听明白了，那天我纯粹就是反串了一把英雄救美。

冯仕良口袋里揣起五百二十块钱，走在回去的路上时，他还多不好意思地偷偷看了我一眼，就是说不出一个"谢"字。因为他一个大男人，靠我一个女人出头替他要回了钱，这一点怎么都让他感觉别扭。我心头亮堂得很。

他把我送回到翠华路。也不算专门送我，反正他去坐回程的车也要经过这里。到尹姐的店门口了，他像终于把危险品运送到目的地了，松了口气，飞快地说了声："谢谢你了今天。再见！"转身就要逃跑。我大叫："回来！"他只好转过来，看看我，那眼神又吧哒吧哒的了。

我把胳膊一抬，支到他面前："留个号码！"

他花了好几秒钟才弄懂我是要他把手机号写在胳膊上。这个不干脆的家伙，舌头像被钳子夹住了，说话都不利索："我们的手机要放到柜子里统一保管，不是随时能用……"

我靠！还有这种事！我气乎乎地开始拍他衣服裤子上的各个兜，拍遍了，寻到一支签字笔，又抢过他的手，在他手心里写了一串我的手机号码。他摊开手心看了看，一脸为难的表情。

我明白他的意思，一噘嘴说："又没叫你随时联系，啥时方便就给我打电话嘛！"

他把嘴一抿，不出声地笑了，笑完忽然变得胆子大了，敢看我了。他看我的眼神吧，特别认真，特别使劲。就那样看了好一会儿。我忽然心慌起来，像有啥东西哐当一下砸到我心窝子里去了。

首长，你说这叫不叫"一见钟情"？如果这都不叫，还有啥叫了？跟你说吧首长，这"哐当"一下子，我感觉周围的所有东西都变得不同了。以前啊，我以为自己喜欢的肯定是有钱人，现在发现不是这样的。我不想撒谎啊。小时候我姐姐有个粉色的蝴蝶结，别在头上走来走去多神气的，我也很想要一个，想久了，我简直认定粉色蝴蝶结是世界上最漂亮的东西。后来爸爸晓得了，带我去商店买蝴蝶结，结果我一眼看到一个红塑料小鱼发卡，比所有蝴蝶结都好看。原来我最喜欢的是小鱼发卡！——就是那个感觉。

但是，有一个问题——难道只有我才有这种感觉吗？都说"一个巴掌拍不响"，我不能落到一厢情愿的地步啊！我不甘心，不能让他就这么走了，然后我无穷无尽地等下去，像电影里演的那种。

这么一来我有了勇气，忽然对他说："想还我一个人情吗？那你也帮帮我！刚才我冒充了你的女朋友，你也冒充一回我男朋友吧！"

他没有思想准备，像被我猛地一下揪住衣领似的，没底气地问："要我……做什么？"

"去一个地方，只要你露个面就行。"

他犹豫了犹豫，问来问去也没问出个究竟，最后还是跟我走了。毕竟他欠我的嘛。我知道他肯定满脑子都以为，我是带着他去什么前男友面前炫耀之类的。已经是中午了，我带他先去吃了碗面条，然后坐了辆野的，一溜地开到城外去了。

城外有个僻静地方，你们这样讲究的人一般都不会去的。我经常去。因为那里空气好，一点都不吵，那里的人也都平和得很，不管别人闲事，不会斜起眼睛看人。

冯仕良跟着我下车，又走了一段阴冷的小路，远远地看到了一个牌子。我晓得他看到了牌子，是因为他的反应和我预料的一样——眼睛木起了，珠子都转不动了，"瑞仙峰公墓"几个字映到他眸子里，挤得变了形。

要说这个冯仕良也真是个好脾气，他虽然一肚子的问号，但是都没有掏出来拍我头上。他本来就是个闷罐儿，来到这里更是受了气氛感染，不多说一句了——谢天谢地——只是硬着头皮跟我走。

越是这样越说明他信任我。他越信任我，我就越觉得他这人值得……那个词是怎么说的？——对，托付。

119

首长你不要觉得我这人轻贱啊，这么短的时间就有托付终身的想法。我是打小就出来混的人，遇个好人不容易，遇个自己喜欢的好人更不容易！

　　那个公墓分了七个片区，有十多种墓碑样式。"看嘛，立得整整齐齐的，"我边走边跟冯仕良说，"跟你们当兵的一样哈！"他脸色有点窘，可能觉得我玩笑开得过了，但又不晓得咋回答我。我就喜欢看他又恼火又拿我没办法的样子！唉，首长啊，你是过来人，你晓得的，喜欢一个人了就是没得办法的事，看他啥样子都可爱。

　　我给他带路，像个导游，介绍各个片区——那是富人区，种着大松树，每个墓占地宽，碑上都做了屋檐那种造型，两边还有扶手，看起来就是让人去磕头的；挨着这片是中产阶级，占地小些，墓碑一样大但是没得屋檐造型了，墓与墓之间种着小柏树；坡下面是老百姓，只有简单的小墓碑，挤挤挨挨的，也没得松柏点缀，远看起来光秃秃一片，跟棚户区一样。你以为这样就完了？不是的，还有贫民窟呢，你看不出来，因为那边没有竖起来的墓碑，碑在地面上，好像就是骨灰盒上面的盖子。

　　我说得轻松、流畅，因为我来过好多回了嘛，这里就好像是我家的小区一样。首长你莫用这种眼神看我，你们喜欢吉利话，忌讳这些，我懂。冯仕良跟你的眼神完全相同。

　　最后我带他到"老百姓"区域，走到第七排，其中有一个墓，碑上的照片是一个富态的中年妇女，正笑眯眯地盯着我们。碑上写着"慈母杨书岚之墓"。我拉着冯仕良，站到照片前面，甜甜地说：

　　"妈，我又来看你了。"

　　冯仕良一下子站直了，瞪大眼看看我，又看看墓碑，半天，咽了一下口水。

　　"妈！你辛苦了一辈子，没看到女儿长大成人，现在我把男朋友带

120

来了，你好好看看！好好看看！满意不?"说着，我拽了一下冯仕良的袖子，他赶快朝墓碑弓了一下腰，还点了点头，很拘束地打了个招呼。

"他头一次见你，还不好意思，认生，你莫见怪哈!"我微微一笑说，"他叫冯仕良，贵州人，是个当兵的，一级士官。我也不晓得一级士官是啥意思，但肯定是要表现得好才当得到的。所以呢，他们组织上，算是帮我把了关的。"

冯仕良听我说着，不好意思地抽了一下鼻子。我说完了，安静了一会儿，他小声地补充："入了党的。在红二连当班长。去年立了一个三等功。"

他的话刚说完，我妈竟然在照片里笑得更欢了，眼睛眯得更小，好像还点了点头！真的呀首长，她都点头了！

一看这样，我就心酸得呀，身子一软跪下来。我给她捡掉落在墓前的枯枝枯叶，一边捡一边和她聊天，都是我在说，她在听。我说到小时候她一出门我就要一步不离地跟着她；说到她把我托放在大姑家，我还以为她不要我了，哭得昏天黑地的；说到她给娃娃们发芝麻豆时总会把小手指蜷起来，藏一颗在里面，轮到我时才悄悄把小手指打开，所以我哥、我姐永远都不知道我比他们多吃了一个；说到六岁那年我发高烧，她揣起家里所有的钱把我送到医院，医生叫住院，要交押金三百块，一听这个数字她就哭了，求了半天情，但是她带的四十二块钱离三百也差得太远了，医院一点没有通融，最后她把我背起回家，在路上她给我买了摊子上最大的一个糖画……以为我会死，她要让我好好满足一下。

说到这里，忽然冯仕良在旁边捂住了脸，背过身去，止不住地哭起来。他的肩膀一耸一耸的，每一下都哭得很深。我从来没看到哪个男人像他那样哭过。过了一阵儿，他平静些了，用手抹抹鼻子，轻轻跟我解释："前年，我爸也没了……"

我仰头看着他，长叹了一口气。他小心地问："你没事吧?"

121

有没有事，对我来说，都不会掉眼泪了。十年前我的眼泪就干了，遇到再伤心的事都哭不出来。我是在外头混的人，眼泪那些个，太贵了，耗不起。

我到底是心头发颤了，大声说："妈哎，你就在那头放心嘛，我过得好好生生的！仕良对我好，处处照顾我，以后还要娶我，让我给他生娃儿——是不是，仕良？"

他一脸傻相，没明白，我就站起来，去拉他的手，拉到正正中中的地方来，连声问他："是不是啊仕良？给妈说一声，是不是会娶我的？是不是？"

冯仕良一只手捂住半边脸，用另一半边脸对着我妈的照片，哽咽着点了点头。

他点了点头！

听到没有啊首长，他点头了！当着我妈的坟墓！这是好大的一个应承！

我高兴死了，一头扑到他怀里，用脸去蹭他的脸，全是热乎乎的泪。我抱住他的头，像哄小孩一样，说："一言为定哈！不能骗老人的！"

他当时有点蒙，什么话也说不出来。我掏出纸巾给他擦脸，他也一动不动，直直地盯着我。他这个状态一直持续到我领着他走出瑞仙峰公墓，坐在回程的公交车上，他还是一句话也没说。我挨着他，把头偏过去靠在他肩膀上，他没有动，我也靠着没有动。过了一会儿，他小小心心的，用手把我的腰轻轻揽了一下，让我离他更近。这个动作就是个信号哇！我全身的血都燃起来了！

拽着他下车的时候，他脚一落地，四处张望着说："这又是去哪里呀？"

我说："今天不回尹姐的店了，你送我回家！"

是呀，我们一起跑了大半天了，我又住在治安不好的城乡接合部，你这个大男人不送我咋说得过去嘛!

他的脚迈开来,犹犹豫豫的,好像前面铺满了地雷。跟着我走了一段,他说:"到了吧?那我走了。"

我说:"干啥?看不起我?送人要送到家啊!"

我住的地方,肯定不是那种上台面的住宅小区,只是一幢农民违章修建的三层小楼,租客都是像我这样的打工仔打工妹,也有骑三轮车的和小菜贩。楼下有个窄小邋遢的小卖部,经常有两三个没得事干的小混混在那里买几瓶啤酒,蹲在街边边上喝。混混们看我领着个低头的男人来了,就扯起嘴巴笑,故意起哄:"往屋头带了喔!"冯仕良臊得脸皮跟个猴屁股似的,简直像吃了败仗的俘虏一样,被我"押"回去了。

屋子很小,摆了一张床就占去大半面积了,床边立着个旧皮箱,箱子上搭了一块木板,权当桌子。横过高处空间拉了条晾衣绳,挂着十几条花花绿绿的裙子。我把冯仕良塞进去,再加上我自己,就像一个小饭盒里装了两个大包子,转个身都嫌挤。

所以,冯仕良欣赏完屋里全景之后,转过身来,自然和我面对面了。他比我高一头,但我穿的是高跟鞋,这样他呼出的热气都喷到我眼睛上了,我只好把眼睛闭上了。我不晓得他的表情,但是我听到他的心脏在怦怦怦怦地乱跳,跳得我呀心慌意乱的。我没有办法,那么挤,只能抱住他,一抱住他就觉得他肌肉唰地一下,颤抖起来,喉咙那里干干地"咕"了一声。你晓得的,首长,就那么一回事,我们都没有反应过来……旁边就是一张床……我不说细节了,你晓得的……没得办法呀,真的是太挤了……

等我们回过神来,"事情"已经出了。就是的,出了事了。我还在忙着换裙子——刚才那条都弄脏了,唉,是是,不说这些——回过头就看到冯仕良坐在床上,捂着脸,把头埋进两个膝盖之间,肩膀一耸一耸的。

他哭了！他还哭了！

我气得说不出话来。我还没哭呢！

我一屁股坐下来，坐到床的另一头，咬紧了牙关。我跟自己说要沉住气呀，要沉住气呀！就这样僵了十来分钟。这十来分钟里我们都没有吭声，都在等一条路，我们都得去的路。他其实就是开路的那个人，就看他了。

安静够了，他从那些个说不清的小小情绪里拔出头来，好像这才想起应该安慰我，有些羞愧一样，小声地问："你……没事吧?"

这句话勾起我满心满怀的难过，我想放声哭出来，却死活做不到！十年前我的眼泪就干了。他开始小心翼翼地道歉，怪自己没有把好思想政治作风纪律关，怪自己受资产阶级腐朽思想的诱惑，怪自己鬼迷心窍一时糊涂罪该万死……反正你能想到的男人在这个时候会说的话，他通通都说了。男人真是奇怪，也没有人统一教过他们，但到了这种时候全都是说同样的话，简直不可思议。

他说的时候我就不吭声，我让他说。他说这些，自以为是来安慰我，其实是安慰他自己。他必须这样发泄一通对自己的鄙视、痛恨，心里面的后悔才缓解一些，最后才能够原谅自己。我晓得。他一边说一边扇自己耳光，我不动，让他扇。说啊，说啊，他的声音越来越枯，像烧干了水的壶。

终于，他停下来，抬起头，神情迷茫地看了看周围，问："你就住这里?"

我从桌板上找到半盒烟，弹出一支来点上。好久没抽过烟了，味道刺激得我咳了好几下。冯仕良开始问了，问了好多问题，全部是关于我的。现在他想了解我了。他问啥我就说啥。我说我是重庆人，来这里挣不了几个钱，当然租不起好房子。他忽然反应过来，怔怔地问我："你是外地人，怎么会把老人安葬在这里的墓地?"

124

我把烟头摁到一个临时充当烟灰缸的护肤霜盖子里，头也不抬地说："那个墓里不是我妈。"

他当时那个表情，我简直没法形容！眼睛瞪得那个大，差不多要用眼睛一口吃掉我！那张黑皮肤脸，涨得有多红，就像是烧起了一团煤火。

"三次了！"他吼起来，"半天时间你就撒谎撒了三次！还还还……这种事情还拿来骗人，你有没得良心？"

我站起来，靠着窗框抽第二支烟。墙上一面小窗子，总是完全敞开的，有空的话我会望着外面发呆。这样才通风，不仅让鼻子透气，眼睛也要透气，还有心。如果没这扇窗子，我肯定早就发疯了。

我吐着烟雾跟他说，急啥子么，我又不是故意要跟你撒这个谎，我是跟自己撒谎，本来装得好好的，你偏要来揭穿，有啥子意思嘛！

说实话可以。只是实话说出来，比撒谎还难受。我妈嫌弃家里穷，在我七岁那年就跟一个收购油菜籽的跑了，一跑就再也没有消息。说不定已经死了，是不是？不然她咋会一次都不回来看我们一眼呢？我就是这么想的。

我们兄弟姐妹都没读成什么书，都是在村小认会了几百个字就出来挣钱了。每到一个新城市，我最喜欢去的地方就是公墓。这个爱好可能跟好多人都不一样，但是我一点都不忌讳。公墓多好，安安静静的，那里的人脾气都好，不会拿白眼对我；另外，我总觉得，我妈肯定就埋在哪个地方的公墓里，等我去找她。我把墓碑一个个地检查，认上面的字，认上面的照片。其实我已经记不得我妈的样子了，就是有照片我也会认不出来，但我就是喜欢去认，管不住自己，真的是没得办法。

那个墓是我选的。我从那么多躺下的人里面选中了这个，最像我心里面的妈。名字也好听：杨书岚。不俗气。照片上的样子也好，和和气气的，我犯再大的错也不得骂我，我有啥心里话都愿意跟她说，我有了男朋友，也总可以带去见见她……

还没有说完，冯仕良就一下把我抱住了，我听见他用力把哭声憋回去，但眼泪还是一颗颗地滴到我脖子上。我听到他心里在边哭边说："丫头哇，你也是个苦命的人啊！"我把他搂得更紧更紧，像是一辈子都不会分开了。

首长，你看，他说我半天时间骗了他三次，但是他半天时间就为我哭了三次，你说他难道不是为我动了真心的吗？

我们的关系不一样了。他那天肯定是超过了请假时间，回去要挨批评的。走的时候我又叫他给我留号码，他拿起我递过去的马克笔，咬开笔帽，在我脖子上、胳膊上、腿上一笔一划地写了一串串又细又密的数字——就是的，他写了一遍又一遍，满满地写上了，全是他的手机号，生怕我忘记了一样；那个小心的样子，好像怕把我写痛了，又好像要把它们永远留在我身体上的。

那个时候我就觉得，我可以为他去死！一点不骗你啊，首长，你知道那种感觉的。如果那天就死在一起多好哇，哪会有现在这种难堪局面！

唉！哪会想到后来啊……后来，唉，后来……

他走以后，第二天我就打电话给他，他果然不好找，听说手机不是随身带的，经常放在柜子里，设了静音的。好不容易回短信，一会儿说去训练了，一会儿又在政治学习了，总之都不能说上话。打了百十个电话，第五天上头他才接了。电话通了，我当然要发发小脾气，说你不能这么不负责任，打电话也不接，你是啥意思？白玩儿我啊！——你知道他说些啥？说他有朋友认得我！我说，我在这城里混这么多年，当然有人认得我了，认得我又咋了？我又没欠人钱，不怕人认得！他说不过我，含含糊糊地说了些难听话，反正就是认得我的人，在他面前贬损了我。我那个气啊！就这么一转身的工夫，他就宁可听别人造谣，不管我们的感情了!

首长啊,情况就是这样,我也是没得办法才来找你……你说这事怎么解决?你说个话呀首长!

走廊尽头有一盆万年青,长势勉强,灰头土脸地绿着。一个染黄头发的女人斜倚在万年青旁边的墙上,吸溜了两下鼻子,努力抵制着一阵阵袭上来的烟瘾。

办公室的门开了,走出来一个眼睛红红的一级士官。一级士官把办公室的门认真关上,深吸了一口气,下定了决心,慢慢走向走廊尽头。女人紧张起来,不由得站直了身体。

士官走拢了,把头低下去,对着万年青花盆说:"不管你跟我们主任编派了些啥,我都不追究了,只问你三个问题。"

女人咽了一口口水:"问吧。"

"你能保证不再去发廊上班吗?"

"可以的。"女方迅速回答。

"扫地做饭洗衣服都归你管,行吧?"

"行。"

"我妈以后跟我过,你会对她好吗?"

"会。"

答复圆满,仿佛没有什么可顾虑的。一级士官眉间却仍缩成一团,他抬起头,冲着辽远的高空深深叹了一口气。

"——那就结婚吧。"

杀死吴一林

某个幽暗念头的悄然萌生，竟是源于一次失眠。

　　失眠者的夜晚没有时间与完整的概念，长长久久的混沌，在感觉中却支离破碎。我紧紧闭着眼，哄骗自己还在梦中，但耳朵却替代眼睛警醒地睁着，监督这液体般荡漾的黑暗。从那大地深处传来焦灼的心跳声，废弃的时间在一滴一滴降落，而我依然无法入睡。

　　当天明的一丝光线忽然刺痛我紧闭的眼睛，那个声音也跳了出来：

　　"杀死吴一林！"

　　像命令也像乞求，而我顾不得体面奋力挣脱了噩梦，在一片鲜红的辉煌中喜极而泣。

　　我爸说："你生下来的时候哭声大得吓人。"

　　杀死吴一林。像是我与生俱来的使命。没有人知道我悄然受领的原始任务，它成了我的本能、我的呼吸、我的 DNA 符号。

　　其实我有那么多次可以杀死他。他有各种各样的死法。

剑 刺

丰收的时候要写丰收的作文。这是丰收的副产品。

为此我已经在牛皮纸封面、印着大红"工作笔记"字样的 32 开小本子上抄下了许多金光闪闪的词语和句子，比如"硕果累累""五谷丰登"，比如"看啊，苹果树快乐地提着满树红彤彤的灯笼"。本子是爸爸给的，我讨好卖乖地在本子上放下这类抒情词句，以此换取他克制的赞许。

但这年我们没能写成丰收的作文。我那"工作笔记"本上的丰收积累像堆在墙角卖不出去的土豆，迅速爬满耻辱的霉斑。

全村的玉米都哑了。头年底，一个怀揣各种介绍信、产品合格证的外地人，开着一辆小卡车来到村里，用他咧着玉米黄牙的憨厚笑容轻易获得了乡亲的信任，又用比农机站便宜三成的价格把一卡车玉米种子卖给了大家。整场交易是个愉快的过程，而来年的玉米播种、出芽、拔节等自然环节都如约而至，充满健康的成长欢歌。偏偏到最后，青纱帐里本应理直气壮地举起支支绿色小火炬时，所有人才发现，结出的只是一个个空壳，像穷人干瘪的钱袋。

女人们开始在玉米地里号哭、叫骂、诅咒贩卖假种子的外地骗子，她们用虚拟的想象让骗子全家及后代都死于各种恶毒的刑罚——然而是不够的，她们还是只有哭。男人们在青烟般四起的哭声中三五成群地聚在一起，抽烟叶、出主意，乌鸦似的吵吵闹闹。

我只知道丰收的作文写不成了。在乡中心小学读书的孩子都知道我们村买了假玉米种，因为我们村的小学生全都交了空白的作文本。

语文老师是个长相枯瘦、十八九岁的初中毕业生，他用严肃的态度指出我们在作文上的偷懒行为。我们村的小孩由此领到了一个新的作文题目："如果我是……"，出题背景正是假种子骗局。

"郑中华，"第二周语文老师在课堂上说，"你来念一下你的作文呢。"

我的作文一向出众，当作范本给全班借鉴学习也是常事。我走向讲台，打开作文本开始念："假如我是国家主席——本来应该是五谷丰登、硕果累累的季节，我们村却因为买到了假种子，全部玉米都长成了废品，所有人的心血都白流了。假如我是国家主席，一定要让警察把骗子抓起来，让他再也不能害人，让神州大地重现生机……"

脚下的土坯讲台开始上升，一片金光笼罩着声情并茂的朗读者，我好像到达了歌里所唱的北京的金山上。作为国家主席，我在作文中令人羡慕地扮演了伟大领袖的角色，以这样的高度遥遥俯瞰满教室的同学，他们目瞪口呆的模样像尘埃般黯淡无光。

念完了，语文老师带着一丝神秘的微笑让我回到座位，他没有点评我的作文，而是狡黠地说："我这里有另一个学生的作文，他不在我们学校读书，但也是这个村的，名叫吴一林。"

这个名字如电流般闪过，记忆在曾经迷失的汪洋大海中迅速浮出水面。吴一林。是的，有这么个人。他一直都在，和我同年，住同一个村，用同一条河的水洗衣做饭。他和我的距离从未超过三里路，有时我能听到他带着稚气的声音，当我呼吸时，会感到空气里捎带着他的气息。从小到大，关于他的传说都漂亮得太像传说——

"人家吴一林，吃完饭就会洗碗。"

"人家吴一林，有空就去山上打柴草。"

"人家吴一林，晓得给他奶奶剪脚趾甲。"

……

出于自尊，我从不和他打照面，假装不知道他的存在，将他扮成一个隐身人。而他现在却堂而皇之地降落在我生活中。

语文老师开始念吴一林的作文:"假如我是一名种子质检员……"太可笑了!他只想当个种子质检员!种子质检员吴一林一会儿出现在种子工厂,检查出厂的产品;一会儿出现在农贸市场,调查正在销售的种子有没有假货;最后,他还要帮助全村人,在买种时为他们鉴定种子质量。

只要稍微具备一点社会基础知识的人都会明白,国家主席的力量当然远远大于一个质检员。那是高度。那是层次。……可我发现周围的同学都屏住呼吸,像小磁石般牢牢吸在质检员琐碎的宣言中。作文念完,老师没有让大家思考的意思,但教室里出现了令人费解的安静气氛。忽然一个女生说:"如果他现在就是种子质检员就好了!"全班哄笑起来,那笑声也许没有别的意思,可我的脸皮像被笑声们扒了下来。

"国家主席!哦哦!"放学时两个捣蛋鬼冲到我面前,眉开眼笑,"国家主席好厉害!"

笑声们又来了。我抓起书包,箭一般冲出教室,用啪啪啪的重重脚步把它们全部踩得像烂土稀泥。跑吧,跑,校园外的田埂跳跃着后退,一群麻雀忽地从草垛蹿上了天。过了不知多久,我还在跑,却越来越软,跑得像飘。

当我停下时,正是在通往村子的石板桥上。桥那边有一个人影,遥遥地立在那里朝我看。面目模糊却眼神清亮,是认真地看。

我知道他是吴一林。这个打败了国家主席的质检员。

我们终于有了第一次正面交锋。

足足有五分钟,谁都没有动,但空气中滚动着闷雷,蓄势待发。我把手伸进印有红色"为人民服务"字样的军装绿书包中,在一堆卷角课本作业本之间慌张地探寻,很快,手指有了冷硬的触感。那是一柄苍老却依然锋利的短剑,一个盗墓贼送我的。它或许在很早以前就取走过无名人氏的性命,我为什么不顺应它的血性,来了结一个居然敢挑衅国家主席的未来质检员？

他可以死于我的剑刺。我想象他倒下的场面：如花的鲜血，缓缓软下的身体，脸色在夕照中由金黄转为苍白……

只是想象。我们没有短兵相接，只是在凉风四起的暮色里久久相互敌视。

窒　息

我当兵那年吴一林也当兵了。我曾以为全国的新兵都会在天安门前列队集合，受到国家领导人亲切接见，然后像工厂的零件一样分配到祖国需要的各个军事岗位。这样，我和吴一林就算是同胞兄弟也会被拆散，彼此相忘于江湖。直到军列把我们一堆人拉到一座荒凉的大山中，我才明白不是所有军人都能见到天安门，同村的新兵也往往会到同一支部队。

班长出现了。很快，名叫新兵的生物们就会领教"班长"这个种族的诸多特点。班长是不断进化的：当新兵们是羊，他就是牧羊犬；当兵们慢慢成长起来，有了骨骼出了尖牙，长成了幼狼，班长就展露更有力的肌肉，确保自己是群里的头狼。

适应环境是我们的生物属性。在群体里，空气中充盈着相同的体味，大家依偎相伴却又互相虎视眈眈，共同的荣誉之河中涌动着自私的暗流。复杂却现实的生态环境，可以助长我们迅速学会各种高明的生存技能。

第一批获得军营进步指南的，是很大的一批。包括我在内。我们都是一样的，在家就让当过兵的叔伯兄长预先上过课，最精髓的一条是：服从并讨好班长。

班长这个种族的优势凸显出来。他的所有生活用品像圣物一般在新兵中热烈地流传，总有人因为洗漱前抢不到班长的牙杯（好给他倒漱口水）、牙刷（好给他挤牙膏）和脸盆脚盆（好给他打洗脸洗脚水）而懊恼，总有人会被班长踢了一下屁股后报以一个感恩的、谦卑的讪笑，一个兵拿自己的津贴买了个热水袋，灌上热水后悄悄塞进班长的被窝，他虽然遭到了班长当场严厉的批评（最后还是拉着脸收下了），后来却因为队列训练中绷得比别人更直的脚尖当选为本周的训练标兵。

我像个陀螺旋转在其中，偶尔可以抢到扫帚在班长眼皮底下增加一些表演性的义务劳动，除此以外也没有更多表现的机会与创造机会的灵感。对班长盲目的顶礼膜拜与我们日渐增强的体质、越来越标准的军事素质相辅相承，这是从军之初的必然收获。

一天下午，连长来我们班转了转，他倒是和气的人，看看内务有没有进步，捏捏小战士的胳膊有没有变结实，很随意地说："三班有个叫吴一林的兵，可是块好料！有空可以去看看他整的被子，齐刷刷的豆腐块！每天训练完了，还给自己增加科目！"

兵们都站在连长面前，用虚伪的欣喜笑容附和连长的话。我心里明白，三班那个吴一林，已经在连长不住的赞赏中，变成了一股凛冽的寒风，刮过并刺痛了我们。

转眼到了周五晚上，气温降得厉害，在屋里都忍不住哆嗦。我本来想写家信，但手冻得握不住笔，只好在屋里走来走去，焦急地等着洗漱时间快点到来，好用热水泡泡脚，然后上床用被子把自己裹紧。

却来了个战友，说，郑中华，班长叫你。

班长叫我去的地方是军人服务社，那里被干部家属们承包下来，开了几个零星的小店，杂货铺、洗衣坊，还有小饭店。班长和另外几个班长聚在小饭店一个用简陋木板隔成的小包间里，围着热气腾腾的一口火锅，说笑声也落到锅里咕咕冒泡。

"这就是跟吴一林同村的兵，"班长指着我向其他几个人介绍，"我带的，叫郑中华。"

我赶紧立正，向其他几位班长敬军礼。

有两位朝我懒懒挥了一下手，表示不用多礼。班长在其他人的斜睨与坏笑的鼓舞下，向我布置任务："郑中华，我们这里没菜了，你到修理连背后的东面山坡上，就是我们连的菜地里，给我搞两个大萝卜来。要快点！"

这会儿？大冬天的晚上？我愣愣地"哦"了一声，马上意识到这表态是错误的，便两腿一并，腰板打直："是！"

"要是搞不来，"班长用半开玩笑的口吻补充道，"你就到小操场给我踢两圈正步！"

踢两圈正步事小，关键是，这是班长交代的任务，如果完不成，会直接影响到我在他心目中的印象与地位。这个道理像是一种抗病毒疫苗，只要进入部队这个集体，所有人都会接种，于是接受得自然而然。

我回连队去拿了手电筒、不锈钢小勺（可以挖小块的土）和一个塑料袋，又用军用大衣和棉帽把自己武装得严严实实，这样上路了。

新兵连的主要任务是训练，所以连队的菜地差不多都是老兵在种，我们只来劳动过两次。还好我对路线很熟悉，多数时候不用打电筒，就着微微泛白的夜色就可以找到山路的脉络。爬坡爬了不多远，寒气就被逼走了不少，裹在大衣里的身体开始发热。我停下来休息，蓦然一回头，忽然发现我身后不远处有个人影！我的第一反应是巡逻的卫兵，要是被当成逃兵就糟糕了。但卫兵很少单独巡逻，而且那人没有戴巡逻专用的白头盔，当我停下来时，他也停下了，抬头朝我望。

哪怕是在星光惨淡的冬夜，哪怕是隔着一段距离，我也在瞬间认出了他。吴一林。

这个幽灵！

他为什么跟着我？他的打扮跟我一模一样，好像手里也拿着一把电筒。忽然我明白过来，他的班长一定也给他派了同样的任务！两个班长为着某种原因，用相同任务拿手下的战士来打赌！

想到这里，我立马警觉起来，迅速动身，继续爬坡，把后面的吴一林甩开了长长一大截。等我到达连队菜地、刚把塑料袋掏出来时，热乎乎的兴奋劲忽然像被冷水当头泼下——我们的地里，只种了大白菜，根本没有大萝卜！

不知道是班长把菜地的作物记错了，还是他布置任务时说错了，但他清清楚楚地命令我——去搞两个大萝卜！

我被困住了。不久后赶来的吴一林也站在白菜地边，陷入僵局，他也踌躇着，不知道该如何继续下去。不过，他一定跟我一样，将眼光投向了更远的空间——再往东面走，就是部队与地方分界的矮墙，墙外就有一块种着大萝卜的菜地。我朝矮墙靠近，吴一林在我身后"啊"了一声。啊个屁啊！他肯定想说，翻墙是违规的；他还会说，那是老百姓的菜地；最后他还会义正辞严地指出，这是不公平的竞争！

我把大衣、棉帽脱下来，搭在矮墙上。只用一个轻巧的鞍马动作，我就跃身墙外了。老乡的地里萝卜个头正好，几下就挖出两个实沉的家伙。在我完成这些工作的时候，吴一林一直坐在墙上盯着我，用一贯清冷的眼光。他奶奶的。我真希望夜色能把他可恶的眼神吞没，但没有用，我总能感觉到它，细致入微到眼波里那一星幽蓝的碎亮。

萝卜装在塑料袋里，沉沉的有了底气，我像拎着两颗人头的土匪，忽然胆量剧增。萝卜地旁有座简陋的熏棚——这里的山民有熏腊肉的习惯，他们在山上搭个小棚子，把成块的生肉和山里的野味挂在棚上，下面架起松柏枝，点火，用松柏枝慢慢燃烧时生成的细细青烟来烘烤。我大摇大摆地晃过去，嗅着熏棚残余的清香，伸手往里面摸索，竟然摸出一块足有一斤半的黑乎乎的腊肉！也许是农户收腊肉时漏收的一块，或者是没有熏透、专门留下补充火力的一块，总之是主人大意，怪不得我了。

吴一林猛地从矮墙上跳下，这个举动着实让我心里一惊！如果他来强抢我的收获物，那我势必要与他决一死战。只见他缓缓走向熏棚，从兜里掏出什么东西。他拧开手电，用下巴夹住电筒，两手在电筒光下艰难地翻数一沓细碎的小额人民币。那一定是他的津贴。数完了，他把那沓钱放在熏棚上，用一块土疙瘩压住。

他一定是疯了！

我忽然怕这个疯子来拉我赔钱，赶忙把腊肉往塑料袋里一塞，火速地翻回到矮墙里面，跌跌撞撞跑着下了山坡，直奔军人服务社。

萝卜、腊肉。高标准超份额地完成了任务。班长满面红光，把我的成果展示给其他人看，满屋都是喝彩声。班长故作惊讶地问腊肉的来历，我镇定地说，遇到一个老乡，非要用腊肉来慰问解放军，我推辞不掉，只收了这一小块。

回连队的路上，穿过小操场，我忽然看到吴一林在清冷的操场上，一个人在啪啪啪地踢着正步，绕场而行。他脸上依旧布满疯狂的执着，受罚的身姿反倒像烈士般傲然。我忽然恨透了他。他通身发出一种季节之外的寒光，将我笼罩在坐卧不安的狭小空间。

其实那是没有第三个人在场的大好时机，我完全可以杀死他。为什么不可以呢？冲过去，从背后袭击他，用我已经锻炼得孔武有力的两手掐住他脖子，使劲，再使劲，他会挣扎着，挣扎着，慢慢瘫软下来。

医学上怎么说的来着？对，窒息。

窒息。

我冷冷地远望着他。如果我不让他窒息，他迟早会让我窒息。一定是的。

炮 烙

很长一段时间里我常常会想起他，类似某种隐秘而残酷的思念，仇人对仇人的痴情。他在我的想象中一次次被谋杀，死得千奇百怪。

但在之后的日子里，他像烟雾一样消失了。也许是我不再注意他，或者说没有时间想起他，因为我的生活进入了另一个轨道，就好像原先是某个单调的颜色，忽然之间炸开了一片五彩斑斓。

先是我被选入驾训班——当过兵的人都知道，这是相当实惠的事情。搞完汽车驾驶培训，拿到军队驾照以后，我如愿被分到汽车连。在部队，汽车驾驶员总是令人羡慕的，他们能天天玩转方向盘而不用下苦力搞训练，面子里子全有了。

接下来在某一个暴雨倾盆的下午，我开着一辆北京吉普去火车站接人，路过山下小镇时，雨刮器来来回回拭擦着前窗，刮出不远处一片鲜嫩的粉色。我把车速放慢，透过雨雾注意到一个身穿水粉色连衣裙的女孩，一脸焦灼地在路边一个屋檐下躲雨，身边放着个行李箱。我把车停下，摇下车窗，问她要不要帮助。我的军装与汽车的军牌得到了她的信任，她告诉我自己要去火车站赶一趟时间紧迫的列车……

多么像陈词滥调的言情肥皂剧，充满人见人爱的奇遇、惊艳与巧合。我应该用更细腻的笔法描绘她坐上副驾驶座后朝我感激又羞怯的一笑，或者在她下车时我抓住机会问她要的一个十一位号码，还有之后无数次短信、电话的来回与我刻意创造的多次偶遇——那些都是别人有过的经历，反反复复，小说里写过，电影里演过，发生在自己身上简直都不像是真的。

但我确实恋爱了。

时空从此分为两种：她在或她不在。她在的时候，天就是天，地就是地，风调雨顺，花好月圆，分分秒秒都胶着如蜜；她不在，特别是连她的消息也没有的话，白天就不是白天，夜晚会连着夜晚，我发狂地在思念中勾勒她美貌的细节：一笑就弯起来、一怒就瞪圆的杏子眼，那懒懒卷曲着搭在肩上的长发，那纤细手指上涂抹着水润玫红的蔻丹……

我得小心藏着这个秘密。义务兵不得在驻地谈恋爱是条著名的禁令，但什么也无法真正禁止人类产生最纯粹、最自然的情感。

指导员要找我谈话。

我想他一定会说："郑中华，最近你精神有点不集中啊，没什么事吧？"

我就装傻："没有啊。"

他会狡猾地单刀直入："你是不是在谈恋爱？"

我就必须带着被诽谤的愤怒抵赖："哪有啊？"

"还想骗我，上次有人看见……"

"谁看见了？看见什么了？谁他妈给我栽赃谁就自己才是谈恋爱！"

……

我已经在脑海里跟指导员狠狠吵了一架，算是给自己做的思想动员与行为预演。指导员见到我，果然皱起了眉头。

他开口了："郑中华，最近你精神有点不集中啊，没什么事吧？"

来了！我赶快装傻："没有啊。"

他直截了当地问："你有没有谈恋爱？"

"哪有的事！"

指导员看着我，松了一口气，说："那就好，我怕你有后顾之忧。"他递给我一张纸，是张"参加军校苗子选拔"的申请表。

"你是高中毕业生，高考虽然落榜但成绩还不错，去争取一下吧，能考上最好，别浪费我们的参考名额。"

半个钟头后，我像游魂一样蹚到空荡荡的车场，兜里揣着那张叠成小方块的申请表。逻辑上应该是这样：我申请参加军校招生考试——部队选拔、确定人员——若我被选中，将参加部队组织的学员苗子集中、封闭式复习——我无法与她见面甚至联系——她会对我越来越猜疑、生气与不满——我参加军队高校招生考试——若考上又将与她分开几年时间，我们的感情会面临时空考验……

小方块被我从兜里捏出来，躺在我掌心里。手掌开始慢慢合上，会渐渐使出全身力气，将纸方块捏成紧紧的一团，然后会把它像一个手雷一般潇洒投掷，看它能飞多远。

在我手掌的背景上，模糊的光线中，仿佛摇晃出一个久已不见的人影。我没有抬头，忽然苦笑了。吴一林，我又想起了他。

吴一林肯定不会扔掉这么重要的纸团。吴一林总会做对的事情。人家吴一林……我叹口气，头一次没有和他作对，把纸团重新变回方块，揣回兜里。无论如何，它隐藏着一个无比诱人的可能——拥有另一种人生的通行证。

在参加学员苗子选拔考试之前，我还有一点时间。别人都把这时间花在考试准备上，只有我全部奉献给了爱情。我给她送花、送小礼物；我带她去从前不敢去的酒楼吃饭；我让她去最近的大城市，在一家价格不菲的品牌发廊做了个有明星范儿的时尚发型……像过来人说的：无论多么俗套，女人会照样中枪。每一次她露出笑容，我都赶快伏在她耳边说：以后会辛苦点，可是一定要等着我！

我的津贴不够用了。我缺钱。这一点不丢人，谁都缺过钱，恋爱中的人更是理直气壮地缺钱。

那个中午，我开一辆"方屁股"吉普车，拉了几件后勤物资回部队，带车干部因为单位有急事，提前回去了。当我开上一条久已失修的乡村公路时，有人在路边拦住了我。拦车的是个四十来岁的矮胖男人，一辆旧桑塔纳没精打采地停在旁边，估计是他的车。

"兄弟！战友！"他有点慌乱，不知道哪种称呼对路，"行行好，帮个忙！"

这个忙——简单地说吧，他油不够了，想要买我车里的油。说得特直接。

我没下车，坐在驾驶室里，把手抄起来。

"前面几百米就有一个加油站，"我说，"你可以去那里加油。"

他老练地笑起来："这儿的加油站，我比你清楚！但那儿的油价是统一价，比潮水还涨得快，哪有你这里实惠呢！"我说我又不做生意，哪来的实惠。他只当我是装腔作势，说："哎呀小兄弟，我可见得多了，开公家车的，卖点油又不是什么大不了的！连市政府的公车都卖过我油，你说谁会管这屁事？"

他是个开野出租的，长年在城乡之间奔波，摸索出一个买便宜油的好方法。他自备了一套抽油工具，可以迅速而隐蔽地完成交易。

我还没下车。"我们每次加油、每次出车的公里数，都是有登记的。"我说。

他看出我是真犹豫，翻个白眼说："我的妈呀！这都要我教吗？你说油箱漏油了嘛，还可以到前面的修车铺去开张修油箱的发票拿回去报。"

这戳到我的敏感点了。一般来说，部队的车都是开回去让修理所维修，但如果在外跑长途，故障车短时间没办法开回去的，就只有就近找商铺维修。我开过修车的发票，虚报了几项维修项目的价格，当然是控制在不让领导明显怀疑的范围之内。但这样明目张胆地做假、卖油，还从来没有过。

野的司机出了一个诱人的价。他很体贴地用手指暗示数字，而非语言直接展现，出于对我尴尬心理的充分理解。

我咽了一下口水。

我的手已经紧紧握住了车门旋钮，只需再加一点点力，它就会旋转，将门打开……门外会是什么世界？

嘀嘀——嘀嘀——

两声响亮的汽车鸣笛声平地而起，吓得我瞬间浑身一颤，冷汗从四面八方喷涌如流。就在斜前方，停靠着一辆和我开的完全相同的北京吉普，遥遥可见吴一林在驾驶室里朝我冷冷地把头一偏，示意我立即跟他走。

他姥姥！

我的头发根都竖起来。他居然又出现了！他什么时候也到了汽车连？他怎么知道我会遇到买油的人？他又凭什么像监督员一样管控我的人生？啊呸！

我发动吉普，让它像个偷情未遂却被捉奸的男人一样，愤怒地咆哮着，挟着气势磅礴的滚滚尘嚣，飞驰而去。

得到通知，我已顺利通过学员苗子考核。爱情中真正的考验到来了——我不得不接受组织安排，参加封闭式集中复习。

哪怕是在复习最困难的时候，我的梦里也没有失去爱情的颜色。她在梦里有着各种表情与姿态，剧情也千差万别：有时在躲雨，有时爬树摘果子，有一回她在一只茶杯盖上跳舞，还有一次她变成了一个猫面人……

招生考试一结束，我回到部队就与她联系，但打了无数次电话，她的手机都处于关机状态。这可要把我急疯了！我发了一屏又一屏长长的短信，恳求她开机后与我第一时间联络。我渴望见到她，她却像水一样蒸发了；我想听到她的声音，而声音是那么缺乏保障，仅仅存放在一串手机号码里面。当她留给我的所有痕迹只剩下十一个数字时，我甚至怀疑她是否真实出现过。

在绝望的等待中，某个诡异的早晨，我的手机忽然亮了一下。有短信。

只瞟了一眼，就知道是我想要的消息。她在那头说：来找我。

我找到指导员，主动申请当天最早的出车任务。他充满疑虑地看了看我，答应了，最后只要求我保证安全。

"别去，别去……"吴一林忽然从走廊另一头蹿出来，远远冲我喊，那时我揣着派车单正大步流星地赶赴车场，根本理也不想理他。走了几步我又回头吼了一句——"我要弄死你——"

那是酷暑难耐的一天，汗水刚刚挥洒出来，直接汽化。从空中到地上，连接着丝丝缕缕刺人的烈焰，太阳瞪着一只仇恨的眼睛，一切的一切，它不原谅。它死不瞑目。

按照短信的约定，我把吉普车开到山顶上的一小片开阔地。没有树荫，车就停在滚烫的大太阳下。她真有胆，敢一个人、在这里、以如此方式和我见面。

我们面对面，有片刻没有说话，好像是交易中的出价游戏，谁先开口谁就被动。她还是说了——"我选在这里，晒着太热，就是想简单说完，快点结束。"

他妈的。

连分手都没有个分手的样子，态度都不端正！

她实在没有什么奇迹可言，和她的出现一样，结尾也烂俗而狗血。她爱上别人了——连她自己也不打算找个更委婉的理由。在她说完扭头就走的时候，我认为自己至少有权利追问那个人是谁。

"吴一林。"

吴、一、林！

为什么是他？为什么偏偏就是他！我们的人生像硬币的两面，彼此对立却又紧紧相依。硬币抛出去，要么他，要么我。

我转过身，看到名叫吴一林的人正缓缓向我走来。在逆光中，他像被太阳拥抱着，驾着祥云而来。在我印象中，他从没有和我如此面对面地，走得这么近——却依然面目模糊。

唯一清楚的是：杀死吴一林，是我的宿命。

杀与被杀，这种关系令我们像古怪的情侣，默契得能感受到对方一丝微妙的变化。哪怕我从来没有看清过他的脸，但我依然能准确判断他眼神的清冷与内心的悲欢。

杀死吴一林。我为他想过各种各样的酷刑，让他有千奇百怪的死法。我曾经有多次动手的机会，可都出于软弱放弃了。现在是时候了，我们终有一战。

吉普车外壳已经被炙烤得火辣、滚烫，那是我为他准备的刑场。知道炮烙吗？发明它的古人，一定会把它用于自己最大的仇敌。我会把吴一林狠狠摔在前车盖上，让滚烫的金属贴紧他的皮肤，我要听见他迟到的哭声，要在吱吱的白烟中让他知道谁是真正的赢家。

他终于走到我面前，近到不能再近，我一出手就扼住了他的脖子！在那一瞬间我和他脸对着脸，我决心要仔仔细细欣赏他濒死的五官，而这时候，最最恐怖的事情发生了——

他居然，每一个毛孔、每一根毛发，都和我——长得一模一样！

雾天的行军

一早就起了大雾，一饼一饼，老棉被似的，压实了撕扯不开。也有说，是从阴间泄出来的怨气，经久不散。衣衫褴褛的人们勉强排了个队，开拔。浓雾极像一条狗，悄无声息地随着行军队伍朝北边去了，出了五福门。那石砌的牌坊门懒懒张着大嘴，一口接一口地把一个个影子吞掉。

　　对多数人来说是第一次行军。对所有人来说是最后一次。

　　谁也不知道这支队伍去了哪里，它是落进炉子里的一滴水，嗞一声，烟一缕。之后，就不再有之后了。没有目击者，没有史料记载，甚至没有小道消息。

　　就是说，出了五福门之后，队伍里的每个人都忽然变成了半透明生物，永远处于疑似的、需要被证明的生存状态。

　　"教授。"

　　"专家。"

　　打招呼时都点头微笑，丝毫没有相互吹捧或暗含讥讽的意思。多少年了，称呼而已。

教授在中学里教历史，专家是县志办的干部，早年相识于一场研讨会，讨论"影视剧的乡土记事"。会上发言的人极尽冗长地发言，坐在台下的专家竖起衣服领子，把头埋进胸膛去，对自己的心脏小声说："无聊。"坐他旁边的人回过头来冲他微微一笑，也小声说："我陪你聊。"这一聊，高山流水，千年不悔，都觉得对方长了副知音知己的模样。

"教授。"

"专家。"

专家拿着不锈钢水杯，被请到学校来。教授亲自把"水杯"安置在课桌右前方，两手做俯卧撑一般撑住桌子，情绪略略激动，向学生隆重介绍专家和他即将开场的讲座。

这没有用。语言的受众是势利的，当毫无教学经验的专家勤勤恳恳讲了十五分钟之后，台下的学生都轻易地判定他：一、无用；二、无趣。总之是权力与魅力的匮乏者。他们把判决结果轻易地写在脸上，昂扬着那些脸，示威了。

专家并未察觉，中学生们耐着性子给了他十三分钟的缓刑，终于忍到头了。第三排竖起一只小小的手臂，直直的像一个惊叹号，果敢地截断了专家的发言，而后者正沉浸在《离水县志》的漫长时空中。

惊叹号站起来，代表所有少年法官提问：

"老师能不能告诉我们，撰写县志到底有什么意义呢？"

过去的已经过去，后来的人改变不了什么。前人曾经笑，那表示他们过得很OK；他们曾经哭，那又如何？今天的纸巾擦不干当年的泪痕。

忧郁顷刻间张开巨翅，投下大片阴影。专家还没开口，嘴唇已开始哆嗦，溢出类似艺术家的痛苦表情。

"你们想当孤儿吗?"许久，他反问。

他急急捉起一支粉笔，扑到黑板前吱吱写字，尽力控制着愤懑之

149

情。黑板上留下一道作业题：制作家谱。往上追溯，能写到哪一辈就到哪一辈，写下他们的姓名、生卒年月与生平简况。

这创意性的作业得到了教授热烈的响应。在他催促下，三天以后作业收上来，八成学生只写了三代：祖、父、我。两成学生写到了曾祖父一代，却残缺不全：写了曾祖父的名讳却无曾祖母的，连"刘吴氏"这样悲凉的称呼都没几个人用上；生卒年月概略到"上个世纪二三十年代"的地步；生平简况是发电报才用的节约语词，"裁缝""务农""据说开杂货铺"。

教授把一摞作业放到专家桌上，预备给他一个狠狠回敬学生的机会。专家把自己埋在藤椅里，深深地怯懦了。

"别傻了，"他说，"连我自己也完不成这个作业。"

张德明两手合在一起搓了搓，待手心有了点烫觉，就着这点温度捂了下鼻子。冬天他常这样，老怀疑鼻子冻住了。

媳妇醒来，浸泡在屋子水样的黑暗里。外面有微微泛光的说话声。

"吃的时候要手快。"

"……"

"发了饷记着存起来。"

"……"

"真要开仗了，寻个空儿就跑回来！学你大表哥，当了三回兵，回回都跑成了！"

"……"

"还给她说啥！回头我给她说就是了。"

"……"

永远是一方的声音敞亮着，另一方被摁在罐子里似的，只有瓮响，听不清吐词。

媳妇披衣起来，摸索着来到浮着灰色晨光的堂屋。大门半开，她男人站在门口，婆婆妈正给他拈掉衣服上的枯草或是发丝，嘴里叨叨不停。

那是离别的架势，媳妇想起头一天男人就和公公婆婆在厢房里嘀嘀咕咕，偶尔吵几句，"到底参不参"，"说是打不了几天的"，"这个军是有饷银的"。

她想上前去问问，腿却犹豫了。婆婆妈是镇上出了名的厉害角色，早年当媳妇时也过得憋屈，轮到她当长辈了，当初受过的气都成了银庄里的底钱，必要利滚利地加倍返到儿媳身上。儿媳过门第二天，以下巴处一颗扣子松了为由，当面给了刻薄话，算是定下了调，此后摔碗、垮脸、指桑骂槐甚至顺手甩个耳刮子都不算稀罕了。

上个月媳妇被发现有喜了，骑马巷的接生婆又赌她怀的是男胎——张家有了微妙混乱。喜，自然是喜，但张德明眼里的喜色刺激了他的娘。媳妇去提水，张德明抢过了水桶，一口气提了七八个来回，把一口缸装了个大满。

"倒是娘娘命了，"德明娘阴着脸却斜挑了一丝冷笑，"就可惜没个太监来伺候！"

前两天媳妇开始害喜，吃不下饭，吐。这还了得，迅疾被婆婆妈判定为"花骚"——变着方子逗男人去疼。这直接的后果就是，外面又来了招兵的，这次婆婆妈鼓动儿子去当兵了。家里吃饭紧张是个由头，深埋的小算盘是，儿子去当上一年兵，回来时媳妇已经生了，大肚婆的金贵劲儿也退了，看她还敢娇气？

那个早上，媳妇像颗前途未卜的种子，落生在浮着灰色晨光的堂屋里，瑟瑟发抖。隔着半个堂屋的距离，她眼睁睁地看着男人张德明站在半开的板门外，挎着个破包裹，和他娘说着话。他把两手合在一起搓了搓，就着手心的温度捂了下鼻子。

小夫妻终未道上别。

离开时，才发现起雾起得那个厚，张德明只走了几步，身形便隐去了。也不知他回头没回头。他娘在心里给他画着地图：穿过巷子，爬个坡，往东，很快就到土地庙外的小空坝，和另外二三十个人会合，有人来登记姓名、组织队伍——就算是吃上扛枪饭了。

专家所知道的也就这些。再铺展开去详尽描写，抽出核来也就这么一丁点儿。

他不能容忍时间那低弱的保存能力，任何人、任何事，在时间面前都是赤裸裸的，任其日晒雨淋，然后被肢解、风化、侵蚀、蒸发。谁都没有保质期，得以留名全凭运气。

县志办主任用胖指头夹起红笔，笔尖迅速位移，在纸上派生出一条粗拙而肯定的线条，像条漂亮的红尾巴。红尾巴盖住了专家绞尽脑汁撰写的一条"史实"，虽然只有一句话。

"说他们参加了共产党的队伍，证据呢？"

所有人的口气都是一样的。胖胖的县志办主任、县委宣传部部长、搓麻绳的阿婆、打扫卫生的斑脸大姐……只要说到这，他们就像是同一个精子和同一个卵子的结合物，脸是一样的脸屁股是一样的屁股，说的话放的屁都是同一种味。

其实脸和屁股们够客气了，他们都有同样憋住没放出来的——"还找那没影儿的人做啥？"

即使证明他们投了共产党，或者国民党，又能怎么样？二三十号人，烧成炮灰也不过一箩筐，倒出来给老县城垒城墙，墙砖都不会抬高一寸——又如何值得写进煌煌一部《离水县志》？

在这无声无影的嗤之以鼻里，专家的眼中像白内障一般充斥着悲愤，充斥了好多年了。随着年龄增长，悲愤渐渐变得乏力，变成了无助。现在他朝教授幽幽瞟去，后者简直看到一双枯骨般的手从那瞳仁里伸出来，战栗地求救。

"我只知道我爹叫——张德明。"撰写县志的专家凄惶地说。

写不了自家的族谱，更感受不到祖辈、父辈的温度。张德明只是三个可转换为书宋、幼圆或其他字体的汉字，张德明只出现在"zhāng、dé、míng"几个音节发出的瞬间，开口即到，闭口即走。永远是这样。

教授抱来了自己搜来的一堆资料，放在专家——现在我们知道他是张德明的儿子——那装得满满的大书柜脚下，算是一种表态。

县城里两大历史权威人士有了新的晨昏。他们只要得空便聚在一起，翻阅脆黄的、快碎成纸屑的旧版书，从印迹模糊的老传单中认出一个个可能有用的文字，偶尔会抬头想想，复又埋首。当某个新的念头像鸟一般掠过，他们便急急抓住，高声将其放出。仿佛两个好学生在一起温习功课，又仿佛业余侦探陷入迷案，或者，仅仅是以这种方式消磨时间，继续这段奇异而又坚定不移的友谊。

一支队伍，少说也有二三十号人呢，皮是皮肉是肉，喘着气儿的，怎么会生生没了呢？

那时节，离水县这偏远之地跟块破补丁似的，算不上兵家必争，却谁也不肯随便舍弃。各方政治力量都是懒懒洋洋地腾出一只脚，占着点位置。早年间闹过太平军、闹过革命党，都像唱堂会的小跟班，匆匆忙忙上阵去走一圈台步就撤回了，正经的亮相都没一个，可惜了一脸的大花油彩。

那支队伍聚集的时间正好在一个空档期，镇子没有明显地被哪方势力控制，而走的人也不多吱声，唯恐让人知道底细似的。人们只道他们是参军去的，都不晓得参了哪边的军。

"是国军。"

教授说出这几个字的时候，并没有意识到，自己志在必得的神情刺痛了专家。他只顾着展开自己亲手绘的一幅红、蓝两色的路线图——

张德明是跟着一小股打了"回马枪"的胡宗南的部队走了，汇入了大部队，去攻打延安，参加了青化砭、羊马河及蟠龙镇等战役，失利后退出延安，撤退至秦岭及巴山地区……教授像指挥作战的将领，右手食指在路线图上一马平川地奋勇前行。张德明在这根食指的指引下一路艰辛地到了西昌，到了海南，甚至到了台湾。

是了，台湾。

专家忍不住冷笑了一声。他预感到会有一个词预备在那里，等待着对他进行高规格的安抚。台湾。这个地名多么动听，生来就带着哀伤的气息，战争，隔绝，无可企及的海峡，历史的感叹号……多少想象都止步于此，多少未解之谜都依靠它来假设谜底。

早就有人用过这个地名来宽慰他了。"或许去了台湾呢！"一般都是这样说的，还带着点揶揄，暗示他有"海外关系"。但那是看热闹的人啊，知识界的外围，没有文化也不讲依据，而教授怎么可以得出和他们一样的可笑结论？

专家冲到柜前，从第二层抽出一厚叠纸，展开来，却只是一张，大大的一张。那是另一张路线图。在这张图上，解放军的一个团曾在那段时间行军经过邻县，为补充力量，宣传力度很大，他的父亲张德明正是投奔他们，参加了陈赓的部队，随部协同王震部进行吕梁战役和汾（阳）孝（义）战役，狠歼国民党军胡（宗南）阎（锡山）两部三万余人，解放了晋西南大片土地。之后可能被编入第四纵队，参加了与太岳军区部队共同发动的晋南攻势，再后来又强渡黄河，参加鲁西南战役……

他的滔滔不绝中断于教授的一个微笑，把微笑翻译成语言就是——原来你要的不是一个结论，而是"某一个"结论。

教授慢悠悠地说：

"其实，一九四九年撤退至秦岭及巴山地区后，胡宗南手下只剩三个兵团，第七兵团裴昌会在德阳降共；第十八兵团李振在成都降共；第五兵团李文在雅安被围剿，只有少数人逃往了西昌——活到那时候的，很有可能也已经投诚，成了解放军了。"

"那样，"专家依旧不服气地说，"那样和原本参的解放军还是不一样！"

教授凝视着他，一面寻思那个尊重历史的专家去哪里了，一面坚持着："投诚又如何？俘虏又如何？起义又如何？还不是殊途同归？"然而话至此，他知道自己错了，光这几个词，就有很大很重要的不同，是有性质上的区别的。他又赶快补充：

"你知道，陈赓最早还参的是湘军，最后却是授了共产党的大将军衔。"

听了这话，专家忿然道："难道因为陈赓早年参了湘军，连后来参加他部队的人员都有污点了吗？都不是正牌解放军了？这是什么逻辑！"

教授脸色大变："你明明知道我不是这个意思！简直是无理取闹！"

两人面面相觑，之后一起沉默。

他们同时发现了这争执的幼稚。在时光的隧道中，原来最经不起的就是"可能"。它是妖魅，千变万化之中玩弄人于无形。一个名叫张德明的人，站在两份路线图的起点上，他何去何从？每一个细小得不能再细小的分叉点都诞生一个新的可能，谁能穷尽每一种可能？一个单薄、渺小的个体，出发，投入滚滚的历史洪流，你能从哪滴水中把他捞出来？

专家把两手的手指插入已微微泛白的头发，仿佛和虚无中的父亲抱头痛哭。

德明媳妇如愿地生下了儿子，但德明却没有如愿地回来。

这当然是德明媳妇的错，如果她不嫁过来，德明不会宠她；德明不宠她，她就是怀上孩子了也不敢骚情；她不骚情，婆婆就不会那么看不惯，哪怕一家人再吃不上饭，她也不会狠心让儿子去当兵了……

德明娘恨死了媳妇，一直到死都不能原谅她。惩罚媳妇的方式是如此独特，她坚决不透露一丁点儿子从军的信息，仿佛媳妇多知道一点，就多抢走一部分权利。一九五九年德明爸和德明妈先后死了，说是生了怪病，其实都是饿的。媳妇守在快断气的婆婆妈身边，只想问一个究竟，但这向西走的女人，眼睛大大瞪着，嘴巴却上锁一般牢牢闭合。

忽然暮色砸进濒死的眼眸，德明娘开始抓扯自己，一张脸皮像揉熟的面饼一般，往四下里拉伸开去；枯竭的血管像竹枝一般纵横交错，几欲刺出皮肤；骨子里尚未排尽的恶气化作千百万只虫豸，源源不断地从眼睛、鼻孔、嘴巴和耳朵里涌出；在这骇人的布景中她猖狂地干笑起来。

"你永远找不到他！他被雾气娘娘收走了——"

她得意于自己死了，儿子也没留给媳妇。笑声落下，最后一只虫豸爬了出来，东张西望，半晌，仓促逃离了这片迅速冷却的死土。

德明媳妇眼光硬了。自那以后，德明不再是亲近的影像，他朝她背过了脸。

那消失的面孔却不得不面对人民群众。自解放之后，张德明家都坚称儿子是参加了解放军，但前来找麻烦的人——每个时期都是不同的人——总是抱有与之相反的猜测。

"参的是解放军，怎么还乡团不来灭你们呢？""镇压反革命"那年，镇群众大会上站起来一个面带刀疤的中年男子，激愤地质问张德明一家。他小舅参了解放军，也不知道是哪支部队，一直没回来，但还乡团杀了他家两口人，他脸上也吃了一刀。右颊上的两寸疤痕如今是恢弘的证据。

"就是怕还乡团报复,一直没敢敞口……"德明媳妇鼓足勇气,照着婆婆妈妈教的去说,马上又被顶回去:"不敞口?怕是刀切豆腐两面光吧?共产党得了天下你说参的是共产党,要是国民党得了天下呢?你还不说你参的蒋介石的部队?"

这句话戳中了张家的心窝,然而德明媳妇揪着他一个尾巴,柔中带刚地回道:

"这话可说哪儿去了?谁不知道,国民党是得不了天下的!"

对方一下子被咽住,显然是被德明媳妇打了嘴巴了——觉悟不够高,居然还想到国民党会得天下的可能!

亏着那一嘴巴,没人再追问这事,遥不可及的张德明得以免戴"历史反革命"的帽子。

但终究是有影响的。德明一家走到哪儿都是灰扑扑的,仿佛一窝麻雀,街坊们带着一张玻璃的面罩,冰冷而警惕地与之对视。儿子读书用功,用功也没用,考上县中还是给刷下来,因为政审没通过。

德明儿子读镇上的中学还没读完,"文化大革命"来了,学校一夜之间空旷,从围墙到黑板,到处被大字报层层覆盖,年轻的人们英武地头顶红五星,身着草绿军装,束宽腰带,配上领章、袖标,加入了谩骂、攻击、抄家、批斗、群殴甚至战争。

德明媳妇总共被揪斗了十几回,一会儿是这派一会儿是那派,总之揪她是没有错的。她态度好,每次都很配合,叫低头就深深埋头到裤裆里,叫认罪就老老实实说自己有罪,这种批斗对象其实是没什么斗头的,往往斗完就被扔下了。

有斗头的是那种死不悔改、临到头了还要犟嘴的。有一次一同挨批的"坏分子"陆老孤就不服,大喊"老子是打过日本鬼子的",军装男女们便来火气了,带劲了,解下宽腰带围着陆老孤抽,啪——啪——

啪——，由混着呼喊声、叫骂声到最后只剩下空洞的抽打声，热闹气氛渐渐消退。一个女生一边抽一边喘着气说：

"你死有余辜！看你这态度，还不如人家张德明家的！"

围观群众便将眼光投向一旁的德明媳妇，原本低头站得妥妥的女人，最多随着一下一下的抽打声微微战栗，在听到"张德明家"几个字时忽然惊慌失措了，两股战战，身体像坏掉的钟摆一般摇动起来。这表现引起了军装者的注意，一个男青年健步走过去，把德明媳妇像拎个散架的稻草人一般拎到前面来，厉声道：

"你心里有鬼！说，张德明到底去哪里了！"

深深垂头的女人对着自己的裤裆哆哆嗦嗦，尽力控制着嘴唇颤抖的程度：

"去去……去了……雾里……"

她看见裤管底下的泥巴地，像泼墨的宣纸，迅速洇开了一片水渍，热气腾腾。

如果你能看到那天的青年专家，站在围观群众中目睹了母亲的被斗与出丑，眼里涌上针一样的泪分子——你会理解他的执着。

若干年后，一首著名长诗《周总理你在哪里》风靡一时，诗的旋律落进专家心里，唱片一般不停旋转，反复播放——只是不由自主地替换成了张德明的版本。

张德明，我们的张德明，

你在哪里啊，你在哪里？

你可知道，我们想念你，

———你的家人想念你！

他的家族史，浓缩到最后只剩下一个问号。

他穷尽一生，要的也不过是个句号。有那么难吗？

专家和教授现在改变了方向，不再从文献资料挖掘，改走田野调查的路线。他们搭乘汽车，风尘仆仆地回到专家的故乡小镇，希望寻找到活着的证人。

那是一座幽凉而悲伤的古老镇子，青苔爬满石头砌的小桥，木排门连绵不绝地沿小路并在两边，屋檐一家接一家，雨天可以不用打伞穿过整个镇子。

细节，重要的是细节。教授站在五福门下若有所思：

"你母亲说，她婆婆妈说过，'这个军是有饷银的'，还叫儿子'发了饷记着存起来'，可见就是国军的部队。解放军是要解放全中国，这伟大事业是没有饷拿的。"

教授的观点颇有几分道理，但他们在采访到镇南头一位老革命的家庭时，老革命的儿子说，他爹当年临走时特意留下话，如果打了地主，一定要理直气壮地多抢值钱的东西——"长官说了，那就是革命队伍发的军饷。"

没有几个还记得那次不明不白的行军。一起失踪的人里头，还有两个认识的，但他们的后人都已搬离小镇。

打听到下午，柳暗花明，一个坐在街荫处打盹醒来的白发老太太提供了一条线索：那个雾天的早晨，聚集的队伍里，有人仿佛在打着拍子念快板，念的什么记不清了，只是不停说着什么"不怕不怕"。

听到"不怕不怕"时，专家的眼睛像猫头鹰一般透出了夜晚才有的荧光。他急急地伸手在随身带的大包里翻寻，像耙子一般将过里面的书、笔记本、签字笔，最后抓出一本薄薄的小册子。是本八十年代的手工油印品，封面是一团有些模糊的大字：《离水县解放战争标语口号集》。集子显然被专家翻过多次，他得以毫不费力地翻到一页：

兄弟们，姐妹们，

还在挨租子？

还在受欺压？

不怕！不怕！

解放军，打来了，

神兵如天降，

要把土豪打。

不怕！不怕！

那是当年最红火的解放军宣传歌谣啊！参国民党的军，怎么可能唱这支歌谣呢？

专家把自己抛到地上，因为被满心满眶的眼泪击垮了。他像一个小孩儿般要赖式地哭，重重用手拍打着弯曲的膝盖。教授尴尬十分地守候他半晌，确定这只余着老弱病残的小镇没有几个人关注到此番景象，他才放下心来，哄孩子似的，轻轻拍了拍专家的后背。

"你还是不信是不是？"坐在地上的专家昂起头，向教授哭着质问，将后者作为一切异见者、怀疑论者、居心叵测者的共同代表，泪与鼻涕喷到对方手上，"你还是不信是不是！是不是！"

是的。

教授在心里回答。

就因为半句疑似歌谣，就能断定队伍的性质吗？歌谣不能，眼泪也不能。

至少在教授看来，到目前为止最准确、最合理的解答还是德明媳妇的那句：去了雾里。

"回吧。"教授说。

"你还是不信！"专家执拗于这一句，好像受了天大的冤枉。他自己也恨，为什么要在乎这个，因为教授信不信，对这件事的认定没有任何作用。

一九七二年，青年专家在插队的柳田乡九里大队萌生了一场爱情。对象家的成分也不好（好的话估计也看不上他了），是地主分子，两人在草垛边拉了手、拥抱了若干回又结结巴巴地吻过一次之后，觉得可以向家里"正式提出"了。

"你骗我！"专家一辈子记得第二天上姑娘家去，她以痛楚不堪的表情对他重重一击，"你说你爹参的是解放军，骗人！"

没等专家反应过来，从堂屋里慢慢踱出一个五十岁上下的男子，是姑娘的二伯。二伯身形高壮、面皮宽大，一开口却是女人样的腔调，走着讥诮的尖声。

"你爹是去云冠山上当土匪了！四八年我给当成肉票绑了去，见识了那群土匪，后来我爹找人到山上胡乱放枪，他们以为开仗了，吓得扔下我就跑了。"

他走到年轻人面前，顿一顿说："你一来我们这里插队，我就觉得眼熟。昨晚上忽然想起来——难怪呢，那土匪头子身边有个师爷，简直就是你生生的一个模子！"

一字一句，都跟长了刺似的，蜇得专家浑身瑟瑟发抖。他知道最最应该的言语反击是斥责他"血口喷人"，最最应该的报复行动是一拳揍到这张宽皮大脸上，但他却什么也没做成。那一瞬间，对真相的畏惧——是真的畏惧。

当天晚上姑娘没有来赴约。

第二晚也没有来。

再也没有来。

躺在草垛上的年轻专家数了七个晚上的星星。他发现，在某种情况下，某一个人的相信是决定性的，胜过世界上其他人的总和。

后来听说姑娘被二伯介绍给大队书记的外甥了，完全有理由认定，那个所谓"上山当土匪"的说法只是一个恶毒的诬蔑。没办法，见过土匪的人不多，二伯拿这当防身服，他说谁是土匪谁就是了。

专家从没有跟人提过有关父亲当土匪的猜疑。他不想节外生枝。他只知道——在那个重要的时刻，最重要的人选择了不相信他。

转机是在决定离开小镇时出现的。教授与专家沿着干净如洗的青石板路走向汽车站，没有说话，青石板路却说话了。得得得，得得得。

他俩同时转过身去，看到刚才打过盹又向他们提供了重要线索的老太太远远站着，拄了一根兵器般的木杖，威严地敲击地面。之后，抬起枯干的一只手掌，朝内挥了一下，又一下。

两个大儿童狐疑万分地回到老太太身边，她用揭秘般的口吻郑重地说："其实，每年的那一天，那个时辰，都要起雾，那队人都要穿过镇子……"

教授用半年的时间来证明这种说法的荒谬性。

专家用了半年时间来考证父亲出征的具体日子。他最终圈出了一个比较精确的范围。

"死马当活马医吧，"他一边收拾行李一边劝慰着教授，"去看看，没有就算了，也不吃什么亏。"

口气里却完全没有话语中的颓然，满是兴奋，满是跃跃欲试。他的一生系于这个谜题，生于斯长于斯老于斯，不让他继续，他会立马变成一具活尸。

本来邀请了教授同往，但那几天正是学校考试的时间，请不了假。

勇往无前的专家向教授挥了挥手，心里高唱凯旋之歌坐上了开往小镇的汽车。

他划出的范围是三天。三天之内的某个早晨。

第一个早上，四点的闹钟将他惊醒，他翻身而起，第一件事是推开木窗打量外面。外面有雨，黑暗中如有千万只老鼠窸窸窣窣不住潜行，冰冷的雨点子打到他鼻尖，一点点冷透到心里去。

第二天四点钟，没有雨，也没有雾，眼睁睁地看着小镇的青石路与木板房上色，远远近近，清晰而平静地由黑变灰，再变亮，带了彩。

第三个早上，不到四点钟，专家就醒了。他感到一种临终般的焦灼，宛若电影放映到接近尾声，所有人都紧张地知道，将有一场最后的战斗。

窗外。什么也没有。

只一秒钟，他突然意识到这说法是错的。应该说，外面满满的——都是雾！是雾！

专家全身的血涌上脑子，身体像枚失控的炮弹，轰地射了出去。在空荡荡的巷子里转悠了一个多钟头，有了天光，把雾气衬得更是浓墨重彩。

从那浓雾的深处，有了一点声音，渐渐近了，一团一团的，居然有了人形。胳膊晃动，腿前后交替，一个，两个……是一支队伍！

专家知道自己此生的大奖来了，他努力平息着剧烈的心跳，健步追了上去。隐隐的，他也听到"不怕不怕"的歌谣声，循声搜去，却发现是队伍里一个身着破烂棉衣的男子，鼻涕糊了一脸，自顾自地仰一会儿头又低一会儿头，眯了眼无邪地笑，不时唱上一句：

"不怕不怕，我蛋蛋大！"

是个二傻子。

这颠覆性的发现虽令专家吃惊，却并未摧毁他正熊熊燃烧的勇气与激情。他佝偻着背，向手心里哈着热气，一面识别着浓雾里父亲的身影，一面紧紧尾随队伍，穿过镇子，一路向北，直奔五福门。

春天过去了，专家还没有回来。然后是夏天。

教授想到了报警，又觉得有些荒谬。专家固然没有联系过他，但冥冥之中他觉得，这个追寻真相的赤子，终是用自己的方式存在着，存在于世俗生活之外。

秋天快要结束的时候，教授做了一个决定。他开始翻阅去年的日历与记事本，确定专家离开的日子，像专家一样准备了羽绒服、旅行包、照相机、录音笔等等，也提前向学校请了假。

冬季的某天，教授如期来到了那座悲凉的小镇。他的计算时间稍有差池，却歪打正着，第一天早上便遇到了大雾。他从没见到过的雾，厚得像实心棉，可以掩盖一切形状似的。

夹在浓雾深处的，是一支人形的队伍。队伍中有人用小孩般天真的破喉咙唱着一支歌谣，摇摇晃晃地过来了。渐渐有了可见的肖像，一个个活动着的祖先！多数人衣服打着补丁，棉帽下是土青的脸，神色一律迷茫，把手抄进袖子里，慢吞吞地在队伍里挪动着步子。看上去是一模一样的，哪一个是张德明呢？或者说，哪一个不是张德明呢？

当队伍移到更远处，教授才趁着渐起的天光，看到队伍的最末，尾巴似的紧紧跟着一个身着羽绒服的人，他佝偻着背，向手心里哈着热气，一步不漏地随着数十年前的参军者们走远了。

一路向北。

直到被浓雾吞没。

笑脸兵

"天分"算是个什么东西？你以为只有弹钢琴、画油画或者在舞台上一口气旋转上四个小时不摔一嘴巴那种才用得上吗？冷笑一声告诉你吧，哪怕是你们以为最粗拙的扛枪打仗，也不是人人都扛得住、打得准的。一句话，有些本事是娘胎里带的，不能不服啊！

　　同一年，招同一批兵，哗哗哗流水似的拉来几车皮，筛豆子一般往那训练场上一倒，齐步正步，格斗厮杀，最后磨成军事尖子的能有几个？当不成军事尖子的，也有其他出路，比如指导员上了一堂充满正能量的思想教育课，布置下任务，每人都要交一篇关于本次学习的心得体会文章——不要小看，这就是给机会了。但凡念过高中且作文还过得去的，写得出通顺语句的，名字下面就会被指导员画个三角形之类的重点符号，下一次考虑文书、通信员人选时，他的眼光往往会在几个三角形之间徘徊；或者呢，机关宣传股成立新闻报道小组，指导员会急吼吼地推荐三角形们去——谁不想在宣传口子上安插自己人？

　　所以啊，同样是当兵，那也是暗藏着不同发展方向的。鱼有鱼道，虾有虾路，兵家自会择善而行。

　　任小凡站在操场上。一大片穿新军装的兵和他一样笔直站着，冷得

166

哆嗦。除了哆嗦，其他动作都不敢有。风贴着地面冷冷地匍匐而来，像在树林里穿行。站军姿的人随着喇叭里传来的声音一个个撤离，人越来越少了。每个离去的人都像精准射击的子弹一样，朝着一个明确的方向，所以那些还留在队伍里的，望着渐渐空旷的操场，就像看不到出路一样，焦虑、躁动挤满了五脏六腑。

"任小凡——"广播里终于送出了令人欣慰的几个字，"二营四连二排一班——"

他下意识地马上行动，跑了几步又茫然停下。他不知道这个连队、这个班在哪里。四处张望，直到一个"四连"的牌子撞入眼帘，心脏才突突突地跳起来。

他是新兵任小凡，现在成了四连二排一班的任小凡。这是他目前唯一的身份标签。这标签和军装一样，每个人都有，每个人都差不多，所以是不能从广大官兵中脱颖而出的。脱颖而出很重要吗？重要。原因很简单：僧多粥少，所有的上升渠道都不会平均分配给每个人，你得去争取——以某种优势争取。

谁不想争取呢？尽管新兵连的所有训练都要求"整齐划一"，所有政治教育都警告"枪打出头鸟"，可是一下连队，在任小凡还没回过神来时，一些同年兵就已经见风长势地给自己贴上新的标签了：有的是五公里越野的"神行太保"，有的是攀登科目中的"蜘蛛侠"，有的是办黑板报的"神笔马良"，还有会吹萨克斯的"老外"和能说相声段子的"小冯巩"。听说话务连有个女兵，小时候学过体操，身体柔韧度高，一上双杠就跟猴子上树一样玩得溜溜熟，由此赢得了"杠上花"的美誉。

而他任小凡能有什么？在洗漱间的大镜子前，他用审查的眼光把自己从上到下抹了几个来回，却抹不出一星亮点。圆团团的脸盘，略显塌扁的鼻子，大门牙还有一点点龅，要以"帅"为标准列队，班里一半以上的人会毫不谦虚地站到他前面。没有亮点，无法出彩，这严重地影响

167

着一个人的存在感。分到连队两个月了，任小凡一直作为一个中庸分子被忽视着：军事训练成绩不拔尖，但也都及格，不至于拖连队后腿；写心得体会，写"在党旗下成长"征文比赛的稿子，他能写三四页，可满篇都是无比正确的空话套话废话，让人看了说不上好，也不能说不对；叫他给营部帮忙，布置茶话会的瓜子水果，他认认真真地给每一桌放上混有奶糖、瓜子花生和橘子的大果盘，剩下的东西，他分别用大塑料袋扎好交给司务长了——也不知道给营长、教导员的房间各送一盘去。这样一个家伙，谁会记得住？

周五晚上，战友们都去活动室打扑克、去服务社买东西或去大浴室排队洗澡了，任小凡坐在宿舍的小凳子上，拿着刚从铁皮柜取出的手机，先给手机桌面换了幅"钢铁长城"的图案，自感有底气一些了；然后他打开微信，给一个考上大学的女同学发信息。问候，"在干吗"，"忙不忙"，暗示一点聊天企图。女同学倒是很快回复了，回复得客气、简单，夹带不少"是吗""呵呵"加可爱型笑脸表情。

任小凡迟疑片刻，前一秒感觉到对方的敷衍，犹豫还要不要把聊天继续下去；后一秒又想着，既然已经开了头（对他来说算是鼓足了勇气），总得说上几句才合情合理，于是不管不顾的，把连队生活中的郁闷一倒而出。这边发了长长的几条，那边沉默了一会儿，估计女同学也知道，临到这份儿上，不安慰鼓励对方是不够意思的，她便用了几个简洁的分行句子，对他的消极情绪予以批判，告诉他"青春才开始呢"，"不要总想着和别人比较，要活出自我"。充满团支书口吻，且像团支书的个人意见一样，高大、正确、欠缺实际操作性。直到最后互相发了挥手道别的表情，女同学才来了一句接地气的：

"我们都喜欢你天真无邪的笑容，可别把它弄丢了！"

这句话像花一般绽开，任小凡的嘴角就上扬了。他爱笑，一笑眼睛就眯起来，嘴无拘无束地咧开，像一块切得顺滑的西瓜。从小到大总听到人家说:"哟,这孩子笑得可真喜庆,跟年画娃娃似的!"在学校里,他的人缘一直很好,也跟这喜庆的笑容大有关系。女同学还记得他的笑容,说明他的笑深入人心;但她又说"我们""都"喜欢,而不是说"我"喜欢,这里面的差别就大了去了。她是代表一个集体在发言,她的喜欢是带有普遍性的喜欢,没有什么特殊意义。

他没有再给她发信息,但之后照镜子时,他会忍不住弯起嘴角,左右偏头,端详一下自己的笑。想象空气中有一个按键,轻轻一按,他的笑容便像邮件一样,发送到从前所有女同学的记忆里。

她们都喜欢。喜欢就好。

宣传股的陈干事又到训练场来了。

他还只是个伶仃的毛毛影子时,好多人就已注意到了,训练场有了小小骚动。二营长咳了一声,让值班员提醒大家:继续训练——他自己却撒腿走出队伍,迎上去了。

陈干事迈着神气而故作沉稳的步子,把自己的形象越放越大。右肩——通常是背枪的位置——背着一部看上去沉重又贵重的大相机,左肩则随意地挎个大大的相机包。如果他再穿件有很多衣兜的背心,完全就是专业摄影家的范儿。不过摄影家的背心哪比得上军装威风呢?何况还是缀着"一杠三星"的军装。

军装与相机都透着骄傲。这是陈干事应得的。到宣传股负责新闻工作还不到一年,他已跻身团里的明星行列,上至《解放军报》下至军区机关报乃至本团自印的《冲锋报》,都不时出现他的大名。谁都看得出来,照这势头发展下去,宣传股长的位置迟早会姓陈。处于这种耀眼的预期,陈干事已经提前收获了不少积极踊跃的人脉投资。

二营长一边迎上去,一边从衣兜里掏出烟来。他庆幸今天揣了包"中华",是很拿得出手的。一般情况下他抽本地的一种牌子,价廉物

169

美；但进入了交际场，价廉就是价廉，好像面子就挂在价签上，怎么也美不起来。

一支及时出现的"中华"挡住了陈干事继续前进的步伐——再往前走，就是一营的训练场地了。一营有个"尖兵连"，上个月代表本团参加全区比武拿了好名次，已经连着几次上了大小报纸。现在又去给他们拍照，可就过分了。他们有成绩是不错，但也不能没完没了地只宣传他们不是？其他营连就是这么想的，虽然谁也不说出来。

"中华"一接手，打火机便"啪哒"一声炸出一朵火花。陈干事跟随节奏吸亮了烟，点头致谢，心里妥妥地懂了二营长的心思。他闷声一笑，应和着二营长的寒暄，又把烟拿在手里端详一番，故意把脸绷成屁股样，说："哪个兵要考学，还是休假？"

二营长马上说："说哪去了？这是我小舅子孝敬老丈人的，老丈人住院，丈母娘怕他惦着抽烟，才赶快把这宝贝送我了。"

陈干事瞅他着急撇清的样儿，又笑："一个烟头能扯出一大家子，您哪，下次可以去撰写团史了。"二营长还沉浸在表白中，指天发誓从没收过战士的贵重礼品，"从当排长连长就没有过"，顶多两盒木耳、一袋山东大饼啥的土特产。

至此，打情骂俏式的铺垫差不多就完成了，可以说点实际的。二营长多有心眼，避实就虚，用下巴朝着陈干事的相机指一指，问"这玩意儿怕是要上万吧"，下结论说"不是个人物还真弄不来"。马屁是拍上了，陈干事还是笑，终于透了底：

"今天来拍几张训练间隙的活动场景，要活跃点、热闹点的画面。"

二营长声调上扬："我们的娃儿就很活跃啊！不信给你找几个来，要多少？你随便拍！"一边说着，一边让值班员下命令原地休息，"给活跃一下"，感觉整个二营都做好拍照准备了。这阵势，陈干事是跑不掉了。

拍照是有讲究的。摄影技术只是一方面，还要会安排画面。是的，像导演拍电影一样，得精心设计、布局，确保每一帧每一格都在掌控之中。陈干事就是他摄影王国的张艺谋、黑泽明、斯皮尔伯格，他脑子里有"剧本"，根据剧本要求安排每一个"镜头"，再按着镜头所需，选取演员、找好背景与光线、构造画面，其中还包括前后景的呼应、对演员的情绪煽动、排查细节、避免疏忽等等现场调控。二营长那句话没说错，"不是个人物还真弄不来"。

这一次在陈干事的构思中，画面的中心是两个战士在掰手腕，或者是斗鸡，四周围了一圈其他战士观战、助威，大家笑着、闹着，好像喧嚣声都溢出画面了——当然这没有任何新意可言，也说不上抄袭创意，因为这几乎是军队报纸照片的规定动作，是范本。如果你说不能这样拍，那么百分之九十以上的新闻干事就会发现自己突然之间不会摄影了。

二营四连在最近的位置，于是陈干事从四连挑了几个人出来——你、你、你……好了，围成一圈！中间的两个主角要讲究些，让连长和排长推荐的，比如掰手腕的两个人，因为要露出胳膊，最好有壮实的臂膀肌肉；斗鸡的话，要选体型匀称的，立在画面主要位置，总要有美感才好。

人选好了，队形布置妥当，开拍。四连长因为演员都来自自己连队，格外兴奋与自豪，他主动站在陈干事身后配合工作，挥动手臂，大声疾呼："给我笑起来！闹起来！大声点！快快快……好！"

说"好"，是在陈干事连续"咔嚓"了二三十次之后放下相机、抬头休息时。一"好"，闹腾的演员们便歇下来，喘一喘气；当陈干事又举起相机，四连长便又开始吆喝，兵们又开始尽职尽责地"活跃"，两个主角卖力比试，围观者有的拍手，有的大笑，有的喊加油……

相机被装进摄影包时，才算是彻底"好"了。二营长凑过来，咧开一排烟熏牙："该有上百张了，挑得出来吧?"

陈干事抹一把额头的汗，故弄玄虚地感叹："看造化喽!"

下一周就"造化"上了军区机关报。上的斗鸡的一张，照片上的每个人都情绪饱满，用热烈的笑脸证明斗鸡这项活动真是太有意思了。陈干事把报纸轻轻对叠，小心不把折痕压到图上，然后到政委办公室门口去喊"报告"了。每发表一张图片或是一则新闻稿，陈干事都要向政委报告。

政委正在看一份文件，但报喜的事情，他向来不怕被打扰，欣然接过报纸说他早先已经看到了，照片拍得很活，表扬陈干事干新闻报道"越来越有经验了"，还指着画面上一个兵说:

"你看这个小战士，笑得多开心，形象多阳光，这代表着我们基层官兵的精神面貌啊，抓拍得好!"

陈干事站在那儿，浑身上下像给浇了一桶蜂蜜似的，甜蜜得幸福，幸福得发颤。晚上二营长请他到服务社吃饭，他在饭桌上把政委的话传达了三遍，满面红光。这话被二营长带回去，二营干部们都乐了，大家把报纸重新拿出来看，专门看政委说的那张笑脸，果然，笑得既喜庆又自然，看的人都会受感染，忍不住把眼弯下来把嘴弯上去。

教导员问:"这兵叫啥名字?"

四连长闭着眼连拍了几下脑门，好像那个名字就在嘴边了就是说不出来，还是四连指导员抢先想起:"任小凡，新兵任小凡!"

任小凡作为一张笑脸再次被陈干事想起，是一个月后拍摄"野战餐饮保障有力"的时候。团里有三个营参加长途拉练，按照陈干事的"剧本"，除了拍摄行军，还要有官兵在野外高高兴兴吃饭的画面。

问题就出在"高高兴兴"上。轮番找了三批人，来自七个不同连队，高的矮的，胖的瘦的，长得像王宝强或形象逼近谢霆锋的，一端上金属大餐盘，就蒙了，害臊了，矫情了，要么像一脸讨好与尴尬的叫花子，要么像假模假式打广告的蜡像，没有一个人能表现出陈干事所希望的那种"幸福油然而生"的感觉。

沮丧中，陈干事脑子里浮现出一张笑脸，上面放着政委的食指。他一激灵来了精神。

那个笑脸的主人很快被找来了。是个憨憨实实的兵，额上满是汗，局促不安地站在陈干事面前："领导好！我是任小凡……"

"你，"陈干事不想知道他的名字，也没必要知道，"端上餐盘，吃得很开心的样子。"

兵迅速把餐盘接过来，问："我是蹲着还是站着？"

"坐那块石头上。其他人散坐在周围。"

一坐下来，当上主角的兵就左手把餐盘举到胸前，右手用勺子舀上一大勺饭菜，眼光朝相机镜头轻轻一甩，嘴就咧开了。咧开的一瞬间，仿佛云开雾散，阳光暖融融地泼洒而下，万物可亲可爱又明媚鲜亮。这岂止是"开心""幸福"这些庸常字眼能够概括的，是鲜活、美好到了一种境界啊！透过光学镜片看到这番奇景的陈干事，简直就跟打了鸡血似的，一身的细胞都活了。

一口气拍完了吃饭的场景，陈干事不甘心，又让任小凡围上炊事员的白围腰，站在野战炊事车旁边，做出炒菜的样子（锅里还有剩菜）；拿着大汤勺，做出给官兵舀汤的样子；端着一个盛满饭菜的碗，做出给生病的战士送病号饭的样子……任小凡没有丝毫厌倦、懈怠，每一种造型都那么自然而然，每一次笑都那么发自内心。相机里的每一张，蓬勃、热烈的喜悦几乎都要奔涌而出了。

陈干事不停地咔嚓咔嚓，不肯放过任何一个瞬间。终于，快门卡住、摁不下去了——内存已满，他才放下大相机，深深地舒了一口气，用不可思议的眼神望着仍旧笑吟吟的新兵。

这目光像一双手，慢慢地、疼爱地抚摸着新兵的脸；同时，陈干事因无法排遣的激动而哽咽了：

"你就是……为拍照而生的！"

是极高的赞誉，更是一个无可辩驳的定论。

一切顺理成章了。打那之后，任小凡成了陈干事的"御用模特"，配合拍摄了越来越多的喜庆画面：他的笑脸出现在农场的菜地里，和一堆"喜获丰收"的胖大南瓜靠在一起；他的笑脸出现在队列中，肩上扛着打过的标靶，演绎"战士打靶把营归"；他的笑脸出现在阅览室，和其他战士凑在一起，认真观看一张印着最新学习内容的军区机关报……

各种印刷品把他打造成了"混个脸熟"的明星。他的标签现在比任何人都要明显，都要光芒四射。全团上上下下都认识他了。走在出操的队列里，或者参加军人大会的集合，甚至去澡堂排队洗澡、到服务社买盒牙膏，都会有人认出他来，然后冲他好奇地笑。明明是他们自己在笑，却偏偏指着任小凡说：

"看，那个笑脸！"

很少有人知道他叫任小凡，但凡提起他，都说"那个笑脸"。他的新名字就这样固定下来，连和他最熟悉的同班战友也叫他笑脸了。这是成名的代价。不过他并不介意，演员会有艺名，作家会有笔名，他落下个"笑名"又有什么关系？

团里除了笑脸，还有一个宣传界明星，名叫大白。

大白是头猪，皮白肉肥，养在保障连生产基地的猪圈里。一般的猪，长到四五百斤就不得了了，而大白，作为一窝正常猪崽中的普通一员，吃着一样的豆粕、玉米、麸皮，却呼呼呼不歇气地长到了上千斤。生产基地自备的秤最高刻度就是一千斤，大白一上去，刻度就到头了，所以只知道它满了千斤，不知道千斤之外还有多少。一米三的身高，一米五几的身长，让它从一群小肥猪中脱颖而出。这是大白的神奇之处。

而大白成为明星的神奇命运，是宣传股长造就的。宣传股长去年的一天在食堂吃饭，听炊事员说起了这样一头超级肥猪，立马敏感地竖起了新闻意识的天线。他吃完饭就骑着自行车去了生产基地。那天艳阳高照，骑在车上，风把他的衣襟掀得呼呼拉拉，像一面昂扬的旗帜。他的心情太好了，运气也好，此行让他拍到了罕见的大肥猪，还让大肥猪上了军区机关报的后勤保障版。听说连某个副大区级的首长都对这头猪留下了印象，在某次开会时还提到了它。当然，首长是高屋建瓴地谈，从这头猪想到了"我们后勤保障工作的力度与深度"问题。打那之后，凡是到团里来的上级机关领导、工作组成员之类的，参观与检查工作的保留项目之一便是看望这头"首长指导过工作的猪"。

但是大白毕竟只是猪。猪有猪的局限。比如它只能演它自己，不能穿个白大褂就成卫生员、拿根擀面杖就是炊事兵，它任何时候都得本色出镜，所以上报纸的机会非常有限，连队能见到的几种报纸，每种能上一次就差不多了，谁还没完没了地让一头猪占版面呢？再比如，领导来参观、看望，再怎么笑嘻嘻、乐呵呵的，也不能像接见英雄模范一样给拍照，更不可能堂而皇之来个合影——这是大忌讳。正式场合中，让领导与一头猪同框，除去戏谑的成分，那多少带点骂人的意思了。

这么说来，大白的处境有时候也挺尴尬的。它自己可能没感觉，但是与它相关的一些人，真的会尴尬。

陈干事就接到了一个令他尴尬的电话。是集团军宣传科的吴干事打来的，他在负责集团军一份内刊的编辑工作。人家的原话就是：小陈啊，听说你们团有头上千斤的大肥猪，宰了没有？没宰就给弄张照片来吧，这期刊物"后勤建设"栏缺个角，上幅图片正好，快点啊。

编辑约稿，只要不是特别难看的，一般都能上。谁都知道这个理儿。但陈干事犹豫了，因为大白是股长给宣传出去的，就好像是他的专利版权，你一旦去拍了"他的"猪，别说股长本人，就是其他不明真相的群众也会以为，你这小子想上稿想疯了，连股长的"猪"也敢抢。

而另一方面，股长与冉冉升起的宣传界新星陈干事之间关系微妙。股长放话说自己想转业，不知道是真想离开部队还是只为小小地要挟一下领导，反正现在新闻报道方面的活儿，大多压给陈干事了。如果陈干事竟然连人家编辑约的照片都不去拍，那就失职了；他的失职，都会用来证明宣传股缺不了这个股长。而陈干事极力要证明的正是相反的情况：没有股长，宣传工作也能顺利开展，甚至开展得更好，足以产生一位新股长。

经过一番思想斗争，陈干事非常谦虚谨慎地给股长打了个电话，汇报了这件事。股长在那头好像正有事忙着，随口说："你去拍吧，那头猪亮相也亮够了，只差猪屁股的角度没拍过了，他们还想炒冷饭就给他们呗！"

陈干事连声答应。先前真是想多了。股长的心思根本就不在宣传工作上了，而且还有点轻视的口气，对于大白，他觉得自己已经把它的新闻价值发掘完了，其他人再去做，不过就是"炒冷饭"——那就小瞧人了。

所以，这张关于大白的图片，不但要拍，还要拍好，拍出和以前不一样的境界。

笑脸这次的角色是大白的饲养员。

没想到，拍摄前出了一点小状况。原因在于：大白真正的饲养员——一个安安静静的二年兵，给摄影团队甩脸子了。饲养员不像他们在别处遇到的兵，逢上拍照会乐呵呵地配合、挤过来看热闹。饲养员面色白净，人也斯文，不多说话，眼神是宁静中带着抗拒的。陈干事没有注意到这点（他哪顾得上去注意），带着一贯的果断（或者说是专横）

口气，指着饲养员说："你！把围腰脱下来，给他！"

每次拍摄之前都会有这样的服装与造型上的准备。笑脸已经很习惯了，他转向那个"你"，等着对方把表演服装递过来。

但饲养员只是扭头看了陈干事一眼，准确地说是白了他一眼，然后转身就走。其他人都蒙了，他的白眼和转身，就像是拿手中的舀食瓢，照着陈干事的脑壳敲了一记！谁敢对上级机关领导做出这样的举动啊！那天生产基地的主任有事没来，现场只有一个班长陪着。大家不约而同地把眼光朝班长扔去，意思是：你看咋办？

但保障单位的班长不比得训练单位的班长，搞训练的班长都很厉害、有威信，他们的厉害与威信都是硬碰硬摔打出来的，也随时可以把你扔到摔打中让你受教训；而后勤保障单位，军事化色彩弱一些，又干的是缺少成就感的杂活儿、脏活儿，班长们就要态度亲切，有时还得哄着点手下，工作才开展得顺利。所以，这个班长一看也是糯米团似的好脾气，他嘴上"哎哎哎"地叫着，拔腿朝饲养员追去，追上了又拉住对方苦口婆心地劝说。大家远远瞅着，眼神中叹着气，对这"妈妈桑"式的带兵方式抱以恨铁不成钢的看法。

饲养员被班长拽着胳膊拖过来了，他身子硬硬地直着别着，腿脚不情愿地一脚深一脚浅地压着步子。既然人过来了，说明他是打算看在自己班长的面上，配合摄影行动了，陈干事千不该万不该，在这时涌上机关干部的尊严感，非要把刚才丢掉的面子拾回来。陈干事走到饲养员面前，厉声批评道：

"你是什么思想素质？对大白的宣传也是对你们工作成绩的宣传，你去问问，全团谁不希望自己的工作成绩被拍照上报、让领导看见？居然还不配合！"

饲养员脸涨红了，羞愤地反驳："他又不是饲养员，为什么拍他给大白喂食？"

手持大相机的陈干事"呵"地笑出了一声，自认探明这战士的内心隐痛了，他冷笑道："我也想拍你给大白喂食啊，可你的表情过得了关吗？在图片上，你的表情代表着一个团队的精神面貌，如果表情不生动不到位，画面就没有活力，照片就不成功，这样的宣传就是失败的！"

　　饲养员说不过陈干事，但他是认死理的，一口喷出："你们是造假！"说着，一面气乎乎地脱下脏不拉叽的围腰，一面朝笑脸怒道："你会表情！你的表情也是假的！假笑！"

　　围腰脱下后被他揉成一团往地上一砸，人又跑了。他的激愤是如此逼真、具体，感觉地面被砸出了一个坑，所有人被砸得面面相觑。

　　那天的拍摄一如既往的成功。经过精心挑选并刊登出来的那张，是笑脸一手用瓢给大白喂食，一手拍着大白的庞大身体，侧着的脸上带着标志性的、喜悦与欣慰的笑容；而大白也吃得轰轰隆隆，一脸的心满意足。两张脸相得益彰，浓浓的富足感、幸福感扑面而来，满满都是基层部队物质文化极大丰富的效果。

　　照片以前所未有的火爆速度在团里传播开来，被轻嘴薄舌的家伙们称之为"我靠！两大巨星同框合体"。现在的士兵啊，猎奇心理与自嘲精神真是超出预期，照片在军网上火了两天之后，一股"追星潮"悄然兴起。那天中午，几个老兵带着一部小巧的数码相机，穿过大半个营区，来到二营四连找笑脸合影。他们今年要退伍了，怎么说都想跟团里的"网红"（虽然仅限于军网）合个影留个念。有个老兵还笑说"也享受一下大白的待遇"。来的都是笑脸不认识的，多少带点粉丝见面会的味道了。

　　照相就选在食堂后面的小土坡上，那里视野开阔，背景有花有草有树。笑脸跟个弥勒佛塑像似的，岿然不动，只负责笑眯眯，他身边则流水一样变换着合影的对象。人不多，可他们的排列组合方式千变万化，单人的，双人之间两两组合，再是三个人、集体的……折腾半天。

临别的时候，老兵们心满意足，对笑脸如此配合的态度也予以了高度赞扬。一个老兵伸手轻轻拍着笑脸的笑脸，无限感慨地说：

"真是为人民服务的笑脸啊！"

他们的背影从小土坡晃到了大操场，越过跑道线，消失在一排枞树里。笑脸朝着他们，面上刮起了风，眼神冷下来。回过神来时，他发现自己的两腿在一前一后地交替，周围的景观朝后方退去。他在走。走在一条路上。反正是跟班长请过假的，午休时间又还长。

他好奇这双腿会把自己带向哪里呢？一直以来都是跟着别人走。班长说：集合去训练！腿就带他去队列里，和别的腿一起奔赴训练场。值班排长吹哨喊：吃饭！腿就带他……还是队列里，去向食堂的队列。每当陈干事打电话通知到营里，营又通知到连，连又通知到排里、班里——腿就会载着他，跟着陈干事走，去部队的各个角落，展示同一种笑容。腿和脸一样，具有单一的、机械的任务，只会做相同的动作。

腿的迈动越来越有力，步幅越来越大。因为这一次是自主行动，腿明显兴奋了。当沿途风景出现大片的庄稼和菜地，笑脸明白自己是到了生产基地了。他在走向大白的住处。腿还是谨慎的，到的都是自己到过的地方。

"明星啊，老兵都争着跟你照相！"忽然传来揶揄的声音。笑脸心脏一紧，抬眼四望，却发现声音来自于前方不远处，猪圈前的一个人。是那个饲养员，他面朝大白蹲在地上，跟它说着话。"等着吧，退伍之前，找你合影的会越来越多，你活该不会写字，不然他们还找你签名呢，信不信？就签在他们的退伍纪念册上，或者你的相片上。"

凭这几句，笑脸判断出，大白和他一样，也在接待要求合影的老兵。说不定有人还会一边和大白照相一边说"享受一下笑脸的待遇"。

"他们可以退伍，你却退不了，"饲养员口气里渐渐扯出了一丝伤感，"你就跟个活宝似的，养在这里，让他们照相。"

听到这里，大白抬起无辜的眼睛，幽怨地望了它的饲养员一眼，之后，竟然也朝笑脸望了一眼。饲养员也就在这个时候，随着大白的眼光所指，回过头来，看到了另一个明星。

笑脸走过去，挨着饲养员蹲下。他不笑的时候脸上带着真诚的平静，像伴侣一般慢慢转向饲养员：

"我叫任小凡。"

饲养员的眼睛瞪成了小灯泡，闪着不可思议的光。

"我真的叫任小凡。你以为我的名字就叫笑脸吗？"

"不是。"饲养员抿着嘴，不好意思地笑了笑，看看身边的明星，"我以为我听错了。"他把手中一根茅草折断，下决心似的说：

"——我叫任小平。"

名字像兄弟。可除了名字，其余的都那么不同。

一个爱笑，一个不爱笑；一个长得憨憨实实，有张辨识度极高的喜庆脸，一个白白净净，清秀且表情浅淡；一个总在闪光灯下，在众人的关注焦点中，一个不声不响，干着没人重视的工作，认识他的人全团不超过一打。

但他们彼此打量着，仿佛感觉有什么东西，在朝着相同的方向生长。在这里，这一刻，交换了名字，就像交换了一张秘密的兄弟会入场券。笑脸朝着饲养员笑了。

"你告诉我，拍照老那样笑，是怎样……笑得那么……上镜的？"饲养员在脑子里寻找着合适的词，他欣慰终于找到了。

"那你告诉我，为什么大白能够长得那么肥那么壮？"

"我先问你的。"

"那好吧，"笑脸得意地一笑，"我在表演'笑'的时候，就会去回忆特别美的事情,比如小学四年级时爸爸给我堆了一个机器猫雪人,再比如妈妈做的红烧狮子头——汁儿足足的,还有我喜欢过的一个中学女同学,鼻尖翘翘的,哈,虽然她不知道我喜欢她。"

　　饲养员若有所悟地点点头,轻轻闭上了眼睛,仿佛也在尝试着回忆"特别美的事情"。一会儿,果然嘴角有了一丝笑意。只是微微的,看上去像做着一个美梦。

　　管用。睁开眼时他感激地看了笑脸一眼。他的揭秘时刻到了。

　　"以前大白和其他猪一样大,没什么区别。它后来能长这么肥,是有一个诀窍的——"饲养员神秘地说,"我跟谁都没说过。"他从围腰里面的迷彩服衣兜掏出一本薄薄的小书,封面印着《唐诗宋词精选》。"这是我当兵离家的时候,女朋友送我的。每天早上,我把猪食倒进槽里,就开始读这本书。说来奇怪,其他的猪都只顾着吃食,根本不会听我朗读,但大白就与众不同——只要我开始读诗,它就顾不上抢食了,会挤到离我最近的地方来,昂着头认真地听,动都不动一下。"

　　"然后呢?"

　　"然后我就喜欢它了,把它关到一个小隔间,单独给它读诗,读完以后和它聊聊天,再单独给它喂食,让它吃饱,慢慢的它就越长越壮。"

　　哦!竟然是这样!笑脸完全没法想象,大白是一头听着古诗词成长起来的猪。李白、杜甫、苏东坡,他们能够进入大白的身体,和它的体内细胞发生化学反应,最后变成奇妙的营养物质。他感到不可理喻却又难以言表,最后只是盯着饲养员的眼睛说:

　　"你是一个天才。"

　　"谢谢你,"饲养员如释重负,"谢谢你没有嘲笑我。"

　　打那之后,笑脸便成了生产基地的常客。去了,也不多说话,他和饲养员一起,把大锅里煮好、凉透的饲料舀到红色大塑料桶里,一起把桶抬到门口的小推车上。每当笑脸把小推车的把手提起来开始推动车轮时，饲养员会像猴子一般，灵巧地一跳，跃上小推车，坐在大塑料桶的旁边。咿咿呀呀，小车去往大小肥猪的宿舍。

"老来这里干吗?"有一天饲养员坐在小推车上，合着咿咿呀呀的车轮声，认真地瞅着笑脸，"喂猪又不好玩。"

"谁说不好玩? 我喜欢呢。"笑脸朝他微微一笑。他喜欢听单调的山歌似的车轮声，喜欢看大白和其他肥猪躺着卧着的慵懒神态，喜欢把食物舀进食槽时猪们抢着用嘴来拱的情形，更喜欢和大白一起，默默守在饲养员身边，等他从口袋里掏出那本已经磨边的小书，随手翻到哪一页，用不太标准的普通话朗读"念去去千里烟波，暮霭沉沉楚天阔"或者"渭城朝雨浥轻尘，客舍青青柳色新"。那都是欢乐，也是平静。没有观众，所有表情与心情都给熨烫得妥帖、舒服、自在。"我就是喜欢。"

饲养员任小平认真地朝笑脸任小凡看了看，又肯定地点了点头，表示鉴定完毕，而结果令他满意。慢慢悠悠的，他把视线拉扯到远方:

"你现在的笑，是真的。"

年底快到了。年底不是什么好日子，它意味着匆匆忙忙的收尾、没完没了的总结、紧紧张张的评功评奖，空气中带着慌乱，人的眸子里净是焦躁，什么都在"来不及了，来不及了"地往前赶。基层单位嘛，一年之中除了受领与完成重大任务，也就年终岁尾这一段最贴近实战了。

笑脸就遭遇了自己入伍以来，最兵荒马乱的一个阶段。陈干事这段时间忙于拍老兵退伍方面的题材，很少来找他，倒是那些即将离队的老兵来找他合影的多。他们通常不会直接来找他，而是通过他的战友或是班长来事先沟通，等笑脸答应了战友或班长，想拍照的人才会现身。对这样的合影邀请，他向来不拒绝，哪怕已经笑到面部肌肉僵硬，也会点头继续拍照。他也不知道为什么会这样，好像他是个机器人，而出厂设

182

置里就没有"NO"这个按键。看上去这样做是对的：他赢得了人缘，班里所有人都拜托过他去拍合影照；他见识了各种各样的兵，各种各样的手机、相机；他的笑脸会被那么多人保存在数码照片与军旅记忆中。

但拍照之外，不是所有事情都让人笑得出来。评功评奖了，按照规定比例，班里有三个"优秀士兵"的指标。开班务会的时候，班长让大家投票选举，说，将会报送前四名去排里和连里，再由上级领导作最后决定。

投票投下来，笑脸正好是第四名。

"票选结果我会如实上报，但并不是说，最终人选会百分之百地按照投票结果来确定，连长指导员都说了，有民主还要有集中，希望大家能够理解。"班长又强调了一次。

那个时候就有人拿眼梢来刮了一下笑脸。大家都世故地觉得班长话里有话，而核心就在于如何合理地给笑脸一个奖励。笑脸瞬间与这些无声无息秘密传递的信息对接上了，只觉得屁股下的板凳是块烧红的铁板。他心里暗暗希望自己不要上榜不要上榜，否则就坐实了其他人的猜测。第二天班长宣布了最后结果：第一个是得票第一的老兵，第二个是得票第二的二年兵，第三个是笑脸，哦不，任小凡。

班长向大家解释，任小凡同志这一年里不但遵纪守法，较高标准地完成了各项军事训练、政治学习任务，还配合上级机关完成了大量的宣传工作，为集体争了光，连队经研究决定，报评任小凡同志为"优秀士兵"。

按照后来班长给笑脸开导思想时说的，其实他就是落选了，别人也会说闲话，会幸灾乐祸，会说你一年笑到头了咋还是没笑出个名堂呢？而当上了"优秀士兵"，别人说的就是另一种味道的闲话了，泛酸、充满嘲讽，如此而已。按说，班长的工作做到这步，就应该像新闻里常说的"终于解开战士的思想疙瘩"了，但笑脸只是叹了一口气。他的思想疙瘩，唉，是个"中国结"啊！

他知道大家会怎么想，那几天都低着头走路。一天晚上他端着脸盆去洗漱间，里面已经挤满了人，东边水槽聚着他们班的几个战士，毫不避讳地聊着评选"优秀士兵"的事情，在他们激愤的描述里，笑脸被选上简直就是一个暗箱操作的大笑话。直到有人发现了门边站着神情愕然的笑脸，才立马打住话头，其余几个人都把头扭过来看到了他，顿时尴尬了。但是最中间的一个——得票第三名却惨遭淘汰的"青椒"——假装没看见他，又把脸别过去，鲁莽地将白毛巾往装了半盆水的军用脸盆里一砸，大声说：

"啥优秀士兵？就他妈一卖笑的！"

钥匙刚插进锁孔，还没拧，陈干事敏感地觉得背后有人，立起来回转身。笑脸正站在那里，忧伤地望着他。

"吓死人了，"陈干事一边把办公室的门打开，一边嚷嚷，"出什么事了？看你那副样儿，演琼瑶片呢！"他熟练地打开灯和饮水机的开关，又把桌上的一堆信件啊稿纸拢成一叠。笑脸站在办公桌对面，郑重地说：

"陈干事，我想拜托您一件事。"

陈干事手里忙着活儿，眼睛抬起来："嗬，这么严肃，啥事？评功评奖吗？上次我还专门给你们营长打过招呼，叫他关照关照你。"

"不是这个。对了，我已经评上优秀士兵了……谢谢陈干事。"他羞惭地低头，"就是……任小平要退伍了……"

"任小平是谁？"

是的，陈干事不知道。他和团里其他人一样，只知道大白。

大白才有新闻价值。

饲养员提着水桶，咣的一桶水下去，把猪粪冲到了圈外。他直起身来，空桶滴着水，在他右手上直晃悠。他就在这时候看见了笑脸和挎着硕大相机的陈干事。陈干事的表情有些勉强，但他尽力做出豁达的样子，深吸一口气，笑笑。笑脸却没有笑，说：

"我想送你一件礼物。"

饲养员站在那里，桶还在手里晃悠，嘴角却弯上去了。

陈干事给饲养员拍了一组"写真"。他推着小车行进在小路上，他在树下认真看书，他穿着迷彩服打军体拳耍酷，他抬头闭眼迎着太阳——有一刻他闭着的眼睛睫毛跳闪，然后慢慢的，露出一个和阳光一样柔和、清爽的笑容。笑脸知道，他一定是回忆起了"特别美"的事情。

眼看各种造型都用完了，陈干事已有"大功告成"的轻松，饲养员却认真地提出，自己想和大白合个影。那是当然的。这个团里，谁和大白最有感情？谁最有资格和大白合影？不是团长，不是政委，而是他——天天照管着大白、一瓢一瓢喂养大白的人。

陈干事开始构思画面，他想让饲养员做出平时工作的动作，没想到饲养员直接到食槽边的栅栏前蹲下了，大白立马听话地从栅栏的一处缺口伸出了它的胖大脑袋。饲养员抱住了这个脑袋，用自己的头顶着它的头，大白很高兴，它轻轻晃着脑门，亲昵地蹭着对方。陈干事一秒没耽搁，抓住机会对准镜头，拍下了两颗脑袋抵在一起的画面。咔嚓，咔嚓，快门不停按动，直到拍摄停止，陈干事和笑脸才发现饲养员抱着胖胖的大白，哽咽了。

"让他们把你宰了吧……"他带着颤音恳求，"宰了好，不要再拿来给人拍照了……"

悲伤的声音像漩涡一般，拽着整个生产基地，整个团都陷入飞速转动之中。

185

饲养员退伍那天，有好几幅珍贵画面留在了陈干事的相机里：他穿着没有肩章与领花的军装，胸前戴着大红花，最后一次深情回望部队的大门；他背着背包、拎着行李走在退伍人员的队列里，眼里含着泪花；他和战友们紧紧拥抱，哭得跟孩子一样……

有些东西却是再好的相机也装不下的。

饲养员要坐的那趟火车即将进站了，送兵干部开始集合整队。饲养员不停地回头，回头，带着焦灼地回头。终于，站台远处出现了一个奔跑的人影，越跑越近，一直跑到他的面前，站住。是笑脸。笑脸没笑，在哭。他们面对面站着，流着眼泪，说不出一句话。

饲养员忽然大声喊："任小凡——"

声音与热气直扑笑脸的脸上。笑脸止住了哭，大声回答："哎——"

停了一下，笑脸也学着他的样子大声喊："任小平——"

"哎——"

"任小凡——" "哎——"

"任小平——" "哎——"

呜——，火车以标志性的轰隆轰隆之声宣告自己霸气进站，但那个小站台上的所有人都能听见，两个面对面的年轻人发出的嘶喊。

"任小凡——" "哎——"

"任小平——" "哎——"

老兵退伍之后的一个早上，任小凡和往常一样起床，整理内务，之后去打开水。从宿舍到开水房，距离大约一百二十米，就在这一百二十米乘以二的往返过程中，起码有四个人问过他同一句话：怎么啦笑脸？不同的是有人以为他病了，有人猜测他挨了班长批评，总之有些异常。

任小凡站在洗漱间的大镜子前，轻轻地抚着自己的脸，左右偏一偏，研究。他有了一个重大发现：自己不会笑了。

他努力地弯起眼角、嘴角，把角度都尽量调整到摄影的最佳状态，但肌肉像用米汤浆洗过的衬衣领子，硬硬的一块，杵着皮肤。他在镜子前一直练习到值班员吹哨集合，脸已经酸到麻木，还是制造不出那种发自内心的笑容。

任小凡——

哎——

任小平——

哎——

漠漠的，记忆里的声音追来，像抽着耳刮子。站台上两个人的一问一答，好像把远去的魂给喊回来了。魂回到他的肉身里，让他记起了自己是谁。

他是任小凡。任小凡不再是笑脸。

对此受到最大打击的是陈干事。很快就是元旦，要不了多久又是春节，都需要笑脸挑大梁：他笑眯眯地在连队门口贴倒福字啦，他戴朵大绸红花敲一面大大的鼓啦，他系个围裙在案板前和战友们一起包饺子啦……他的笑就像万金油一样，抹到哪儿哪儿就舒爽。

但现在这具有穿透力的笑容没有了，陈干事所构思出来的所有画面都像浸在了水里，绚丽却模糊。

"你怎么会笑不起来呢?"陈干事皱着眉头、表情沉重地说，"这不可能!"

你应该为自己感到幸运，这个世界上有那么多平凡的人，他们天天微笑、大笑、嘲笑、耻笑、憨笑、狞笑、讪笑、讥笑、哂笑、嗤笑、惨笑、窃笑、奸笑、哄笑、痴笑、赔笑、狂笑、苦笑、傻笑、浅笑、暗笑、谄笑、哑笑、偷笑、强笑、枯笑，可是有几个人能凭着一笑，在新闻媒体上立于不败之地? 有那么多模特，专业的手模、足模、乳模、臀模，可又有几个能当上笑模?

187

要有职业荣誉感！你是为我们中国人民解放军而笑，为我们的国防建设感到由衷的高兴，你表达出了千千万万基层指战员的心声！你的战友，你的班长、排长，他们都是笑在心里，没法传达到脸上，需要有一个人代表他们，展示出最美的笑容，那个人就是你！

笑是一种天性、本能，也是一种艺术创作，艺术创作从根本上来说就是来源于我们的天性本能，但一般人都把本能当成了饭，吃掉消化了；把它当成空气，吸进去又吐出来了。只有艺术家，才能把天性本能发展成艺术作品！知道吗？走到这一步的人不多啊，你就是其中一个！

不要被暂时的困难压倒。人总是会遇到困难的，当初我才到宣传股，屁都不懂，股长只把一部尼康相机像砖头一样扔给我，其他啥都没说。啥都没教过我啊！全靠我自己上网买了几本摄影入门的书，埋头研究了半个月，以为可以出山了，可拍出来的照片一拿到报社就被编辑给掐死了！人家说你拍的是什么玩意儿啊，搞个教育离那么远拍全景，谁要看你的全景？又不是人民大会堂！一整组照片里面都没个近景啊特写什么的，都当读者是千里眼啊？还有你看连队干部给战士做思想工作这张，画面多单调，表情多严肃，一对一的跟审问似的！我知道做思想工作只能一对一，那你也可以在情绪和场景上下功夫啊，比如干部和战士都微微笑着互相眼神交流，比如让他们坐在有花有草的地方，情景相融，画面不就美起来、活起来了？要多看看军报上的照片，学习别人是怎么构思画面、安排场景的，先模仿，再创新！——就人家这一席话，比我读个培训班都管用！我回去就开始做剪贴，逢照片就剪，贴出了厚厚一本"摄影教材"，有空就翻看、研究，拍照的时候也把它带上，学人家构图，慢慢的就琢磨出来了，上道了，才开始发表图片，才有了今天的我！我可以把我自己剪贴的"教材"借给你，你也好好学习一下，照片上的主角是怎么笑的，慢慢找感觉，你一定可以重新学会笑的！

……

洗漱间只有任小凡。他不洗漱的时候也在那儿。休息时间别人都用来聊聊天、听听 MP3 什么的，只有他，永远站在洗漱间的大镜子前，手里拿着一本又厚又破的剪贴本，不时翻看一下，照着图片学习各种笑。亲切的笑。欣喜的笑。赞美的笑。爽朗的笑。舒心的笑。喜悦的笑。狂放的笑。

没有一种是由衷的笑。

他的笑已经不再具有笑的含义，一看就是塑料的，还贴了膜，或是水果打了蜡。连他自己，一眼瞥见镜子里那一脸的虚假繁荣都觉得恶心。怎么回事呢？他不再热爱笑了吗？这一年里他已经把这一辈子的笑能量都消耗光了吗？他连最起码的自然反应都没有了吗？枯站了好久，剪贴本一扔，他伏在没水的水槽边哭起来。半响，他立起身，镜子里是一个面带泪痕、眼中闪烁着忧郁之色的年轻人，但那眸子黑如夜空，仿佛从来没有这样深邃过。

宣传股来了个赵干事，是特招的地方大学生，刚进部队半年，在基层单位稍稍滚了一层泥，算是摔打过了，就被调到机关来。领导说，要发挥人才特长。

赵干事的特长是电脑技术，他会做动画。但是动画在别的部门都用不上，领导还算懂点行，说："宣传股不是经常要制作图片吗？让他去帮着修修图吧！"

来到宣传股，赵干事领到的第一个任务是陈干事交代的。陈干事把一个面带哭相的兵带到他面前，说："赵干事，这可是我们曾经的'笑星一号'，你得负责把他修好，让他的笑脸重新生动起来！"

陈干事的逻辑也许是：既然你能让画上的人像真人一样笑，当然也就能让真人像画上一样笑。赵干事当场就蒙了，很想向对方确定一下这是不是个机器人，需不需要恢复出厂设置、装个笑脸运行程序什么的。

办公室里只剩下赵干事和任小凡了，两个人像照镜子一样，面面相觑。气氛是莫名其妙的，不知所措的，连尴尬都挤不进来。赵干事终于深深地吸了一口气，迎难而上，说："你笑一个给我看看。"

任小凡竭尽全力地牵动了面部神经。

赵干事抬高下巴，把头往后一甩，做了个"仰天吐血"的夸张动作。他是学动画制作的，什么动作都能比画出来。于是他开始示范。笑，是什么样的呢？不只是动动嘴部肌肉与皮肤，它是一连串的生理机能反应，拿内部来说，你首先要有笑的动机，你要想很多又美又好笑的事，想到了，就表达到脸上，不光是嘴巴动，眼睛也要弯起来……这些，任小凡都明白，以前他可以毫无障碍地运用，展现得充分而圆满，但现在，他拿自己没办法，爸爸堆的机器猫雪人、妈妈做的厚汁红烧狮子头、他喜欢过的鼻尖翘翘的中学女同学，都没有办法帮他，当然也包括眼前这个拿他当卡通人物的赵干事。

"唉，"赵干事累坏了，"真想把你格式化！好歹也算我学以致用。"

不甘心地，赵干事凑近任小凡，抬起手，在他脸上轻轻地揪一下这块肉，又捏捏那块肉，把眼角小心拉一点下来，嘴里喃喃自语："这样，这样，这样就对了……"他的表情认真而执着，有着艺术家陷入创作激情的迷幻眼神，像罗丹面对着半成品的《思想者》，或者米开朗基罗在对《大卫》进行细节雕琢。只不过，这一次雕塑创作具有里程碑意义——在活着的躯体上进行，每一个部分都是血肉相连的。

赵干事的"雕塑"创作完成了，现在任小凡脸上，嘴角上翘，眼角下弯，有了一个凝固的笑。它原本应该是憧憬未来、闪烁理想光芒的笑容，或者只是一个玩世不恭、死皮赖脸的笑，但都没办法给它定义了，因为它什么内容都指代不了，只是一个僵硬的肌肉动作，显得呆板而古怪。

这是个劣质的蜡像作品。赵干事毕竟是第一次搞雕塑，还用的真人，这又不是他的专业特长，所以他迅速接受了自己的失败。"重来重来，"他用小孩子耍赖的口吻说，"大不了用刀子给你划出个笑脸！"

令他难以相信的是，他重来不了了。这个被他亲手捏成的笑，竟然死死地固定在了战士的脸上！赵干事叫他"放松"，他没法放松。肌肉的摆放、弯曲的弧度，都像是生就而成的，后天无法改变。他只有这一种表情了！

天哪——

陈干事没有料到，股长真的转业了。走之前股长来和他道别，两人互相说着祝福的话，握着的手半天没有松开。那一刻的惺惺相惜，几乎让他们自己都有了错觉，好像他们曾经是无话不谈、并肩作战的亲密战友。

股长感慨道："看着你，就像看到了从前的我。"

陈干事一时心情复杂，贸然说："我一直以为你不喜欢我。"

股长微微一怔，盯着对方，苦笑道："其实，我是不喜欢从前的自己。"

这回答完全在陈干事的意料之外。他努力地琢磨股长这话的含义，企图理出个头绪来，股长又叮嘱：

"对了，那头猪，大白，生产基地打过几次报告要宰杀，都被我拦住了，我跟后勤处协调，要留着这个宣传重点。现在回头想想，自己真是可笑……你跟后勤的说一声，让他们宰了吧！"

股长走了。团里人事变迁，政委提升到师里去任职，又来了位新政委。按照宣传部门的传统，陈干事把团里历来发表的宣传稿件整理出来，送到新政委的宽大办公桌上，让新任主官了解单位的宣传情况。当然，陈干事自己拍的图片、写的新闻稿件都放在最上面。新政委慢慢翻看着，忽然发现了问题。

"这个兵，到底是干嘛的？"政委指着一幅图片上的一张笑脸问。

陈干事老老实实地回答，是二营四连的一名普通战士。

"那为什么这么多图片里都有他？他一会儿是训练标兵，一会儿是炊事员，一会儿又是卫生员，哪兼得了这么多职？我看他就是个'照相员'！"

陈干事的脸一阵红一阵白，心里有了不知深浅的忐忑。政委却没有点到为止，皱着眉头继续说：

"我知道报社编辑收到的图片太多，不一定会留意到这张重复的笑脸；读者看的图片太多，也不一定在意。但我们自己知道啊！不切实际，他笑得再好又有什么意义？这是形式主义！是造假！"

元旦过去不久，春节到了。

各种喜庆的照片开始占据报纸头版，写春联啊、贴福字啊、舞狮耍龙啊，都是陈干事构思过的题材与画面，充斥着各个基层单位所能奉献出的最佳笑脸。笑脸们不管脸方脸圆，一律按照某种约定俗成的教程笑着，嘴角眼角弯曲的弧度、露出的牙齿粒数都是相同的。

任小凡躲在连队阅览室里，翻看着报纸上的喜迎新春的各种图片，用手指轻轻抚过图上一张张熟悉的脸，又抬起手，轻轻摸摸自己的脸。

在别人看来，他始终在笑，哪怕是哭，也是笑着的。只有他自己知道，这会儿是什么表情。现在他的表情都在心里。

自从他脸上有了固定的笑容表情后，他完全生活在另一个星球了。起初大家是惊愕，不敢相信怎么会出现这种状况，连队送他到卫生队，卫生队又把他送到军区总医院，看病、住院、治疗。半个月以后他出院了，带着一大包后续治疗的药品回到部队，脸上依旧挂着那种古怪的笑容。渐渐就有不地道的人说风凉话，说这下好了，可以一年笑到头了，终于有人真正笑对人生了。一个大学生士兵曾对着他叹气，说他让自己想起一本名著，法国作家维克多·雨果写的，名字叫《笑面人》。任小凡想知道那是怎样一个故事，对方又用"你还是不要知道的好"那种口气，说："别问了，一个悲剧。"

慢慢的，大家开始有意无意地回避他，回避点主要是目光。先是看到他了，赶快就把目光挪开，到后来，所有人都学会了对他熟视无睹，假装他不存在，好像他穿了隐身衣。不能怪别人，对于相貌有缺陷的人来说，盯着看是失礼的；同时，怪异的面孔到底会让人的视觉系统受到美感上的挑战，心理上是需要承受力的。到后来，连连长、指导员都有些受不了了，无论是集体出操训练还是搞政治思想教育，队列里一水儿的严肃表情中夹杂着一张离奇的笑脸，就像吃着一碗香喷喷的米饭时突然嚼到一块酸黄瓜，有种不提防的难受。

"瘆得慌。"指导员说。

所以，当任小凡把自己在学习室一笔一画认真写好的转岗申请书交到指导员手里时，大家都暗暗舒了一口气。任小凡申请调动的单位是生产基地，理由是：我喜欢养猪。

猪多好啊，没有一头猪会嫌弃它的喂养人，不会在意你的表情，更不会计较你笑的真实程度。任小凡真的喜欢喂猪。他喜欢穿着任小平曾经穿过的围腰，用大瓢把煮好的饲料舀到食槽里；喜欢看猪们用鼻子、嘴巴发出哼哼哄哄愉悦的笑声，挤到槽边来抢食；喜欢用手拍拍猪儿们的胖脑袋，和它们说上一些私密的话，而永远不用担心它们会出卖自己。

他最喜欢的还是大白。大白住着一个"单间"，它庞大的身躯把空间撑得小小的，好像那一身的肥肉在不停地自由欢腾地扩张。但它自己并不自由欢腾，经常懒懒地趴着，任小凡过来了，它也只是半睁着眼睛扫了他几眼，或者干脆扭过去，将屁股对准他。不能四处走走散心，它一定郁闷极了，也许已经习惯自己的郁闷了。

每天去菜地里干完活，临走时任小凡总会摘点新鲜菜叶，那是专门给大白捎的。虽然大白并不稀罕，老不肯吃，任小凡还是坚持给它带。

"绿色蔬菜呢，团长政委都还没吃上，"他苦口婆心地劝大白，"团长政委都吃你剩下的。"说完，他自个儿笑起来。虽然他的脸一直是笑的。

然后他到运饲料的小推车前，把车上一个军用挎包打开，从里面取出一本书。是任小凡托他读大学的女同学从远方寄来的。相比从前任小平的《唐诗宋词精选》，这本书又厚又重，封面是硬壳的，上面装饰着线条复杂的欧式花纹，花纹衬托着三个字：笑面人。

他把书拿到大白的"单间"前，果然，一看到书，大白就把脑袋伸出栅栏缺口，一副求知欲旺盛的样儿。任小凡拍拍它的头："好，就好。"

翻开书，像是打开了一个陌生的世界。通篇汉字，讲述的却是异国的故事。任小凡不太自信地小声读起来：

> 于苏斯和奥莫是很亲密的朋友。于苏斯是人，而奥莫是狼。他们俩称得上是情投意合的朋友。……这条狼很驯良，是个恭顺的部下，观众很喜欢它。看见一头驯服的野兽是一件有趣的事。看见各式各样豢养的动物在我们面前走过，是我们莫大的快乐。

任小凡停下来，回头望望大白，说："我们也算是一对组合了，对吧？"

就在三个月前，他们都还是报纸上的明星，老兵都争着和他们合影。退伍老兵们一定把照片带回去了，在全国各地的家中，一脸嘚瑟地指着照片对亲友说："看，这是我们团的网红！你们没见过这么肥这么壮的猪吧？没见过笑得这么好看的脸吧？"

任小凡又念了一会儿书，说："大白，我们如果出去卖艺，多半也会

194

受欢迎吧?"

一头千斤以上的肥猪,一个把笑嵌到脸上的怪人,观众们定然会喜欢,那是他们"莫大的快乐"。他可以把运饲料的小推车改造成于苏斯的篷车,车上搭一个军用帐篷,里面放携行物品、压缩干粮,把大白训练成拉车的好把式,它走得慢是慢一点,但它力气大,拉车没问题……这么想象着,任小凡倚在栅栏上,渐渐困倦地合上了眼睛,起了微微的鼾声。《笑面人》盖在他胸口上,像挂着一块说明书的牌子。牌子上的那张脸已入睡了,睡了也弯着嘴角在笑,好像做着一个长长的美梦。

陈干事来找任小凡的那天,空气里飘浮着一种不安的气息。猪们早就嗅到了,它们一反常态地拒绝吃食,还挤成一团嗷嗷直叫。

陈干事就在猪圈边叫了一声:

"任小凡。"

正在喂猪的饲养员背对着这个声音。印象中这是第一次,听到陈干事叫他的名字。任小凡慢慢地回转身,晾出了僵硬的笑脸。他们互相望着,无声无息。回忆的洪水裹挟着他们,一次次地奔腾到伤感的堤岸。陈干事的眼泪落出来。

陈干事告诉任小凡,他已经打了报告,卫生队也出具证明——任小凡同志因公受伤,按相关规定予以评残。评残后的军人,就算是退伍以后也可以享受相应的优惠条件,获得组织上、社会上的一些照顾。他现在能为任小凡做的,似乎只有这件事了。

"另一件是……批准了……宰杀大白……"陈干事不明白,为什么这件事会由自己说出来,无论如何也不符合正常程序。但有时,面对某个人,你不愿意他从别人那里听到痛苦的消息。

"宰了好,"那张僵僵的笑脸说,"宰了好。"

第二天来了五个帮忙的兵。他们都长得高高壮壮,一看就是军事素质竖大拇指的。找这样的厉害角色来对付大白，上级是铁了心要宰掉它了。它的叫声像一个无助的孩子，惊慌失措而又不明所以。它享受太多荣耀，面对过太多镜头；它住着单间吃着独食，占据过军区机关报后勤保障版最醒目的位置；它被军区首长不点名地在会上提到过。那时候它承载着光荣与梦想，不仅仅是一头猪；但现在，它被五六个兵七手八脚地摁住，绑腿，被一把锋利的刀子剖开肚皮——它就仅仅只是一头猪了。

叫声一阵阵传开，任小凡在菜地里坐着，一直都克制地坐着。那一脸无法看透的笑容仿佛在反复说，宰了好，宰了好。

意外出现在下午四点，一直拒绝进入宰杀现场的任小凡，悄无声息地出现了。当有人注意到他时，他已经站在那张血淋淋的大案板前。大案板上放着切割下来的一个硕大无比的猪头，眼睛紧紧闭着，但最为离奇的是，它的嘴角竟然明显地朝上弯着，露出一个既解脱又嘲讽的笑容！

它在笑！它在笑啊！

任小凡大叫起来，惊恐万状的表情终于像扑腾乱撞的飞蛾，挣破了那一脸笑容之网。天旋地转中，他像大白一样趴下去，重重趴在地上，然而摸摸脸，早已受损的肌肉神经竟然有了知觉，他可以把僵直的笑容松弛下来，每一个细胞都恢复了弹性。

他不用再笑了。

大白带走了他的笑。

赵干事面前摊着一本摄影教材，边看边对着手里的一部尼康胡乱摁键。进了宣传股，当然得会捣鼓相机。他把今天刚拍的新闻图片导入电脑，看来看去，总觉得少了点什么。

"我怎么就拍不出你那种效果呢？"赵干事郁闷地说，"技术可以提高，可人物情绪就是起不来!"

不等对方回答，他又啪啪啪地按鼠标，找出一张旧照来打开。"看吧股长，这是你和你的笑脸模特合作的黄金时代，多牛逼! 看看这张脸，能笑到这水平、这质量的，全军也超不出三个吧?"

陈股长侧脸过去瞟了一眼电脑屏幕，又把头正回来，假装认真看一份红头文件，一直没吭声。

赵干事露出狡黠的神情，仗着年轻，死皮赖脸地说:"股长，要不，把你的模特那张脸借我用一下吧，我把他的脸抠图抠出来，安在我这张照片的人物身上，效果绝对一流，人见人爱，立马能发表!"

陈股长稳稳坐着，头也不抬地说:"不行。"

"放心，我的 PS 技术出神入化，随便哪个编辑也看不出拼接痕迹! 真的，我保证!"

"可是，"陈股长抬起头来，失神地盯着远处，"我们自己心里清楚啊!"

一树荒原

山风越来越像一只眼睛，噙着湿润的东西，随时会淌下来。吉木尔甲迎着风，伸手到头顶晃晃，像是给那只眼睛抹泪。太阳跃出地面后，他佝了背，甲虫一般缓缓把自己搬运到靠村路的石墙边，一边翕动鼻翼，一边念叨着太阳快把自己晃瞎了，那样就只能像狗一样靠鼻子过活了。

　　鼻子多神奇啊。鼻子里有无数条高速公路，畅通无阻地驶来远方的信息。吉木尔甲嗅到了阳光正鼓了腮帮扑扑扑地吹着荒原，不安分的草籽在浅泥层下蹦跳；嗅到了荒原边上的小河沟，十二岁的沙红又背着最小的弟弟，赶着两头牛去喝水，牛粪块植物般零落在岸边；嗅到了河沟西面的一条被汽车碾出来的土路，一辆突突突吃力奔跑的小皮卡拖着一条长长的烟尘尾巴。

　　皮卡来自县城，载来半车树苗和种树的人。那个人每年这时候都要来，已经是第五年了。车在石墙边停下，车门一拉，"咚"的一声，落出一个人。

　　"吉木尔甲！"他惊喜地叫起来，"你每年都算准我来的日子！"

行李拖进吉木尔甲收拾出来的小房间里，午饭则要带到荒原上吃——为了省下往返的时间。一切都跟往年一样。

　　种树人扛着铁锹和锄头走在荒原上，手搭凉棚地遥望土坡下的一片小树林，嘴角有了上弯的弧线。树的成活率虽远不如平原地区，但也算是令人欣慰，根据它们的种类、粗细、高矮，非常明显地分出四片区域来，像按年级集合排队的小学生。

　　"这次买的是杨树，"他对跟上来的吉木尔甲说，"让司机都卸在老地方了。"

　　铁锹像个硬硬的嘴巴，嘎吧一下就啃进土里。一嘴一嘴，啃出一个圆圆的坑。吉木尔甲拿着一把旧柴刀，替他把第一棵树苗根上的草绳割掉。草绳扔到坑底，将来烂了可以当肥料。树苗到了种树人手里，便会受点调教，跟个模特一样，经过摆弄、修整之后，挺拔地踩进坑里。一旦它站立的姿势确定好了，刚才挖出来堆在周围的土就开始回填，填到一定时候，又得把树苗轻轻往上拎一拎，让它的根须能够尽量朝下。最后种树人的大脚要在树周围的土上结实地踩上一圈，好像底下埋了什么财宝，这样才让他放心似的。

　　每年第一棵树的种植总是最精心的，两个人心照不宣地配合着，使个劲儿、搭把手都没有多余的动作，小心翼翼且庄重有加，仿佛是个仪式。新栽下的树苗像炷大大的香，插在荒原边上，敬天、敬地、敬神灵。

　　水从河沟里拉来，装在拖车上三个脏兮兮的塑料大桶里。吉木尔甲将一把旧铝壶忽地沉到桶中，瞬间吃满一壶水。他控制着手抖，提起壶，去给新栽下的树苗浇个透湿。事实上，种树人从来没要求过他做什么，他当帮手完全出于自愿，包括种树人离开的日子里，他会在干旱时节想办法给树们浇水。

　　"透了。"种树人说。

"透了。"吉木尔甲放下了壶。

高路远。从南方一个大城市过来的。不是什么"单位"的。不是因为植树节。不是要上报纸。他就喜欢干这事。

村里人问起种树苗的怪客,吉木尔甲都这样说。是,不是,简单界定。倒不是故弄玄虚,他觉得这些信息对村里人来说已经足够了。闲话和星星一样,越多越缭乱。

高路远第一次到荒原上来,就跟刮了一场扬沙的风似的,不期而至,还扎眼。压得低至眉心的棒球帽、深蓝冲锋衣、鼓鼓的防雨双肩背包,一副行遍天涯的模样。事实上,除了两三次迷路的自驾游越野车误闯至此,几乎没有游客会到这里来,既无风景又无名胜。

陌生人来了,遇见的第一个本地人就是吉木尔甲。这彝族人裹了件半旧的披毡,沉默地蹲在石墙边抽烟。烟筒有胳膊粗,他的半张脸都埋进去了似的,没等来客问完一句话,自个儿先喷出一口美美的烟雾,哈啊——他吐尽了烟气,这才抬了头,把茫然的目光落在面前的陌生人身上。

"老人家会说汉语吗?"

老人家盯着他不说话,又抽一口烟。竹制大烟筒光滑得酷似金属,像个炮筒一般,发散着低调散漫却又傲气的光芒。

交流只用了一刻钟,之后高路远住进了"老人家"的旧砖房里。晚上就着火塘喝苞谷酒的时候互报年岁,才知道吉木尔甲只比自己年长六岁。这荒原的风是欺负人面相的。

"早年我也出去跑过活路。"吉木尔甲用柴棍拨亮了一些火,火光亮过他脸上一丝自豪的神气。他会说夹杂方言味儿的普通话,腔调有些古怪,但字字都清楚。

"跑过活路"的证据出现在腔调里,也出现在墙上的细节里——正堂大墙上并排挂着两个大玻璃相框，隆重地镶满零碎照片，黑白的都洗得好小，彩色的至多五寸，泛黄。照片上的吉木尔甲像是现在的吉木尔甲的儿子。最牛的一张，他身着西装，两手抄在胸前，一只脚抬起踩在一辆小轿车的车门上。为拍这张照片他差点被暴跳如雷的轿车司机追上，那架势是绝对要动粗的。"不能怪我，"吉木尔甲无辜地摇摇头，"那车一圈儿都光光的，我找不到可以落脚的踏板。"

没有女人。娶的第一个女人难产死了，没来得及留下照片。第二个女人给他生了一个女儿，过了两年，女人带着女儿跟一个来荒原兜售化肥的推销员跑了。吉木尔甲出去找过她半个月，一无所获地回来，进门就发现相框里她和女儿的照片原来也给撕走了。那是狠心了断的铁证，抹杀了自己存在的唯一痕迹。她判决过去的记忆为死刑。

火塘还旺着，但吉木尔甲不想说了。再多过往又怎么样呢？他终归一个人过。

高路远分明看到对方眼里跳出一闪而逝的伤感的火星。他想说一些安慰的话，但从脑子里冒出来的都是廉价的大道理，还不如不说。屋里胡乱地暖和着，影子被拓到墙上，两个棉墩墩的活物在那里推杯换盏，像沉默的皮影戏。

那是交情的开始。以后聊起来，都说"第一年"还怎么怎么、"第二年"如何如何，好像这是他们自己的朝代，有自己的纪年方式。

第一年

第一年刚来时，高路远还没有打算种树。一早吃过饭，碗盆一收，桌子空出来，马上就被高路远展开的一张地图覆盖了。他趴在地图上，眼睛跟蚂蚁一样，细细地一毫米一毫米地爬过。

"应该是这一块。"他用带粗节的食指在地图上画了一个圈儿。吉木尔甲凑上去，学他的样子佝偻起背，把他画圈儿的地方细细"嗅"了一遍，没有瞅出个所以然来。"应该"是吉木尔甲知道甚至熟悉的地方，但他太不习惯线条与色块的表达方式了，他的生活没有这么抽象。直起身子后他木着脸，没有表态。

幸好高路远没有向他咨询意见的打算。这身材魁梧的外乡人是个果断的主，他麻利地把水壶、相机、地图和指南针收拾进一个小挎包，大踏步地向西边去了。去他食指画出的"应该"的地方。

中午他顶了一头汗回来了，衣服领子大大敞开，好像浑身都在冒热气。

"没有变，还是老样子。"他坐下来喘着气，听不出这算是好消息还是坏消息。昨晚吉木尔甲问他来这里做什么时，他只是淡淡地说，以前来过，想再来看看。

再去的时候，高路远借了一把铁锹，稳稳妥妥地扛在肩上走了。吉木尔甲这次跟了去，走得没他快，吃吃磕磕地落下一大截，看去像个心有余而力不足的收账人。吃吃磕磕了两三支烟的工夫，远远看到高路远停在了荒原上，草草四下张望一下，放下铁锹开始锹土。他是中年人，身手却矫健，待吉木尔甲赶到近处，他已不声不响掘开了一小片。挖出的泥块以相似的姿势向同一个方向倾倒，压着刚冒头的草芽。

"这是干啥呢？"吉木尔甲终于带着旁观者正常的好奇心问，"老大远的跑来挖地，要种粮食？我们种粮食的地方可不在这里。"

高路远停下来喘了口气。"看看吧，看这泥巴是啥样的，有多厚，能种啥就种啥。"

吉木尔甲眯起眼睛。他裁定对方是搪塞自己，顺着话说下来的。对于认识还不到两天的人来说，他有理由保留秘密。吉木尔甲决定不再深究，尽管这个疑问像枯草梗一样挠着他的痒处。

到第二天接近晌午时，高路远已经翻开了不小的一片土。吉木尔甲给他送午饭时，看到他正颓然地坐在新翻开的泥地中央，在毫无遮掩的荒原上接受太阳烘烤。

"还好是春天，"吉木尔甲一边取出老式的铝饭盒一边说，"要到夏天，烤成肉干！"

高路远揪出饭盒里的荞面馍，嚼着，丧气地自言自语："这样不行……"这样是哪样？不行又是什么不行呢？吉木尔甲盯着他的嘴，看他腮帮子鼓出一大团，嚼动，却没再吐露什么。

远远的，刮过来一个人影。也许是个过路的，可他的方位目标很精准地定在这里，朝着他俩一步步地走来。高路远感觉身边的吉木尔甲深吸了一口气。那人走近了，是个遢遢的男人，穿件脏兮兮的旧夹克，晴天也蹬着双黑塑料高筒雨鞋。一身汉族人打扮，但风化般的老成面相与警惕的神情一看就是本地人。他开口了，说的是当地土语，高路远听不懂——当然，他也不是冲着高路远说的，而是对着吉木尔甲叽叽咕咕。

吉木尔甲也叽叽咕咕地回答，看样子两人是认识的，但对方并不友善，声调开始升高，表情也越发冷酷，还不时地扭头瞪一眼高路远，恶狠狠地。没多久，两人都言语铿锵，情绪往激动上靠了，高路远上前做出阻拦的架势，那男子停下来，貌似撂下一句狠话，转身走掉。塑料雨鞋一蹬一蹬，显示出皮靴般的傲慢气势。

他走远后，高路远扭头看着吉木尔甲，等待一个说明。吉木尔甲咬咬牙："是海乃旺杰。"接着叹了一口气。仿佛这个名字就可以解释一切。

"他说，大家都在传，我家来了个外地人，到荒原挖金子来了。"

高路远噗地想笑，差点被嘴里的一口馍噎着。

多年前来过两个人，带着奇形怪状的工具和仪器，在荒原上一阵捣鼓，惹得大人孩子都围过去看热闹。那时候去读书、打工的人还不多，村里的老老少少都在猜测两个异乡人的意图。有人大胆追问，人家说："测绘。"再问测绘是什么，人家就不耐烦了，只轻轻一笑："说了你

205

们也不懂。"

村里人聚齐了最有经验的脑袋，讨论了一个时辰，得出了最有可能的结论——寻矿。如果不是寻矿，那他们"测"什么又"绘"什么呢？矿也有好多种，但传来传去，就成了——"荒原底下有金矿！"这消息点亮了每个人的眼睛。测绘员很快走了，再也没有来。关于金矿的传闻却流传下来——人们乐意保留这个想象。

"海乃旺杰说，这地底下的金子是村里人的，你挖走了可不行。"吉木尔甲无奈地说，"他还说，就是没挖到金子，挖了地，坏了草皮，也要赔偿。"

异乡人下午就走了。有人看见他沿着小河沟走了一大段，站在岸边喝了口水壶里的水，然后踩着河沟里的石块过到对岸，之后他朝着公路的方向大踏步地走去。

村里人相信，这人是被海乃旺杰给吓跑的。他们议论这事的时候半是松了口气，半是有些许遗憾。如果地底下真有金子，那么这个人的离开无疑是件好事；但他那么果断地离开，又说明地底下是没有金子或者有金子也很难挖出来。

没想到过了两天，异乡人又来了，他带来了一辆小皮卡，皮卡上载着半车树苗。下车的时候他冲远处的吉木尔甲挥了挥手，喊着："我想好了，就种树，买了苹果树苗！"那熟稔、大方又兴致勃勃的口气好像整个荒原都是他家的，好像吉木尔甲是他自家兄弟。吉木尔甲极力掩饰着内心的欣喜，偏偏做出挑剔的神气来。

"苹果不好，"他木着脸说，"应该买石榴。"

第二年

第二年就买的石榴树苗。

从这年起他就轻车熟路了，直接先到县城里买好树苗，租上车，顺顺溜溜地一路开到荒原上。吉木尔甲没想到他真的又来了，很多人说"我明年还会再来"都只是一句类似"你好"的客套话。

高路远根据去年的经验，带来了不少可以用到的东西：两大桶色拉油、三袋面粉、三袋米、两床新毛毯、一箱看牌子很贵的白酒和一些铁锹、锄头之类种树用的工具。"你把户口迁过来了？"吉木尔甲笑说。知道他是故意把东西买得超量，这样留下剩余物品时显得自然一些。

种树不能拖，要赶活，不然树苗根子干掉，苗就死了。高路远总是一下车就开工，仿佛有一股遏制不住的力量在驱使着他。他挽起袖子，露出结实的、带肌肉块的胳膊，把那些树苗成捆地扛到肩上，西斜的太阳光在他脖子处的汗珠上闪闪发亮。送水的吉木尔甲一直记得他这个形象。

有一次回去的路上，又遇着上次那个家伙了。叫海乃旺杰的邋遢男人。他裹了条看不清花纹的深色大围巾，围巾下露出那双沾泥的塑料雨鞋。他蹲在路边，手反剪着伸到后背去，努力去挠肩膀下的某个地方，一直没挠到，表情是痛苦的。看得高路远的肩胛处也痒起来。他们无视地走过，感觉海乃旺杰那不友善的眼光像石块一样从背后砸过来。

"他不会再找我麻烦了吧？"走远一点高路远问。

"不会了，现在谁也不相信你是来挖金子的，"吉木尔甲说，"挖那么浅，只够种树。"而种树怎么也算不上破坏行为。

"但那个海乃旺杰为什么还在继续讨厌我？好像我真的挖走了他的金子。"

"他是讨厌我。"吉木尔甲爽快地说，"他恨我。"

高路远顿住了脚步，感觉这坦诚的口气近乎天真，他开玩笑道："是为了一个女人吗?"

"是的——他老婆。"

如有神助，刚种完所有树苗那晚就下小雨了。

荒原上一下雨就冷得入骨。火塘就显出重要性了。两个男人在火塘边就着一盘坨坨肉喝酒，盯着旁边的湿衣服上冒出的白汽。他们聊天气，聊农作物，聊各自遇见的奇怪事情，但对话始终在一个模棱两可的话题边缘徘徊。

就像一种交换，高路远想，如果向吉木尔甲问起海乃旺杰老婆的事，那么他就必须回赠给对方一个有关自己的秘密。世界通行的法则就是如此。

高路远带着闭嘴的决心继续喝酒。荒原上的绯闻逸事不值得他掏心掏肺。火塘对面，吉木尔甲的脸已经泛起红晕，红晕像在融化他的五官，眉眼、皱纹慢慢都舒张开去。他放下酒杯，开始哼唱一首调子忧伤的山歌，每一句的尾音都像一个疑问词。吉木尔甲半闭了眼睛，神情单纯，如同一个懵懂的少年对着夜空、对着世界问啊问。

"我和他老婆啥事也没有，"吉木尔甲唱完歌忽然说，"我知道你在以为什么。"他简单而直接地把话题挑明，向高路远一笑，摆出"荒原人没有秘密"的表情。

"海乃旺杰啊，原来也不是这样的。"

年轻时的海乃旺杰内向、害羞，见到姑娘就会微微笑着低下头去。令他低头的姑娘中，有一个笑声多得像雨点的——他认定自己将来会把她娶进家门。但这美好希望破灭于一个苦荞麦高产的秋天。在丰收的金色盛景里，他哥哥死了。他哥哥租了一辆小皮卡，运了一车苦荞麦到镇上，卖了个好价钱，一高兴到杂货店里买了瓶陈酿烈酒，经不住酒香骚扰，打开来尝了一口。之后又尝一口……直到他在跌跌撞撞的回家路上失足摔下山崖。

哥哥的死改变了海乃旺杰的一切。按照荒原的习俗，海乃旺杰必须娶了他的嫂子，抚养哥哥留下的孩子。虽然现在的彝家村落已经接受了不少现代的、汉族化的思想，但婚丧嫁娶的铁例关系着血脉根本，谁也动摇不了。

婚礼前夜，海乃旺杰策划了一次私奔。当家里人发现他和几件衣服、一百二十七元钱以及两个熟鸡蛋同时失踪之后，全村都被发动起来去四处搜捕。追缉的人们最后找到了他——在荒原尽头的大路边，一棵颓唐的老樱桃树旁，他脚下扔着布包裹，自己抱着樱桃树的树干，一下一下往那上面撞头，已经撞得额头出血了。

他约的姑娘——笑声像雨点的那个——根本没有来。

海乃旺杰跟着大伙儿回去，老老实实娶了他嫂子。那爽约的姑娘很快也嫁到远方去了，听说那里也是一个荒原。

打那以后，海乃旺杰就变成了另一个人。他消沉、阴郁，开始酗酒并处处找他老婆的碴儿。全村的人都听到过他老婆挨揍时凄厉的哭号声。有人出面阻止，反倒被海乃旺杰提着木柴棒追得满村窜。

"你跟我老婆是啥关系？"海乃旺杰的声音像块砸天的石头。

没有人敢再管他的家事。

"你管了？不然，他怎么偏偏就把你恨上了？"高路远坏笑着，呷了一口酒。他急着要听最关键的部分，想快快跳过前面的部分。

"我和她没一点事啊，真的，"吉木尔甲烦恼地摇摇头，"你要是见过阿依金洛就相信我了。"

没有等多久——两天之后——种树人就见到了阿依金洛。那天吉木尔甲提早回去做饭，高路远却干活儿干得特别顺，趁着这股子劲头，一直到天擦黑才收了手。把空了的壶、桶放到拖车里，再把拖车推到河边牧羊人搭的草棚子里，零零碎碎的收尾工作弄下来，荒原的夜已经像货车车厢顶上的大油布厚实、严密，哗啦一声不由分说地盖上了。

高路远扛上铁锹，取出大电筒揿亮。光柱像弹簧一般，长长短短地舒张与收缩。清凉的夜气从四周合围过来，虚空里仿佛拥挤着无数面目不清的陌生人。从荒原到村子，黑暗大地上安静得只有自己走路的声音，令人莫名地紧张。

快到吉木尔甲的家了，看得见房子熟悉的外形。高路远心头热乎起来，脚步加快，没料到黑暗中一团更黑的影子忽地从面前掠过，鬼魂样。"啥？"高路远抬高手电筒，像举着机关枪扫射一般，光柱四处乱晃。到底，光是速度的猛兽，蹿了几下便一口擒住了一个活物。是土墙边缩成一团的一个人，一个女人。她惊慌失措地伸手挡住手电筒光，几次想逃，又被强光逼得睁不开眼，只好蜷在土墙根儿。看上去她像被光柱做成的一根巨大的钉子钉在那里了。

这景象像盆凉水突然泼来，高路远慌忙把电筒光移开。从房子里冲出吉木尔甲，逆光中是个黑黑的影子，提着一根粗壮的木棒。黑影吉木尔甲朝着土墙，用彝族话大声地训斥了一通，口气严厉。女人被这话语驱赶，风一样跑远了。

只此一眼，高路远就预感到这是阿依金洛，也瞬间明白了吉木尔甲的意思。

以男人的眼光来看，阿依金洛哪怕是曾经有过令人灵魂战栗的女性魅力，那么也在岁月的流逝中消褪了，现在已荡然无存。她包着层层的围巾，只露出苍白的一张脸、小兽般猩红的眼睛，像一个包在菜叶里的饭菜团子。傻的。

"她的眼神有点不对。"高路远说。这是比较客气的说法。

吉木尔甲伸出一只枯黄的手指，点了点自己的脑袋："她这里有问题。"

海乃旺杰对老婆最大的愤怒，在于嫁过来不久生的那个孩子。据他说，这个孩子既不是他哥哥的，也不是自己的。

"算算时间就知道了！"他向村人愤怒地吼道。

阿依金洛胆小，口拙，再加上脑子有问题，根本没有办法说清这是怎么回事儿。一旦她的继任丈夫开始揍她、骂她，她就只有撒腿跑开，东躲西藏。但凡有人出面帮阿依金洛说几句话，那么他就会遭到海乃旺杰恶毒的攻击，被指认为潜在的奸夫。

吉木尔甲第一次惹上麻烦是在两年前，一个冬天的早晨。他把门打开，去倒火塘里的残灰，从牲口棚传来一阵窸窣声。他打开棚子。在草料堆上，阿依金洛瞪着仓皇的眼睛，哀哀地看着他，怀里抱着一个约莫三岁的孩子。

吉木尔甲起码花了一分钟的时间站在那里，默默地和她对视。他知道这是海乃旺杰的老婆，也知道海乃旺杰很可能会拿着木棒追过来。但一分钟之后，他还是回转身去，到屋子里去端来两个大大的热乎乎的馍。

阿依金洛的眼睛顿时擦亮了，好像吉木尔甲端出来的是两大块金子。她抱着一块馍，狠狠地咬了几口，才想起身边的孩子，急忙扯下一大块塞到孩子的嘴里。孩子嘴小包不下，腮帮鼓起像个青蛙，根本没法嚼，吉木尔甲急得赶快上前，把她小嘴里的馍掏出来。

当海乃旺杰追来的时候，牲口棚里的三个人，就像一家三口一样，安安稳稳地吃着早餐。阿依金洛打着嗝，而吉木尔甲正端着一个碗给孩子喂水。

海乃旺杰站在院子里，隔着一段距离，恶狠狠地冷笑："藏了这么些年，到底是把亲爹给找到了！"

吉木尔甲慌忙出来说："大冬天的，不给孩子吃喝，你倒还有理了？我是看她们母女俩可怜……"

"除了亲爹，谁会这样心疼这野种！"

……

那次没有抄家伙打架，但海乃旺杰把流言蜚语散布出去了，村子里渐渐有人怀疑阿依金洛的女儿真的是吉木尔甲的骨肉。一个是没老婆的壮年男人，一个是连一二三都数不来的傻女人，什么事不可能发生？

更让吉木尔甲受不了的是，阿依金洛好像也认准了他是个依靠，只要被海乃旺杰打了，她十有八九会朝吉木尔甲家里跑。她一跑，村里人议论得更厉害，她挨的打也就越多。若是正常人，她肯定能够梳理出前因后果，分析出利弊，就不会来缠吉木尔甲了，但她偏偏没有脑子，只有小动物般的条件反射。躲。逃。去安全的地方、有馍吃的地方。

反复折腾中，吉木尔甲的同情心渐渐被消磨掉了。阿依金洛跑来找他，他先是打发她几块馍，劝她回去——没有用，这女人居然想在他家住下来；下次再来，不理她了，给她吃闭门羹，她居然可以在门口蹲守四五个小时！吉木尔甲彻底没辙，拿出最狠的一招，直接提根棒子，像赶乞丐一样轰她走，她像流浪狗般哀号着，风一样跑远，但过阵子又来了。

"你说她是不是脑子有问题？"吉木尔甲叹口气说。

第三年

"我猜，你到这荒原来种树，和一个女人有关。"吉木尔甲忽然说。

太阳正倾泻下来，泻在荒原新长出的嫩草叶儿上。高路远坐在一块石头上，闭上眼睛，嗅着阳光味儿。很远，很远的味道。

"你要那么想，就当是吧。"他终于微笑道。

吉木尔甲有些高兴，他们终于可以谈论阿依金洛以外的女人了。"我猜，"他兴奋而狡黠地挤了一下眼睛，"你和荒原上的一个姑娘好上了？"

高路远噗地笑了："就你们荒原的姑娘……"他突然意识到，应该在伤害朋友自尊心之前打住话头，慌乱中抓起一瓶矿泉水来海灌几口。

其实他不说，吉木尔甲也能猜到，"他们"是怎样看待荒原人的。穷困、脏乱还只是表面，最重要的是懒惰。种地不好好种，把种子往地里一撒就万事大吉，不肯精耕细作，也不愿伺候土地，鸟雀啄去粮种吃了，杂草把田地盖满，干旱来临时幼苗被烈日晒干……通通不管。到了收获季，有东西收就收，没有拉倒。干活儿的都是女人，而男人们则去喝酒、打牌，这几年还有人开始吸毒，是的，一年四季裹身污秽的黑斗篷，像乌鸦一般无聊地群聚着，永远没有白天与夜晚……

"我第一次来荒原时，还穿着军装。是跟着大部队来的。我们在这里待了整整一个夏天。"

吉木尔甲把眼珠往上翻着，很快回想起来。"对啊，有那么一年，来了好多当兵的，好多军车，大的小的，密密麻麻排在荒原上。还有飞机，轰隆轰隆地盘旋在天上，离地面好近，我们都怕它掉下来。那都有二十年了吧？"

"二十三年。"高路远快速而肯定地说。"其实这一片区域只是我们的扎营地，真正的演习点，离这儿还有好几公里。"

"是啊，我看到当兵的人，在这里搭起了好多绿帆布棚子……"

"那叫帐篷。"

高路远站起来，在暖融融的春光里伸了个懒腰。伸展的手臂像直直的枝丫，让他像棵扎根深土的大树一般，有了根系，有了年轮，又踏实又自在。过去的时光在枝头沙沙地闪耀。

隔了二十三年回看，那段记忆也该是美好的。可印象深刻的那部分偏偏不够美好。男男女女都穿着又脏又旧的本族服装，离得远远的，警惕地张望着。小孩倒喜欢围上来，破破烂烂的一群，像小叫花子。他们好奇地追着兵们看东看西，但战士只要朝他们走近一步，他们又像受惊的小麻雀，呼地四下散开，一口气跑多远。到了开饭时间，小孩们又来了。脸上糊着鼻涕与泥巴，手里端着抱着大碗小盆，有的小孩背上还背着更小的小孩，围成一圈就那么眼巴巴地守着。守着军人们吃饭。

"他们干嘛？也要开一桌?"有人开玩笑说。更多的人连开玩笑的心情也没有——端上来的伙食，虽然有肉有菜，但在野战条件下做出来的真是比在家里差太多了，大伙儿都吃得难受。等到一个炊事员抬出了一个大大的塑料桶——装潲水用的——不一会儿就有人走过去，把没吃完的半碗饭倒了进去。很快，不少人都那么做了，连队干部不好干涉，因为他们自己也觉得这饭菜难以下咽，犹豫之后站起来也加入了倒饭的行列。

一道哨声响起，宣布就餐时间结束。围成一圈的小孩们听到这哨音，就像训练有素的战士，异常敏捷地冲了上来。他们的目标是那个装潲水的桶，冲到桶的面前就开始用碗啊盆啊直接舀，把自己带的家伙装得满满的才罢手。小孩们你争我抢，有的看到一块肉，伸手抓起来就往自己嘴里塞……

高路远一直忘不了那一幕。事实上，他觉得荒原的时间是凝固的，多年之后这里仍是老样子。虽然会碰到穿牛仔裤或者背假名牌包包的年轻人，但一看眼神，就会相信他们还是当年的孩子。

"我知道了，"吉木尔甲伸出食指，重重地在空气中朝他的朋友点了点，"你是想来扶贫，带领我们科……科……科技致富的!"为了让结论郑重其事、有根有据，他倔强地备注："我经常去阿余时日家看电视。他们不看武打片的时候我就看新闻。他家有那种锅盖，天线。"

种树人苦笑着摇摇头。两年前他还是盗挖金子的不法分子，现在又成了道德高尚的志愿者。

"肯定是的，图名图利的人才会到处宣传，真正做善事的人从来都是闭着嘴在做。"吉木尔甲固执地说。基于他的论断，村里人又有了新的猜测：种树人是一个农业科学家，在荒原上搞试种种植。等到试验成功了，荒原就能变成果园、森林，所有人都会富裕起来。

就像相信金子一样，他们相信一切有关财富的传言。

一天傍晚，他们在回家的路上遇到阿依金洛。隔了百十米远，阿依金洛背着一个装草的背篓，静静沿着碎石路走来，近了，忽然一抬头看到这两个人，像是撞到了鬼，魂都没了，嘴里呜呜叫着，撒开腿就往远处跑。黑色厚裙子裹住了她的腿，让她看上去行动笨拙，像只翅膀粘水的蛾子，绝望地扑腾。

高路远假装不经意地瞟了同行者一眼。吉木尔甲的脸和荒原一样冷静。那天的太阳不可思议地迟迟不落，明晃晃地挂在天幕上。刺目。刺激。吉木尔甲的脸和荒原一样冷静。

入夜，起了风。风在荒原上是一个熟客，想来就来，又永远找不到落脚处，固执地在外面拍门、拍窗。吉木尔甲会根据风的啸声来判断年龄——"来了个老家伙，"他说，"步子又重又慢，还喘。"

只有喝酒。喝得有些闷。好像事实摆在那里——阿依金洛已经被排斥在聊天内容之外，高路远觉得他们应该赶紧找到新的话题。

"我们说不定二十三年前见过。"他挑了一个容易继续下去的。

"很可能的，"吉木尔甲果然来了兴致，"当时乡里的干部组织大家去慰问，我们带了牛羊肉，还有酒，到你们的帐篷去慰问你们。"

"你来慰问过？"高路远惊喜地说，"那你记不记得我们演习结束、临走前的那天晚上，你们抬了好大一口缸来？缸里全是土法酿酒，插着密密麻麻几十根长长的竹竿子，让大家一人叼一根竹竿子吸酒。我们从没见过这样的阵势！"

"哎，怎么会不记得！"吉木的眼睛亮了，回忆使他满面红光。"你们的长官说不能多喝，让大家排着队，一人吸一口，他们很听话，还真的只敢吸一口！之后，当兵的就和我们一起，围着火堆跳舞。但我们不肯放过你们的长官，让三个漂亮姑娘围着你们长官唱歌，敬酒。"

"我就站在长官身后，想得起来吗？一个给营长递毛巾端茶杯的兵。"

"这我倒想不起了……我只记得，大长官后来叫来了一个特别能喝的小长官替他喝。那小伙子长得可叫帅，喝酒也厉害，把我们后来敬的酒全给倒进喉咙了。"

"呵呵，那是国威，"高路远像是又喝上了那一晚的酒，眼神迷离起来，"你记住国威了。"

是的，所有人都会记住国威。

国威和我同岁。但我们非常不同，非常非常。这么说吧，如果我们是一起跑马拉松的，那么国威就会足足甩开我几条马路；如果辈分是按品行得分来计算的，那么国威肯定就是我爷爷甚至祖祖那辈了。打小他都是全村混小子的榜样。我调皮捣蛋了，功课学不好了，闯了啥祸了，总有人会说：你看看人家国威……

懂了吧？就是这样一个国威。

我们同一年参军。那个年代在我们乡下，年轻娃儿想有出路的话，要么考大学，要么当兵。考大学很不容易，又花钱，所以还是当兵更现实。接兵干部本来在我们村只挑中了一个人，就是国威，但国威死死地拉住接兵连连长，说，高路远的家庭条件不好，带他一起走吧！连长扭头用审查的眼光扫了我一眼，跟国威说："我们又不是扶贫。再说名额也有限。"国威下定决心说："那我不去了，名额给他！"连长瞪住他，足有两三分钟没说话。

216

几天后，入伍通知来了——我们俩的。接兵连长生生加了一个名额给我。送行的人群里，我看到了曼子。她是村里最俊的姑娘（按我的审美），我们从小一起长大。她跟着别人说说笑笑，好像是个看热闹的，但她的眼睛，左顾右盼。她到底在送谁呢？我，还是国威？或者说，送谁"送"得多一些？

到了部队，国威的优势也渐渐显示出来。他身体好，个子高，往队列里一站，谁都会朝他多瞅两眼。用班长的话来说，他军人形象特别好。而国威还不止如此。他勤快，肯干，一心上进，很快军事素质也拔了尖儿。

他完全按照自己预想的步伐在军营发展：入党，当班长，成为学员苗子，考上了军校。读完三年军校回来时，他顺理成章地当上了尖兵连的一名排长。我也在尖兵连，但我是超期服役，转了志愿兵。我还记得他穿过一排又一排营房来找我，不时伸伸脖子踮踮脚，用焦急的眼神踢走闯入视线的一个个人影，而我老远就知道是他，却木木地站着，愣是迈不开腿，任由他费劲地东寻西找。他终于看到了我，一脸欣喜挂了出来，大声喊着："高路远你个臭屁蛋，我帮你请好假了，今年我们可以一起回家过年！"

这句话风一样猛拍过来，我的面部神经一跳。他就没有想过，身份迥异的"一起回家"，根本就是抽我的脸啊！

其实，在乡下人看来，当志愿兵也是挺光荣的。如果没有国威，我回老家去，会被很多人高看一眼。但村里人就是势利，一个当了排长，是干部，一个成了志愿兵，等级就区分开来了。一起回家后，不出所料，满村的人都争相传说国威是如何如何有出息，这样的夸赞可以从他穿开裆裤的时候说起，每个人都能回忆出他幼时的非凡之事。我表侄那年上初三，已经对从军非常向往，老缠着国威问东问西。有一次他问："国威叔，部队给你发手枪不？"

国威说："发啊！平时没有，训练的时候才给发。"

217

表侄挂出一脸的羡慕，居然来了句："那你可不能只顾着自己用，也给我路远表叔用一用嘛！"

大伙儿都笑了，说你个娃子倒挺会心疼自家人。我也跟着笑，笑得比哭还难受。那时焦点都在国威身上，村里人说到我，就一句话：路远也不错。甚至还有谣言，说我当志愿兵是托了国威的福。

就在我们一起回村探亲的那个春节，曼子的爹把曼子许给了国威。这是一桩村里人公认为花好月圆的喜事。不过仍有许多人说，曼子的福气太好了，居然能够嫁个军官。

也有几个媒人上了我家的门儿，介绍村里或者外村的姑娘，但都是中等人家、中等姿色的。那些心气高一点的，都和曼子比，觉得曼子都能嫁个军官，自己如果嫁个志愿兵，就明显矮她一头了。

我曾经暗暗发誓，这辈子非曼子不娶，看到这样的局面，心里就跟挨了打的狗一样，又痛又仓皇。而我父母丝毫没有觉察到，只顾催我赶快定下一门亲事来，好让他们早点抱孙子。而他们和村里其他人一样，觉得我就应该找个中等人家的姑娘。我不如国威，我的媳妇当然也不能和曼子比。

我倔强地推掉了所有提亲。余下的休假时光都是在老爹的叫嚷和老娘的絮叨中度过的。

过完春节，终于可以回部队了。走的那天，全村差不多都来送我们了。说是送我们，感觉就像是送国威一个人。除了我的父母，其他人的叮嘱都是朝着国威去的。

"国威，有倒春寒，记得加衣裳哈！"

"国威，那块腊肉带上没？要早点吃了！"

"国威，你小侄子过几年当兵，你可要管着点哈！"

终于有人提到我了，可那个人喊的是："哎呀，路远跟在国威后边，就像是国威带了一个勤务员！"

218

大伙儿都笑了，国威回过头来，拍拍我肩膀说："放心，路远是好兄弟，我会罩着他的！"

他向大伙儿表了这个态，全村人都用热切的眼光鼓了掌，而我在这热烈"掌声"里羞愧难言。

话头断在这里，吉木尔甲的理解是：酒不够了。他晃着起身，去抱酒坛子。高路远支起食指到嘴前示意他别出声，他顿住，仔细辨识着风声里的异常。忽然他揪住了一丝线索，敏捷跃起，冲过去打开大门。

门口站着一个裹在厚厚棉衣与围巾里的小女孩，五六岁光景，屋里的黯淡灯光扑到她黑乎乎的脸上，两只眼睛给衬得出奇晶亮。她用目光搜索着，直到吉木尔甲走到她面前，她才仰头开口：

"阿达（阿爸），阿达……"

吉木尔甲蓦地变成了另一个人，铁青了脸，冲小孩厉声叫嚷，大约持续了两三分钟，一通教训之后，他砰地关紧了大门。

高路远已经猜到八九分，他小心地提了句："没有必要对小孩这样吧？"吉木尔甲正在抱酒坛子，趁着这股气，把酒坛往桌上重重一放："说她没脑子吧，她倒好，晓得让小娃娃来缠我了！"一看盘子也空了，他又去厨房拿花生米，一边走，一边难以释怀地嚷着：

"还敢叫我阿达！叫我阿达！"

第四年

"没有？"

"没有。"

"真没有？"

"真没有。"

219

吉木尔甲像棵树一样无辜地望着对方，这眼神让高路远多少有些沮丧。这个回答像是对他勤勉努力的一种否定。

太阳是好的，也浇够了水。敞放的牲口到那边吃草，粪便多少会留下一些，算是积了肥。在这多风的环境下，树形虽然不够端庄，但也没有东倒西歪。听说夏天的时候，叶子密起来，也能小小地撑出一片绿荫。

可为什么就结不了果呢？

第一年种下的苹果树，品种不错，按说第三年就能结果的。去年临走时，高路远特意送给吉木尔甲一个巴掌大的数码相机，吩咐他等秋天出了果子，一定用相机把丰收的景象拍下来。第四年他到了以后的第一件事，就是查看相机。相机里的秋天，树们叶片泛黄，枝里叶间毫无挂果迹象。

到底是荒原啊！种树人想着。

"到底是荒原啊，"吉木尔甲说，"能种活一些就不错了。以前村里也有人在荒原上种过树，不多，十来棵吧，可是土层太薄，那年偏又干旱，结果一棵也没有活下来。"

高路远被事实捆了一掌，牙帮子咬了咬："开始怎么不告诉我？"

彝族人露出一口烟熏牙，狡黠地笑："告诉你了，怕你就不来了。"

照片里有一张，一个小女孩手里拎着一把草，正喂给一头牛吃。虽然镜头隔着一段距离，但鲜亮的阳光拍打着她的小脸，满面庄重的表情格外清晰。高路远一眼认出了这是阿侬金洛的女儿海乃拉果。

小孩子是特殊的计时器。他们快速生长，让时间的指针踢踢踏踏跳得醒目。高路远更加认真地告诫自己，这已经是来荒原种树的第四年。

又一个春天到了。

柴米油盐什么的扛进屋里后，高路远从旅行包里掏出两条香烟，递给吉木尔甲。后者认出是个名贵的牌子，虽然电视上没有它的广告，但打工回来的年轻人总是以抽上这种牌子的香烟为荣，这等于是广告了。

"我有烟。"吉木尔甲指了指搁在凳子上的大烟筒，旁边的塑料袋里装着皱纹纸一样的烟叶。话虽这样说，他的手却不由自主地接住了，这令他有一些惭愧。那双手抱住两条烟，轻轻地抚摸了片刻，又走到橱柜边打开柜门，小心翼翼地把它们放置在最高一层。他的动作又轻又稳，好像在送婴儿回摇篮，又像是为神灵敬奉供品。

高路远一直没见他把香烟打开来抽过。他还是用竹烟筒抽自己的烟叶。那对他而言是件享受的事情，有时深吸一口，会微微闭一闭眼睛，让烟雾在身体里悠悠地停留片刻，才恋恋不舍地吐出来。

风在远处疾走，听得见脚步声，很快就到眼前了。

"你上次说的那个国威，怎么从不跟你一起回来看看？"吉木尔甲磕了一下烟筒，支在烟筒下部的细烟嘴上跌下一大截烟灰。

"他不会来，"高路远说，"他恨这里。"

二十四年前的夏天，那场演习是我和国威第一次参加大型军事行动——也是国威的最后一次。

部队选在这片荒原扎营，就是土坡下的那一片。帐篷像士兵列队一样，搭得整整齐齐。

国威偶尔会来找我，知道为什么吗？因为我这里清静。他当排长，住在班里，一个班八九个人用一顶帐篷。而我那时是营部的文书，负责营里各种文件的收发、报送，有时还要写点简单的通知、报告，这些工作都和其他士兵不一样，营里就安排我和营部的通信员一起，住在存放物资的帐篷里。

说起来，国威是很有些领导艺术的，他如果要批评一个兵，不会当着大家的面，而会把兵叫到我的帐篷来，一对一地批评，这样可以给兵留足颜面。而有时候他来找我，纯粹就是想和我聊聊天。聊得最多的就是曼子。说起曼子的时候，他的眼神就变成了一片沙滩，又软又宽阔，上面只有他和曼子两个人的脚印。他可以说呀，说呀，一直说个不停。遇到这时，我总会想方设法找借口逃走，而这陷在盲目恋爱中的家伙，愚钝得对我的那点小小心思一无所知。

他喝酒的名气也是在那时传开的。有那么几次，营长让通信员去老乡家买点土酒和坨坨肉，召集教导员和几个连长、指导员来喝酒。一连长酒量不行，喝到一半就倒了，营长说你个尖兵连连长喝酒怎么这作风？不行！不能不公平，一连得找个人替他们连长喝。

一连就叫了一排长国威去。

连国威自己也没想到，他居然能把营连两级干部全部喝赢！那可是件不得了的事，国威因此又在他已经非常辉煌的人生传奇里添上了一笔。营长、教导员都对他印象深刻，后来只要有惨烈的酒局，都要叫他去参加。

包括最后喝的那一场。

那天，上级宣布演习圆满结束，通知各部做好第二天一早回撤的准备。全团上下都放松下来，欢天喜地的。国威笑眯眯地到我这里来，拍拍腰上的手枪套，拔出一把乌亮的五四式手枪，递到我面前来：

"马上入库了，我答应过你表侄，要给你玩玩手枪的。"

那时候我们士兵训练多是步枪，手枪用得很少，我本来也是稀罕的，但因为是国威拿来的，我就做出不稀罕的样子来，头也不抬地说："行了行了，我还有事呢。"

他讨了个没趣，只好把枪又插回枪套。这时通信员跑来，对国威说："一排长，营长在找你呢！"

当时，你们地方群众得知我们要走，就赶来慰问、联欢。具体过程你都知道，我不多讲了，反正你们抬了好多酒来，又唱又跳的，把我们当兵的一顿海灌。营长一看阵势太大，赶紧找人把国威叫来，让他当个"定海神针"。

那一晚真的跟狂欢节似的。当兵的平时都辛苦，难得有机会放纵一把，全都乐得上天入地。国威在一阵阵欢声笑语中喝干了彝族群众敬上的一碗又一碗酒，终于，这个写下"不倒神话"的家伙，站也站不稳了，嘴里还说着"我干，我干"，腿却弯下去。我上前一把将他扶住。众人都笑起来。营长也笑，拍拍他的脸，吩咐我："去，送他回去好好睡一觉，别误了明天装车。"

我把国威背回帐篷的。醉倒的人可真沉啊，一点劲也不使，全部压在我背上。我把他放到床上时，自己整个儿都被汗水浇透了。他可好，不省人事，只顾呼呼大睡。

都说，不容易醉的人一旦醉了，会比其他人的醉来得更猛。国威就是这样。一睡睡到第二天早上，大家都开始拆营、打包、装车了，他还醒不过来。还是一个班长有办法，拿毛巾浸透凉水，轻轻拧一把，径直就往国威脸上抹，那家伙激灵一下，终于睁开了眼睛。只用了几秒钟，他记起了重要使命，大叫一声：

"咋不早点叫我！"

简直是不要命地翻下了行军床，一头扎进那一片忙碌画面中。

营地拆了，物资、装备与人员都塞进大卡车里，浩浩荡荡地向火车站进发。下午五点钟，我们终于坐上了回撤的军列。上了军列，大家才开始有了放松的感觉，坐着说说笑笑。有人说，一排长，你的脸色怎么还那么难看？酒还没醒啊？

国威勉强地笑了笑，指指脑袋说："是啊，还跟糨糊似的，一直没缓过来。"他站起来上厕所。据他自己后来说，他在厕所小解后觉得头晕，用手撑着车厢墙壁，闭着眼睛休息了片刻。偏偏这时候列车来了个紧急刹车，哐当——他冷不丁地被惯性抛掷，叭一下给摔向对面的墙板，接着跪倒在地，正好跪在厕所的蹲坑旁边。可够倒霉的！

他慢慢地站起来，拍拍裤子，又撑着墙休息了一会儿，努力让自己恢复状态，然后走出厕所。列车又启动了。在他走向自己座位的这段时间里，随着咔嚓咔嚓车轮与铁轨碰撞的声音，他的脑子开始一点点地清醒，意识在一点点地激活，第六感让他觉得有些什么不对劲。

他开始检查自己。从上到下。然后低头发现自己还佩着手枪套。一摸枪套——空的！

只一瞬间，他的所有毛孔都立起来！枪没了！一定是刚才摔倒时，枪掉出来了。

他立马折回到厕所，仔细搜索，地面上空空荡荡，只有那个臭气熏天的蹲坑露着一个恐怖的洞，像张吃人的嘴活生生地张着，透过这张嘴，下面的铁轨飞一般地闪现。这张嘴的大小，足够吃下一把五四式手枪。

丢枪的人不愿意相信，他心爱的手枪会以如此巧合、如此污浊的途径消失。他慌张失措地把自己又从上到下拍了又拍，胡乱地拍，无力地拍，希望能从身体的哪个缝隙里拍出那把该死的手枪。拍打的双手带着颤抖，就像落在沙滩上的鱼，不停地跳，疯狂地挣扎。

当希望破灭，他深呼吸了两次，忍住绝望的泪水，去做了自己必须做的事——向领导报告。连长知道了，马上向营长报告，营长又马上向团长报告。经过一番紧急协调，飞驰的列车在附近一个小站停下来，从列车上下来的，有副营长、连长、一排长国威、三个班长与八个战士，他们的任务是往回走，沿着铁轨重走刚才火车经过的路线，寻找那把丢失的手枪。

这群人打着电筒，走了很久很久，排查得很细很细，并且大大拓宽排查范围，一路搜寻了几十公里。天亮了，太阳悄悄从远方升起，他们还在困倦与迷茫中像游魂一般晃荡着，眼睛死死盯着轨道。所有人都不得不面对这个现实：他们一无所获。

接下来的时间，对于国威来说就像是进入了人生的另一个轨道。丢失枪支弹药，后果的严重性不言而喻。在牵连了连长、营长和军械管理员（他们分别受到了警告、记过处分）之后，一排长国威沉痛地接受了降职降级的处分，他最后是以超期服役的志愿兵身份，于当年年底复员的。

本来他可以回到乡政府里谋个小职，但他自己不肯回去，觉得颜面尽失，再说档案里记的这一笔，会永远影响他在仕途上进步。他选择了去外省的一个工厂，因为没有干部身份，他只能做一名技术工人。

曼子家得知消息，赶紧把婚事退了。退婚的事传到他那边，他没有说一句话。从此以后，他再也没有回到村里。

吉木尔甲的烟早已灭了，他没有注意到，还枯枯地盯着地面，枯枯地凑到烟筒上吧嗒一下。

"也是个苦命的啊！"他枯枯地叹了一声。

第二天种树的时候，高路远用感慨的指头画了一个大圈，告诉吉木尔甲他们曾经驻扎过的大致区域。正是他种树的这一片。而这片荒原作为军演部队驻扎地，这么多年也只有那一次。"第二年，军区的军演基地建好了，部队都定向去基地训练和演习了。"

种树人用锄头挖土，一头汗水披挂下来，像给他裹上了液体战甲。一锄一锄，土块一点点被抠开，割出一道大地的伤口。

海乃拉果就在这个时候出现了。她个子长高了一截，穿件明显偏大的黄外套，下面是半旧的镶花边的黑裤子，脸颊上开着两团黑里透红的花，就那么出现了。

小女孩和她妈妈不一样。阿依金洛是易碎品，神经质的眼神，表情里满满都是"挨打"，一吓就跑；而海乃拉果不是的，相比之下，她倒更像个大人，沉稳而宁静，大大方方地走向吉木尔甲。

"阿达。"她开口了。

"阿达。"又是一声。她就是这么叫的。定定地望着被叫的人。

吉木尔甲犹豫片刻，瞟了一眼高路远——后者停下了挖土，静静站在那儿，表明了立场是想把这一幕看下去。吉木尔甲把自己挪过去，挪到小女孩的面前。他们开始用彝族话交谈。吉木尔甲完全没有必要把声音压低，因为种树人根本听不懂。他这么做完全是出于心理上虚弱的掩饰。

　　几分钟后，女孩子蹦蹦跳跳地离开了，脸上的两团花开得更是鲜艳。高路远索性把下巴磕到锄头把上，用誓不罢休的身体语言追问着吉木尔甲。

　　"唉，好讨厌，"吉木尔甲皱着眉挥了挥手，"她想去读书，荒原那边的村子建了一所小学，不收钱就可以去读的。但是海乃旺杰不答应她，让她放牛、做家务。"

　　不等高路远表态，他又牢骚起来："她读不读书，关我什么事？又来找我！也不怕别人说闲话！我这辈子，简直叫这家人折磨得……"反反复复地说，高路远没有插进一句嘴。

　　但是那天晚上，当高路远把酒碗在火塘边的小桌上摆好，去叫吉木尔甲来对饮时，他发现吉木尔甲正踮着脚尖，从橱柜的顶层取下了那两条贵重的香烟。香烟裹进了吉木尔甲的披毡里，随着这神色急切的主人一起匆匆出门，消失在无声无息也无亮光的黑夜里。

　　三天后，去种树的两个人在路上看见了海乃旺杰，他正蹲在一块大石头上，几乎是带着招摇的表情，夸张地抽着过滤嘴香烟，牌子很贵的那种。高路远没吭声，走出老远了，他漫不经心地问："海乃旺杰已经答应她女儿去上学了吧？"

　　吉木尔甲一脸镇定地说："可能是吧。"

第五年

　　"透了。"种树人说。

"透了。"吉木尔甲放下了壶。

第一棵树的仪式结束，高路远似乎开启了一种疯狂竞赛的模式。尽管偌大的荒原只有他一个人在挥动胳膊，有时用锄头，有时用铁锹，但他的双臂带着明显的紧张，表情也不松弛，仿佛到处都站立着隐形的对手。他务必要赢。

"不要急。"

吉木尔甲在一旁说。这次见面，他明显老下去了。去年秋天生了一场病，痊愈不久，眼睛又出毛病了，看东西不大清楚。他自己解释得含含糊糊的，因为都没去看医生，病的名字都叫不出来。

"不要急。"

高路远本来想辩解几句，但他觉得，彝族兄弟到底是说中了他的某些隐痛。他不吭声，继续用力地干活。吉木尔甲又用顽皮的语气说："你求我一下，我告诉你一件事。"

种树人不理他，不停手地挖着土。果然，片刻之后种树人赢了，吉木尔甲自己憋不住，用激动的口气嚷道：

"去年秋天树上结了苹果了！"

高路远猛地停下来，盯着吉木尔甲三秒钟，然后说："骗人的吧？"

"不骗你。"

"你吃了？"

"吃了，甜哩。"

"照片给我看看。"

照片拿不出来。相机的充电器给弄丢了，于是电用完以后，相机就哑了。

高路远淡淡笑了一下，裁定彝族人是出于善良的目的，安慰自己的。他又挖起土来，越发用劲地，越发焦虑地。树被一棵棵立起来，立在大地上，把脚丫伸向地的心脏。没有谁能预知它们是否可以存活，和任何生命一样，它们只是在尝试着一种叫"可能性"的东西。

树种完那天，夜晚的火塘边，两个人都感觉到了，沉默如同一双大手死死掐住了空气。因为默契，语言显得多余，于是都不置一辞，空空地喝酒。一个人的碗干了，另一个人就给添满。把碗的手指粗糙得像锉子，碰碗的声音充满脆弱的伤感。

"你不会再来了。"彝族人又干掉一碗后说，带了点鼻音。"头一年我就看到你在图上画了，一共五块地方。"

高路远深深叹了一口气，没有回答。

"你是为了国威，才来荒原的吧?"

这句话像从天空中降落的，余音袅袅，却又带着利刃，一举扎中高路远的心脏。酒在碗中，碗在手上，都剧烈晃动，里面装着个摇晃的世界，终于无情砸落:

"我答应了他的，我答应了他……"

答应的时候，下岗工人国威躺在一家小医院的病床上，双颊下陷，用求救的眼光扎着对方。他可能什么都知道——他复员之后，高路远提了干，两年后如愿地娶到了曼子。在部队他一直干到副团的位置才转业，到省城的政府部门做了一名公务员，小有职务。经济大潮冲击得最厉害时，他下决心辞去了公职，加入一家大型商务公司，凭借多年的工作经验与人脉资源，一步步地做到了公司副总。——听上去，这多么像是国威应有的人生。

躺着的不幸之人告诉高路远，自己这辈子最大的败笔就是——那把要命的枪。在离开部队的岁月里，他无时无刻不在后悔着，为什么要喝那么多酒? 为什么要佩着枪去上厕所? 为什么枪套不扣严实? 每一个细节都用来质问从前的自己，又用无法改变的回答来鞭打现在的自己。

"你知道吗?"国威深凹的眼眶已无力储存眼泪，"我几乎每年都去那个小站，走一遍当初那一段铁路，我总幻想着时光倒流，我能捡回那把枪。"

捡回了枪，就捡回了本应属于他的一切。国威最后的心愿，是希望在盛放他骨灰的墓里，一同埋入一把手枪。

"五四式的。假的就可以了。做得像一点。"

高路远含着泪水，凑到弥留的国威耳边，轻轻地说了一句只有他俩才听得见的话。所有人都知道，他正向临终者作出一个庄严的承诺，却不会有人知道，那是一个什么承诺。

"我要为他找回那把枪。"

高路远说完，他的彝族朋友嘴巴正大大张着。是啊，多么不可思议！高路远朝着夜空深深地吸了一口气。

"因为是我——把枪偷走的。"

演习回撤前的晚上，国威喝醉了，我把他背回帐篷里让他躺下，他还没消停，嘴里碎碎叨叨，跟我说他就要和曼子结婚了，上次回去他们就商量了婚期；说他们在通信中互相叫"亲爱的"；还说他们在曼子家的围墙后面亲过嘴……

我坐在行军床旁边，听着他满嘴的胡话，一身的汗化作了刺骨凉水。我第一次久久地凝视他的脸。这张帅气的脸喷着酒气，泛着红光，以这样张扬的姿态向我宣告我最爱的女孩是他的！一瞬间，我感到没有人比我所受的侮辱更大了。

也许是出于报复——这样更好听一些，其实我知道更多的是不可遏制的嫉妒，时时燃烧在胸的嫉妒，嫉妒这个从来都比我更胜一筹的人。

他的腰间还别着没来得及入库的手枪。在我看来那也是种粗俗的炫耀，是邪恶！帐篷里没别的人，他们都在参加联欢活动。这或许是老天给我的暗示，给我的机会！就这样……只有两秒钟，那把枪便落到了我的手里。我一刻也不敢停留，好像手里握着一把烧红的炭火，飞一般地跑回自己的帐篷。这里更是清静，通信员在为营长、教导员服务，一时半会儿不可能离开。我在帐篷的角落里，撕开防水层，扒掉垫底的砖块，用一把小圆锹在地上挖了一个浅浅的洞，把枪埋了进去。之后再复原砖块、把防水布盖好，任谁也看不出这里居然是个犯罪现场。

国威不知道，其实枪在头天晚上就丢了。第二天他晕晕乎乎地参加回撤工作，忙成一团，根本没意识到枪套是空的。直到出了军列上的厕所他才开始清醒，恍惚中以为枪是掉进蹲坑里了。

其实我很快就后悔了。对国威的报复成了陷害，压根就没有一丝一毫的快感！但我怎么敢说出来？怎么敢？国威丢失枪支是违规违纪，而我，盗窃枪支，那是违法犯罪！

这么多年来，我给国威寄过信，打过电话，发过短信，只想能帮帮他，而我越是这样急切地联系他，他越是躲我躲得远远的。

是的，他躲我，一直躲到最后的一口气。但他存着这口气，却是要见我，因为他知道，他一生的至痛，只有我才能真正理解。

"是为了，那把枪……"吉木尔甲有了幻觉：风如刀片一般割过冷漠而广阔的荒原，野草肆意挥舞手臂，甲虫和大蚂蚁艰难爬行，一个人逆风而立，高高举起锄头，把坚硬的土地一点一点地凿开——而在这一切之下，某个幽暗之地，森森地躺着一把手枪，宛如一具神秘骸骨。

高路远闭上眼睛。是的，那把枪。就是因为那把枪。棘手的问题是时间过去太久，荒原上早已了无痕迹。地方太大，又没有参照物，没法下手。他找到一张地图，把当年搭帐篷的区域分成了五片，一片一片地挖，一片一片地找。

终于到第五年了。最后一片土地已经被翻出来，在这过程中，老了五岁的高路远两眼凹陷，体力渐弱，拄着锄头遥望荒原的尽头，分明感觉到日复一日灼目的焦虑。翻完最后一块，却什么也没找到。他和那群沿着铁路走了一夜的人一样，带着巨大的失落，站在一个空无一物的结果面前。难道二十五年的时光会把金属化成泥吗？难道枪也会死吗？

他将食言。与之对证的是高天之上的一个灵魂。哪怕高路远虔诚到每年都亲临荒原，哪怕他内心深处一次次地忏悔，哪怕他费尽心力一锄一锨地找寻自己的罪证，一无所获，便是更大的罪过。

"我走了。明儿一早。"高路远的声音像幽灵在叹气，"拜托你照看下树苗。"

"跟你说过，苹果树结果子了，你就是不信。"吉木尔甲说，脸上带上了微微的陶醉的笑意，"是拉果告诉我的。"

"你信吗？"

"为什么不信？"

去年秋天吉木尔甲生病，差不多有两个礼拜没走出院门。一天黄昏，有人叩门，吉木尔甲起不来床，隔着门问是谁。外面的人说："阿达，是我呢，拉果来看你了。"

吉木尔甲有些愣。他不是对阿果的到来意外，而是为自己感到吃惊：这是第一次，他对阿果没有丝毫反感，甚至还有一线颤抖的惊喜。或许在久病的孤独中，叩门的声音也是一种安慰。他不知道怎么回答她，沉默着。阿果在外面说："阿达，我给你捎了一个苹果。好大好大的苹果。"

"哪来的苹果啊？"他终于开口，口气里居然带着慈爱。

门外咯咯咯地笑了："阿达，我从荒原上来的，你们自己种的苹果树结果子了！我摘一个给你看。"

"不会吧？我们的苹果树会结果子？"

外面那个山泉水似的声音，这回很认真："老师说的，种瓜得瓜种豆得豆，种了啥就会收获啥，你种了苹果树当然会结苹果啊！阿达，你别怕，你要是生病死了，我就把你全身的灰种在苹果树下，等到了秋天，肯定可以结一树的阿达！"

屋里的阿达虽然躺着，还是忍不住地大笑起来。那个笑，如同保存在复印机里，每每回忆至此都会原封不动地印一片出来。

"为什么不信呢？以前我也不信。一直觉得自己倒霉透了，发了一点善心能得到什么？被人说闲话，被人误会拉果是我女儿……可是现在你看，种啥得啥，"他眼神悠远地微笑，"我真的有了一个女儿。"

高路远推开屋门，仗着一点醉意走向广袤的黑夜。没有预先计划，只是一个闪念，想去那里，和荒原作一番郑重的告别。

深夜的荒原没有边缘，黑暗覆着一天一地。站一个人，就可以把全世界颁发给他。一抬头，月亮已骤然浮现，在冰凉的空气里浸泡着，大水珠一般，随时要滴落下来。冷是冷的。汗毛都竖起来，如同小兽。

好像这熟透了的黑夜生出了一只洞悉世事的眼，一切被穿透。高路远随着那只眼的视线指向，一脚深一脚浅地走着，遥遥望见一群树，伸展枝条摇曳着月色。在树群中，有一棵竟然泛着微光，越走近，光芒越强，像无数珍宝镶嵌在树干与枝叶上，玲珑剔透，华光逸彩。高路远忍不住眨了眨眼睛。

"为什么不信？"

他加快了步伐，连走带跑地往前冲去，奔向那最亮丽的所在。最后，种树人停在了闪着银光的苹果树面前。一枝一叶都是实实在在的，绚烂夺目，在枝叶丛中，密密麻麻地结着果子——通体锃亮、一模一样的五四式手枪。

满满一树。

音符与帽子（创作谈）

多年前看电影《红玫瑰与白玫瑰》，至今记得里面的一组镜头：轰轰烈烈的婚外恋与大吵大闹的家庭纠纷都结束后，男主角晨起洗漱、刮脸、对着镜子打领带，然后带着微笑下楼，与家人共进早餐。平平淡淡，一个动作一个动作地放送，完全是白领上班前的标准程序，毫无新意可言——可是，与之同步配送的音乐，竟出人意料地采用了气势磅礴的交响乐，节奏铿锵，像一艘战舰正乘风破浪；音乐里夹杂着合唱者的声音，"啊——啊——"，似乎无数人于漩涡中挣扎、在极力呼喊。

　　这是电影语言的高明之处。风格完全相左的画面与音乐，展示出了一个举止得体、中规中矩的中产阶级男子，按照社会标准优雅而单调地生活着，但在这标准化的表面之下，内心却在狂风暴雨般地嘶喊与挣扎。

　　其实小说何尝不是这样呢？假装漫不经心地描摹着平淡无奇的琐碎细节，却在字里行间藏着内心的音乐，盼望读者会于某一时刻按准琴键，幽幽奏响。

　　这本书里收入的小说，大约都带有这样的期许。一个立志长大成人却屡屡碰壁的军校学员精心设计着自己走向成熟的第一步；一群人守着一台破损的仪器，赌上了各自的前途；从军而去的一支队伍会生生地消失，又会在每年的同一时间幽灵一般重新集合远去；埋在风沙荒原的手枪，在时光的土壤中像种子一般发芽、成长了；一名笑得好看的兵，不得不透支自己完美的笑容……人与故事都在荒辽大地上行走，走到时空之外、常识之外，带着仓皇的眼神与沉默的姿态，却一步步释放出诚实的脚印。

脚印跳跃，有如音符。

我赞同这种说法：小说都不是结论性的，它只是在譬喻。

从前，当我用纯写实手法进行创作时，总有人来问我：这是真的吗？现在他们不问了，仿佛十拿九稳：这肯定是编的。是呀，小说本来就是虚构的文本，我只是让虚构更加肆意、奔放，并且借着超现实的外衣，更加直接地抵达了内在的真实。我喜欢那种皇皇的隐喻，用假装的方式透露真相，类似画面外的交响乐。

人类本来就活在"喻"中。世界像一顶巨大、荒唐的帽子扣在我们头上，照不到镜子时，谁也不知道这顶帽子究竟有多可笑；等某天照到了镜子——也许你已经习惯地觉得，它就应该是那样的。

我们也许无法决定帽子的款式，但，至少可以选择帽子之下自己的表情。

王甜

女，四川渠县人，1998 年毕业于四川师范大学文学院，同年入伍。
中国作家协会会员。战旗文工团创作室创作员。
曾获人民文学新人奖、全军文艺新作品奖、全军军事题材中短篇小说奖、
四川省文学奖等。

代表作品

长篇小说
《同袍》
中短篇小说集
《火车开过冬季》
《毕业式》
纪实散文集
《被一粒硝烟洞穿》

Bo ks
北岳好书

向前——新锐军旅小说家丛书·**雾天的行军**

丛书主编｜朱向前
主编助理｜徐艺嘉
出 品 人｜续小强
策划统筹｜刘文飞
责任编辑｜范 戈
书籍设计｜张永文
责任印制｜巩 璠

投稿邮箱｜liuwenfei0223@163.com

微博｜http://weibo.com/beiyuewenyichubanshe
微信公共账号｜bywycbs1984